BREVE ESPAÇO

Cristovão Tezza

BREVE ESPAÇO

2ª edição, revista

EDITORA RECORD
RIO DE JANEIRO • SÃO PAULO

2013

Cip-Brasil. Catalogação na publicação
Sindicato Nacional dos Editores de Livros, RJ

T339b Tezza, Cristovão, 1952-
2.ed. Breve espaço / Cristovão Tezza. - 2. ed.
rev. - Rio de Janeiro : Record, 2013.

ISBN 978-85-01-40091-8

1. Romance brasileiro. I. Título.

CDD 869.93
13-03047 CDU 821.134.3(81)-3

Projeto gráfico: Regina Ferraz

Texto revisado segundo o novo Acordo Ortográfico da Língua Portuguesa.

EDITORA RECORD LTDA.
Rua Argentina 171 - 20921-380 - Rio de Janeiro, RJ - Tel.: 2585-2000

Impresso no Brasil

ISBN 978-85-01-40091-8

Seja um leitor preferencial Record.
Cadastre-se e receba informações sobre
nossos lançamentos e nossas promoções.

Atendimento e venda direta ao leitor:
mdireto@record.com.br ou (21) 2585-2002.

Duas palavras

Este livro chamava-se originalmente *Breve espaço entre cor e sombra*, um título que havia me surgido penosamente, ao contrário de outros que aconteceram de estalo, como *A suavidade do vento* ou *Uma noite em Curitiba*. Conversando com um amigo sobre a reedição, ele me perguntou com tirocínio e simplicidade: "Por que não apenas *Breve espaço?*" — e imediatamente senti o título que procurei 15 anos antes sem encontrar. *Breve espaço*: estava na minha frente, embaralhado, e eu não havia visto.

Além do título, repassei o romance inteiro como alguém que relê a si mesmo, corrigindo-se aqui e ali. O que, para mim, sempre esbarra num problema quase que moral: que direito tenho eu de mexer naquele escritor que não existe mais? Ao modificar um texto escrito nos anos 1990, não estou refazendo meu passado para torná-lo mais palatável? Não estaria apagando pistas para simular que o autor era alguém melhor do que realmente foi? Nestes tempos performáticos, não seria mais *autêntico* (eis a palavra arrogante), deixar o livro exatamente como nasceu? Não sei.

Depois de terminado, todo livro tem um certo espírito que não pode mais ser mexido sem, digamos, quebrar a porcelana. Revê-lo deve ser um gesto de arqueólogo: vá com cuidado. Apenas a superfície pode ser tocada, e somente para revelar o que (quem sabe) já estava oculto na velha forma. Foi o que tentei fazer: uma limpeza leve, tirando do texto pequenos andaimes, cracas, interferências de outra linguagens, invasões do autor, anotações à margem — como se eu, há quinze anos, encerrasse o romance dois meses antes do tempo. Agora, amável leitor, não tenho mais desculpa. *Breve espaço* está pronto.

C.T.

— ¿Como pintas?
— Con la cabeza.

(MAX AUB, em *Jusep Torres Campalans*)

Eu sei o que está acontecendo: a depressão dos enterros. Em defesa, aceito a ilusão do recomeço, como se o caixão levasse meu próprio passado. Transformo o desconforto num suspiro de alívio cochichado pela eternidade, de quem momentaneamente somos íntimos. Recomeçar! Com a morte, o lugar-comum ganha força e sabedoria. O lugar-comum é a essência da morte. Não invente! — ela parece dizer. Eu obedeço, aceitando o ritual singelo de iniciação que os enterros nos oferecem: uma pontada interna de sentimento para uso próprio, e outra externa, para os outros, sempre atentos à nossa postura. É um equilíbrio difícil — e ninguém se sente à vontade, além do morto e do funcionário da empresa funerária; em alguns momentos, é quase invisível a fronteira entre o riso e a dor, que se contemplam provocantes. Passo os olhos em torno; na tristeza solidária, há os que parecem encontrar nesse momento o seu mais legítimo hábitat; os empreendedores, parentes que chegam do nada e organizam a morte, da escolha do caixão ao passeio consolador das crianças (que simulam não entender bem o que se passa, como eu mesmo fiz, na morte brutal dos meus avós, esmagados no carro) — até, quem sabe, a disputada distribuição da herança.

Desta vez não é um enterro familiar, mas tem a mesma força, para o bem ou para o mal: é de fato o meu passado que se vai. O último resíduo, digamos, para fortalecer a ilusão do recomeço. Eu nem me interessei por descobrir o que realmente matou o Aníbal. O telefonema avulso informava o que também não se sabia direito: uma internação inesperada num hospital e a morte no mesmo dia. Ouvi uma referência enviesada à aids, uma expressão sombria que simultaneamente consterna e explica — na verdade, mais explica que consterna. Eu não falava com ele (e ele comigo) já há algum tempo; eu nem sabia onde era o seu novo ateliê, depois que ele foi despejado do anterior e felizmente deixou de frequentar o meu. Não importa se o que matou o Aníbal foi mesmo o pó e a seringa (de que eu me livrei há mais de um ano); o que ia acabar matando o meu velho professor de pintura — meu mestre, para ser justo pelo menos agora — era aquela elegância postiça que invadiu e contaminou a sua vida e em seguida os seus quadros, cada vez piores. Um dos mais refinados coloristas do país (acho que não seria exagero falar assim) acabou aguando-se, mês a mês, vítima do desespero de que sua obra combinasse cada vez mais perfeitamente com os sofás da classe média, que afinal, em compras pingadas, bastava para os padrões espartanos de Aníbal. Eu nunca disse nada; faltou coragem. Só me afastei. Mas não vou posar de herói à beira da morte alheia; eu me afastei não pelo aguado (que pelo simples fato de existir melhorava substancialmente a *minha* pintura), nem pelo seu cinismo (ele sabia o que estava fazendo), como se eu fosse o guardião moral das Belas-Artes. Nada disso. Eu me afastei porque estava cansado de ser espancado pela sua língua. Que eu seria sempre um nada. Que a minha pintura era suja e descritiva, de um figurativismo rastaquera. Que eu era incapaz de um único *conceito*. Que na melhor das hipóteses a minha obra serviria como mural de presidiário. *Sabe o Basquiat?* Que eu devia esquecer tudo e começar de novo. (Quem sabe ele tenha mesmo razão?) Que eu estava descobrindo as vantagens da roda. O pior ele deixava para o fim: eu não tenho desculpa, porque sou rico. De artista pobre, perdoa-se tudo, principalmente a mediocridade. Mas, aos ricos, o Reino da Justiça. O critério dele para me classificar na categoria demoníaca dos ricos era o seguinte — e ele erguia o dedão sujo de tinta verde: Sabe quanto custa um ateliê como esse seu, e ele olhava em torno, guloso — nunca me perdoou por eu expulsá-lo dali —, por mês, para mim? Um quadro de 60 por 40. Veja bem: por mês.

Eu sou o dono do meu ateliê. (Ou minha mãe, para ser exato.)

Agora era o indicador amarelo que se erguia: Fora isso, tenho de comer, comprar tinta, maconha, tela, coca, uísque; e tenho de ajudar minha ex-mulher, que me extorque o miolo da alma com a desculpa de que a minha filha Patrícia, que está na pré-escola, precisa de uma analista — por minha causa ela é antissocial. E você?

Eu tenho uma renda fixa em torno de mil e oitocentos dólares por mês. (Sim, recebo em dólares.) Não pago aluguel. E ultimamente tenho sido um homem da geração saúde que não precisa nem engordar nem emagrecer, o que reduz bastante a ansiedade e as despesas. (Sou um homem quase satisfeito com o meu corpo e com a minha alma.)

Ele sacudia a cabeça cheia de tinta e levantava o terceiro dedo, o do meio, de cor azul: Foda-se, Tato Simmone. Você nunca vai ser um verdadeiro artista. Eu digo isso para o seu bem.

Assim, em legítima defesa, eu me afastei do Aníbal, por um bom tempo o meu grande e querido mestre. Tudo que eu sei de pintura (e talvez até o fato de levar a pintura a sério — o meu Destino, para ser grandiloquente, a fantasia de que eu não posso mais parar de pintar até a morte, e essa condenação soa como um soluço do Aníbal, o último), tudo eu devo a ele. Minha primeira exposição (à qual o mundo não deu a mínima importância, para dizer as coisas como elas são) foi apresentada em três parágrafos por ninguém menos que Aníbal Marsotti. Quantos artistas daqui podem afirmar a mesma coisa? Nenhum. Bem, isso não quer dizer muita coisa, eu sei, exceto se lembramos o número dos que *tentaram* ser apresentados por ele, mesmo quando ele já se havia se tornado o pequeno nada que agora volta para a terra. A fama é indelével. O mesmo Marsotti azul sobre azul, que no canto inferior esquerdo das telas, assinado em traços curtos e elegantes como ideogramas chineses, está valendo nesta manhã azulíssima de Curitiba, esse azul único daqui, cruel e mudo, filho do frio e da timidez, está valendo dez vezes mais. Na nossa escala, a da província, é claro, porque o Aníbal era um artista autossuficiente, do ponto de vista mental e geográfico. Metaforicamente, nunca foi a lugar nenhum. Na verdade (e essa ideia vai-me entrando na cabeça à força, agressiva, irresistível, vingativa, torpe, no mesmo instante em que começam a mover o caixão ao som de uma plangente manivela metálica rumo ao descanso eterno), na verdade Aníbal é um artista medíocre. A morte não muda nada; apenas revela. Não importa; a imagem do caixão descendo lento e desajeitado me encheu os olhos de água. Entrego meus sentimentos a mim mesmo, deixando-me dominar pelo choro. A paisagem — aquela dúzia rala de pessoas em torno da cova, negras sobre o verde vivo da relva neste belo cemitério sem estátuas —, a paisagem se encheu de neblina, de contornos difusos, de uma impressão suave. Ocultei-me nas minhas lágrimas, imóveis na retina, uma tela de proteção contra o corpo que desce com sua lentidão definitiva. Uma emoção discreta, que talvez reverbere mais adiante em alguma dor mais pesada (não sei ainda). Água parada. Ninguém chorava, além de mim — ouvíamos apenas o ranger rascante da manivela enferrujada que o funcionário girava cortando ao meio, tão sem pudor, o silêncio do corpo.

— Um grande artista.

Era um tom de voz neutro que me chegou na altura adequada para que somente eu ouvisse. Percebi um ligeiro sotaque. Envergonhado do meu choro, não olhei para o lado. Manchas difusas e o interminável rangido metálico. A voz insistiu:

— Você era amigo dele, não?

Olhos na água, fiz que sim, ainda sem nenhuma curiosidade. Seria melhor que a voz desaparecesse e me deixasse sozinho. Senti vergonha de estar comovido.

— É engraçado — insistiu o cochicho. A manivela parou. Enxuguei meus olhos, ainda sem olhar para o lado. Alguém jogou uma flor na cova, com a nitidez, o artifício e a exata medida do tempo de uma cena de um filme inglês — a elegância clássica e luminosa dos enterros. Um gesto recortado da paisagem, para ficar na memória. — A sua pintura é tão completamente diferente da do Marsotti. E no entanto...

Isso me interessou, é claro, mas ainda não olhei para a voz. Fixei meus olhos agora secos — e já distantes daquela manhã soturna, já impacientes, querendo fugir de uma vez por todas, querendo recomeçar —, fixei meus olhos na menina que havia lançado a flor ao meu amigo Marsotti. Toda de preto — uma saia longa que quase chegava ao dorso dos pés que, lado a lado, surgiam de um par de sapatos simples também pretos — percebi que ela fixava os olhos em mim, a investigação de alguém que está tentando se lembrar quem você é; ela está prestes a cumprimentar uma pessoa que já viu muitas vezes, e, sem nenhuma explicação, o nome escapa, fulminante. Um olhar de uma intensidade tão curiosa que ela nem se dava conta de que fitar alguém assim é um gesto agressivo, ainda mais quando... — mas ela percebeu o que fazia, súbito acordada, e voltou os olhos para o caixão num golpe envergonhado de cabeça, ao mesmo tempo em que o rubor cobria-lhe as duas maçãs do rosto com a prontidão de uma sensitiva. Cruzou as mãos na cintura, sem mover os pés, e inclinou levemente a cabeça, como uma figura angelical da Renascença. Era óbvio que não pensava na cova, mas — imaginei — em mim. Uma confusão? Tenho um jeito comum; sou mais parecido com os outros do que diferente deles. E ela havia se concentrado no meu rosto, exatamente nos meus olhos úmidos, não na minha gravata-borboleta, que em geral costuma chamar mais atenção. O envergonhado, agora, era eu — e para fugir daquele instante de emoções confusas em torno do corpo do meu amigo Biba, meu velho mestre, dei corda à voz que cochichava, esperando um desfecho:

— E no entanto...?!

Mas, no mesmo instante, alguém parecido com um padre — era de fato um padre, o corte do paletó e o colarinho não enganavam — resolveu falar algumas palavras. Houve um comedido espanto, uma curta inquisição, quem era ele? — tudo estava indo tão bem em silêncio! O homem tirou do bolso um livrinho preto, abriu-o, leu duas ou três frases feitas que se embaralharam na minha cabeça (do pó virás, quem cedo madruga, oh dai a César o joio do filho pródigo), fechou-o e começou a falar banalidades; brutais banalidades — só faltava (e eu passei do choro ao riso, lembrando o escárnio de Aníbal, que adorava falar mal dos gênios) um relógio de Dalí derreter-se à beira da cova. Mas nós, os verdadeiros habitantes do enterro, adaptamo-nos àquela fala monótona, pensando longe: era engraçado encarar assim o fato de que a última coisa que o iconoclasta de ofício Aníbal Marsotti gostaria de ver no seu próprio enterro era um padre, *comme il faut*, com provérbio, santinho e sotaque alemão. Enfim — um dia nos entregamos, parece que o padre dizia, é inútil espernear. Passado meio minuto e a chatice do padre já se integrava ao universo das coisas inevitáveis, como o lancinante rangido da manivela descendo meu amigo ao seio do pó. De volta à normalidade momentânea daquele instante, decidi olhar para a voz, que, baixando ainda mais o volume e aproximando perigosamente a cabeça, conseguiu enfim encerrar a frase:

— E no entanto, eu dizia, ele falava de você e de sua pintura apaixonadamente. Semana passada — e agora o homem ergueu os olhos aos céus, franziu a testa, na típica concentração do mentiroso tentando alicerçar, pela mímica e pelo detalhe, a invenção —, é, foi mesmo na semana passada, nos últimos momentos. Ainda na semana passada, no novo ateliê, ele me perguntou: Tem visto o Tato? — E o estranho baixou a cabeça e o tom de voz até quase o inaudível: — Esse filho da mãe nunca mais vem nem me visitar?

Era para ser apenas uma bem-humorada imitação do Aníbal, mas aquilo me irritou, a insinuação oportunista de abandono no instante da morte e a imediata cobrança no enterro, e senti um impulso meio infantil de desmascarar o intruso:

— Últimos momentos?! Ele morreu em casa?

Falei alto, quase com alegria — do pouco que eu sabia, era certeza que Aníbal tinha amanhecido morto no hospital —, atraindo de novo o olhar da menina, que ajeitou o cachecol num gesto estranho, como se me repreendesse em código pela voz alta, o padre ainda está falando! Num relance, vi o malvestido empregado da funerária de boné na mão, incerto se deveria sair dali imediatamente ou se devia esperar o fim do sermão, e pousei enfim os olhos no homem da voz. Da minha altura, de uma elegância um tanto anacrônica coberta por uma bela capa preta meio solta sobre os ombros, faltando-lhe apenas a cartola e a bengala para habitar um parque de Manet (como diria o afetado Aníbal), o homem fez um "não" agastado de cabeça, uma espécie de *não perca tempo com truques e bobagens, eu estou falando de pintura, da essência da arte*, e enquanto a mão esquerda ajeitava a capa sobre o ombro, a direita coçava a barba grisalha, curta e bem cuidada. Preguei meus olhos duros no seu rosto, à espera de uma resposta — e súbito ele me lembrou um velho tio que morreu de cirrose e que nos últimos anos de vida não conseguia mais acabar uma frase, substituindo o oco das palavras por gestos elegantes, às vezes heroicos, entremeados de suspiros entonacionais carregados de uma vaga ideia de sabedoria. A mão do intruso saiu da barba e foi ao ar, um ramalhete que se abre:

— Você sabe do que eu estou falando. Mas me desculpe, por favor.

O olhar da menina, de novo nos meus olhos, parecia absurdamente suplicar que eu aceitasse as desculpas — e me refugiei no padre, que agora contemplava o céu, braços abertos, encerrando a despedida. Ficamos todos meio perdidos, sem assunto, enquanto dois funcionários ajeitavam uma laje na cova. Algumas pessoas rodearam uma senhora, certamente a mãe de Aníbal, que eu não cheguei a conhecer, exceto por seus desenhos. Quase fui até ela: deveria me apresentar? Eu não conhecia ninguém ali, uma situação especialmente desconfortável num enterro — todas as outras, que se conhecem, parece que lutam nem tão discretas para descobrir quem nós somos, o que significa um metralhar de olhares oblíquos ao longo do enterro, nos olhos, nos sapatos, na gravata-borboleta, para matar a charada. E como não damos nenhuma pista, enfim alguém se aproxima para uma inquisição tateante. Começam elogiando o morto, mais um murmúrio comovente que uma sentença completa, investigam a nossa relação com ele e afinal perguntam o nome, que, respondido, eles levarão correndo aos conhecidos como um troféu de guerra — é ainda como se Aníbal divagasse por mim com a sua perpétua ironia, e sorri em segredo. As pessoas morrem mas não se vão — senti uma pontada estranha de saudade.

No ritual vazio daquele fim-de-enterro em que o mundo recomeça porque a vida é assim mesmo, que fazer, descansou — franzi a testa tentando me lembrar de quem seria aquele homem que se fazia íntimo e me estendia a mão, como a um parente em luto. Ele estava me dando uma chave; pediu desculpas mas não saiu do meu lado. *Você ainda tem tempo. Pense um pouco.* Havia mais alguma coisa naquele tom subentendido: *Eu posso ajudar você.* Mais ainda que isso: *Eu sei, garoto, o tamanho da sua ambição.* E mais, muito mais — na minha imaginação fundamentada, ele se antecipava às minhas ressalvas: *O Marsotti? O Marsotti nunca quis ser maior do que era. Ele desistiu. E você?*

— O senhor é...

Ele finalmente sorriu, um sorriso discreto — aquilo era um enterro — mas generoso e reconfortante; transformou-se em mãos estendidas, quase num abraço comovido, como quem encontra, afinal, o seu bem mais precioso: um grande artista.

— Se você está pensando em Richard Constantin, sou eu mesmo.

Constantin, eis o nome! O lendário Richard Constantin (mas ele já não tinha desaparecido?), uma mistura de marchand e de pirata que há algum tempo habitou o imaginário magro das artes plásticas da cidade, como a visita de uma velha senhora que há de nos redimir a todos; nas conversas de bar, tanto seria o falsificador que passou três, quatro, às vezes nove anos numa cadeia de Paris por traficar Picassos que ele mesmo pintava, quanto o Midas capaz de transformar um pintor de paredes no assombro do momento, em geral com vida curta porém lucrativa; pelo menos um de seus pupilos desembarcou na Bienal de Veneza, diziam. Meu primeiro impulso (nasci em Curitiba) foi colocar o pé atrás, em defesa — mas aquele sotaque cosmopolita era irresistível, assim revelado, pronto a estender a mão a um pintor que, como eu, espelho do mestre, também jamais saiu do lugar. Um pintor, digamos, sem pai nem mãe, se esses detalhes interessam. Um pintor — estou tentando a honestidade difícil da confissão — que acabava de ver enterrado o único amigo real que teve, ainda que não se vissem há meses (e quando se viam trocavam pontapés). Um pintor — ou um homem, para ser mais amplo, eu precisava dar um recheio à minha pouca idade — precisando de uma direção. Alguém que nos seus 28 anos, trabalhando há uma década, não fez nenhuma exposição decente e só vendeu um único quadro, à própria mãe, que, aliás, deixou a compra para trás, cheia de pó, no ateliê do filho. Para falar a verdade, nunca ninguém gostou da minha pintura, além de, às vezes, Marsotti. Não seria esse o momento exato de um recomeço? Afinal desci da minha torre e aceitei a mão estendida, já insegura pela minha demora de segundos:

— Constantin. Talvez...

— Ah, sim, é claro. O Aníbal falava muito... — menti.

E tentei lembrar: não foi ele que organizou dois ou três consórcios de quadros para o Marsotti — o que lhe dera uma boa sobrevida? Parecia: a mão firme de Richard Constantin esmagou os dedos da mão que lhe entreguei de mau jeito, e sorri. O enterro, como por milagre, se dissipou. Demos dois, três, cinco passos ao léu; e ao me voltar, como alguém que quer ter certeza de que o capítulo de Aníbal finalmente se encerrava sem deixar nada para trás, vi a moça de cachecol cinza se aproximando de mim. Não era tão nova quanto parecia; o cromo de história infantil jogando uma rosa no príncipe que ressuscitará ao amanhecer transformava-se em uma jovem pálida, adulta e determinada:

— Você é o Tato, não?

— Sim, eu...

— Meus pêsames. Sei que vocês eram muito amigos.

— Sim. Você é...

— Eu era amiga do Marsotti. Ele falava muito de Tato Simmone.

Ela disse o meu nome como o de alguém importante, mas continuei na defensiva: quem sabe ela também me acusasse de abandono? Percebi que Richard Constantin estava indócil, olhando em torno, para o alto, para a ponta dos sapatos, com a intenção um tantinho ostensiva de demonstrar enfado — a jovem que se fosse de uma vez, que ele tinha assuntos muito mais relevantes a tratar. Tentei apresentá-lo:

— Esse é o senhor Richard...

Rápida e ríspida:

— Eu já conheço. — Um sorriso falso: — Como vai?

Ele fez uma reverência obsoleta, repassada de ironia. Mas sem perder a urbanidade: cumprimentou-a e se afastou o suficiente para nos deixar a sós.

— Eu gostaria muito de conversar com você.

Fiquei em silêncio entre os dois desconhecidos, sem saber o que dizer. Ela me tocou o braço:

— Onde eu te encontro? — A voz agora baixa, como uma espiã em trabalho.

— Em casa mesmo.

Passei rapidamente meu endereço e telefone, rabiscado num papel que achei no bolso. Ela ergueu-se na ponta dos pés, me deu um beijo inesperado no rosto e afastou-se. Senti a mão no meu ombro, a intimidade já quase paternal do senhor Constantin:

— Eu sei como você se sente, garoto. — Não entendi: como me sinto em relação a quê? À moça? Ao Aníbal? A ele? Era como um início de discurso, mas um discurso íntimo, em voz baixa, convincente, carinhoso, sedutor. A mão prosseguiu no meu ombro e foi me conduzindo para fora daquele cemitério campestre, já quase completamente vazio, as pessoas sumindo nas curvas em direção ao Parque Barigui. Ele se explicava melhor: — A solidão. Você tinha um belo amigo, daquelas amizades do fundo do poço, para sempre. E ele se foi. Está certo, eu sei: vocês estavam se dando muito mal. Nem se falavam mais, pelo que ele me disse. Mas... — e o senhor Constantin parou, para frisar cada palavra, olhos firmes nos meus olhos: — Veja, Tato. Eu sei que ele era uma pessoa muito, mas muito difícil. E...

Ouvimos a voz da moça se despedindo de alguém, em seguida um bater de porta e o arranque de um último carro, e senti a agonia do desamparo. Lembrei absurdamente da minha amiga italiana — havia uma remota semelhança, como se fizessem parte do mesmo mundo. Eu estava confuso:

— E eu nem sei o nome dela.

Richard Constantin sorriu, dando tapinhas no meu ombro, um jeito de superioridade condescendente, pobre criança! Balançou a cabeça: eu estava correndo perigo, mas, felizmente, podia contar com ele — era essa a mensagem de cada gesto seu.

— O nome dela é *oportunidade*.

Não entendi.

— Oportunidade, Tato. — Como quem se percebe numa inconveniência, mas tudo parecia ensaiado: — Posso chamá-lo assim, não? *Tato*. Como o Biba chamava você. Um nome intrigante, não?

— Você *deve* me chamar assim. Aliás, às vezes eu mesmo esqueço que meu nome é Eduardo. — Sorri, tentando entrar no jogo do senhor Constantin: — Eu sou como ela: ainda não tenho nome.

— Mas terá. Ela — e ele apontou com sua bengala imaginária algum ponto da floresta adiante — ela sabe disso. Há um mês estava pendurada no pescoço do Aníbal, sugando até a última gota do sangue e do talento dele. Agora que ele morreu, ela está momentaneamente sem ar. É visível o desconforto da moça, a inanição. Você percebeu a palidez? Trata-se de uma vampira. Ela agora vai se jogar em você com todas as unhas. Mas nem sei por que estou falando disso. É claro que você já percebeu o que ela quer.

Comecei a rir: era a coisa mais engraçada que eu poderia ouvir saindo de um enterro. Engraçada e atraente. Brinquei com a ideia:

— Uma vampira? Assim eu acabo me apaixonando por ela.

Ele deu uma risada, a mão paternal de novo no meu ombro, agora para resolver um problema de logística, olhando em torno:

— Você veio de táxi? — Fiz que sim, e ele imediatamente me puxou pelo braço: — Então vamos descendo a pé. Eu deixei o carro lá embaixo. — E retomou o assunto irresistível: — A verdade é que você já deve estar apaixonado pela vampira. No momento mesmo em que nosso amigo Aníbal descia à terra, o olhar dela fisgava você, como um arpão afiado, por sobre a cova fresca. Eu sou um homem observador, Tato; faz parte do meu trabalho. E aposto que no seu próximo quadro (se você vencer esse breve período de crise de imaginação por que está passando, uma crise normal, é claro, todo pintor vive esses brancos), aposto que você vai se fixar numa moça de preto jogando uma rosa no caixão de seu amante. Claro que você vai pintá-la no seu estilo, isto é, uma pequena imagem perdida numa constelação feérica de figuras. Uma espécie de Bosch relido por Lichtenstein, mas sem nenhuma assepsia. — Aqui ele baixou a voz e aproximou a cabeça, como quem vai contar algo desagradável porém necessário: — Pelo menos num ponto o Aníbal tinha razão: você ainda é um pintor um pouco... um pouco *sujo*, digamos assim. Coisas demais, andaimes em excesso.

Não fiquei irritado com aquela lâmina afiada no meu pescoço; fiquei pasmo. Ele sopesava o efeito de sua imensa superioridade com uma pergunta apenas retórica:

— Acertei?

— A menina com a rosa não me preocupa. Mas por que você falou em crise de imaginação?

Meu coração disparou, assombrado — e no entanto era apenas a técnica batida da quiromante adivinhando a crise do consulente antes mesmo que ele abra a boca. Eu estava, de fato, vivendo uma crise de imaginação, pintando há meses quase que um único quadro, com o título pretensioso de *Immobilis sapientia* — “a sabedoria imóvel”. Mas menti, porque eu não posso sofrer crise de imaginação. Qualquer outro tipo de crise (e tenho um estoque delas) eu aceitaria com tranquilidade. Resolvi desafiá-lo, mimetizando um tanto de sua retórica.

— Pintores não têm crise de imaginação. O único risco é a cegueira. Basta olhar, e um novo quadro nasce.

Ele parou, meio riso nos lábios, como quem admira, mestre, o breve engenho do discípulo teimoso.

— Não simplifique. Nem para os figurativos isso é verdadeiro. E os abstratos?

Comecei a me divertir com esse jogo irresponsável de palavras.

— Para eles também. Veja — e apontei um buraco nas árvores revelando manchas do azul do céu: — Não é uma abstração japonesa perfeita?

Ele continuou a andar, sem mover o pescoço.

— Não diga bobagem. Isso prova que você é um artista organicamente incapaz da abstração. Nada de mau nisso, mas é sempre uma limitação.

Era quase como se Aníbal ressuscitasse para relembrar o invencível universo das minhas limitações: você não tem *conceito*. Mas com uma diferença importante: eu não competia com Richard Constantin. Num silencioso acordo, outorguei-lhe o direito de me dar lições. Eu sei que preciso delas. Respondi com suavidade:

— Talvez. Mas dizer que isso é um defeito me parece fora de propósito; minha resistência à abstração tem outra natureza. É uma questão de concepção de pintura.

— Sim, sim, é claro, é claro... — contemporizou meu novo amigo, o tapinha no ombro. — Exagerei um pouco. Entendo o que você quer dizer. Mas veja que nesse ponto, ou *também* nesse ponto, quer você goste ou não, vocês dois eram muito parecidos.

Poucas coisas me irritam mais do que ser comparado ao Aníbal, mesmo depois de morto; mas algo naquela manhã, naquela caminhada e naquele homem, talvez o resíduo de comoção de quem se despede, talvez a ambígua sensação de vida que se renova, me fazia aceitá-lo. Assim, enquanto ele enumerava nossos pontos de vista em comum e assinalava as diferenças, algumas a meu favor, outras contra, com a frieza simples e técnica do bom professor, eu apenas balançava a cabeça, tentando disfarçar minha surpresa: ele realmente me conhecia? É claro que não; mas como Aníbal passou semanas falando de mim para ele, eu agora me transformava num duplo interessante de Tato Simmone, rebatido pela voz experta e elegante de Richard Constantin. Num momento, a uma pergunta defensiva que lhe fiz — Por um único quadro, pode-se julgar o pintor? —, ele abriu um parêntese para explicar seu critério de avaliação crítica:

— Não se surpreenda: as obras de arte também obedecem às leis do DNA. Um pedaço contém potencialmente todo o resto. — Ele parou, segurando meu ombro — um cacoete tão brasileiro para alguém com sotaque — e olhando para o alto, numa sequência programada de gestos que eu começava a entender como a senha de alguma revelação descoberta naquele momento: — Eu acho que isso acontece com todas as artes. Na literatura, por exemplo. Kafka tinha o costume de não acabar os livros; não precisava. A parte contém previamente o todo. Já Dostoiévski, esse não tinha a menor ideia, pela manhã, do que escreveria à tarde — e, no entanto, também nele o DNA é visível em cada linha.

Um instante de reflexão, e retomamos o caminho do parque morro abaixo, seguindo as curvas de paralelepípedos, rodeados de árvores e de silêncio. *Empatia* — foi a palavra que me ocorreu. Era tranquilizante conversar com Richard Constantin. Eu teria muito a aprender com ele. E no idílio daquela manhã, vivendo a despedida de Aníbal e meu precário recomeço, e ouvindo as preleções do meu novo amigo, um lance de memória me lembrou de *A montanha mágica*, de Thomas Mann, e das esgrimas intelectuais de Settembrini nos seus longos e intermináveis dias do sanatório, uma imagem forte de minhas primeiras leituras adultas, sob a mão da minha mãe. Alguém com quem conversar — uma dádiva. Num momento, me puxou pelo braço do meio da rua — um carro parecia ter surgido do nada, desaparecendo adiante. Ele me perguntou se eu tinha automóvel e eu fiz que não.

— Pois eu tenho um carro japonês, o que me parece um contrassenso. Japoneses deviam fabricar apenas gravuras e adagas. Deixei lá embaixo, no parque, para me forçar a uma caminhada.

Mas eu, que detesto carros, já estava pensando em outra coisa. Lembrar minha mãe me lembrou pintura, novamente. De onde afinal Richard Constantin tirava tanta informação sobre o meu trabalho?

— Desculpe, mas o senhor conhece minha pintura só dos comentários de Aníbal?

— Não, é claro que não. Nunca conheci alguém tão incapaz de falar sobre pintura quanto ele. Era um intuitivo em estado bruto. De um lado, isso ajuda bastante um pintor, a ignorância, o gosto pela magia negra, pelos horóscopos, por todo esse lixo medieval que sobrevive *per omnia sæcula sæculorum*. Quem apenas vê, aceita qualquer coisa: o mundo é uma imagem. Mas, por outro lado, isso limita, porque o intuitivo não consegue pensar. Você, que conheceu o Aníbal de perto, sabe disso. Um bloco imóvel de pedra. Nenhum lampejo maior de inteligência. Quando só pinta, é suportável; às vezes, bom; quem sabe, muito bom, aqui e ali. Mas quando... — Súbito, ele parou, a mão de novo consternada no meu ombro: — Desculpe... isso não é maneira de falar, essa brutalidade, e... é que eu não sei falar de outro modo. Gosto de ser fiel aos meus amigos e principalmente a mim mesmo.

Achei graça daquela falsa culpa, da pose, do teatro que ele fazia de si mesmo. Um homem engraçado. As pessoas de mais idade parece que gostam especialmente de apregoar suas próprias qualidades morais, de bater no peito de vez em quando, de dizer que elas, elas sim, elas são diferentes desse resto que está por aí. Desta vez tentei não discutir:

— Eu entendo. O Aníbal era assim também.

— Mas era assim justamente porque não pensava. É diferente.

— Em quem ouve, o efeito é o mesmo.

Sorri, relembrando as pancadas que levei dele ao longo dos intermináveis anos de amizade e dependência. Restou alguma coisa muito difícil em mim: talvez o excesso de solidão e de proteção tenham me deixado parcialmente inapto à convivência humana. É possível também que a droga tenha levado um bom pedaço do meu cérebro. Sinto um pequeno surto de angústia; ela me vem assim, em conta-gotas, imaginando tudo que eu e Aníbal jamais conseguimos conversar, e agora é tarde, e já antevendo o momento em que o velho Richard Constantin não me diria mais nada, porque não nos veríamos mais. Talvez dali a pouco, quando ele chegasse ao seu carro japonês estacionado no parque e eu me visse contemplando os patos na lagoa. Em casa, encontraria um recado do meu pai na secretária eletrônica. Dora me ligaria perguntando aflita se eu preciso de alguma coisa. Não, não preciso. Se ela fosse mais magra. Não: se ela fosse mais... feminina, talvez seja isso. Quem sabe menos autoritária — seria essa a palavra? Os meus quadros continuam inacabados, mas eu vou preferir ler alguma coisa (talvez os classificados no jornal, eu estou no limite) a trabalhar no ateliê. Pelo menos hoje.

— Eu comprei um quadro seu.

Um choque.

— Mas eu nunca vendi um quadro! Quer dizer, vendi um para minha mãe, mas esse está lá em casa. Ou será que...

Era isso mesmo:

— Comprei do Aníbal.

Senti o frio da traição do amigo morto que, debaixo da terra, continuava a me agredir. Talvez Constantin estivesse mentindo. Talvez ele me confundisse com alguém, o que seria uma graça — nenhuma precipitação.

— Mas que quadro? O senhor quer dizer um desenho? Às vezes...

— Não. Uma tela mesmo. *Crianças*. Um óleo imenso de quase dois metros.

Parei — e agora eu segurei o seu braço. Senti uma breve tontura (um detalhe ridículo como esse pesa mais na minha vida que a própria morte de Aníbal), a vergonha da exposição pública, uma doença que nenhum pintor adulto pode sentir. Mas principalmente a vergonha da traição: eu jamais passaria adiante o *Caos 86* ou o *Azul VII*, que comprei do Biba por dinheiro pesado (não pelo dinheiro, é claro). Richard Constantin percebeu minha reação silenciosa, parou e franziu a testa, olhando o céu, a senha de sua reflexão. Afinal espetou o indicador no meu peito:

— Eu acho que sei o que você está pensando. Você quer um conselho? Não um conselho, que você não precisa, um pintor como você não precisa de conselhos, mas uma observação gratuita para o seu próprio uso. É muito simples, Tato. — Ele baixou a voz e aproximou a cabeça, senha das grandes revelações: — Todo mundo já sabe disso, mas é sempre bom repetir: um artista não tem escrúpulos. Caráter, deve ter sempre. Caráter é aquilo que transparece no que ele faz, seja música, teatro, pintura, literatura, dança ou mesmo ciência, que, afinal, é a mais sofisticada das artes, porque mais que todas as outras tem a aparência viva da verdade — e ele deu uma risadinha. — Caráter, sim; escrúpulos, não. Escrúpulos, jamais. Venda a mãe, se for preciso. Traia o amigo, quando necessário. No limite, mate. Não deixe absolutamente nada nem ninguém tocar na sua obra. Podem até pisar em você, que não interessa, mas não nela; ela é a sua vida. Só ela, rigorosamente só a obra tem importância para o artista verdadeiro. As pessoas têm amigos enquanto são pessoas, comem, correm, pagam contas, têm vizinhos, bebem. Mas artistas não têm amigos: eles são um impulso brutalmente narcisista que, para nascer, pisa no que está ao seu lado. E nem olham para trás. Um grande artista — e Richard Constantin ergueu o cavanhaque para a copa das árvores, como a reclamar dos céus: uma nuvem ligeira nos tirou o sol por alguns segundos —, um grande artista é um precário equilíbrio entre a civilização, que se vê na obra, e a selvageria animal que a realiza.

Ele abriu um silêncio e ocultou-se nele. Richard Constantin tem esse dom do bom ator, que é fazer o silêncio trabalhar para ele, na correta medida. Dar o tempo exato para que as palavras, pequenos e delicados pássaros, caiam ao chão, uma a uma, e se imobilizem, inchadas de significado. Fiquei olhando para os pés alguns segundos, mas tivemos de nos separar, um para cada lado do caminho, porque da curva subia um novo enterro, vagaroso, longo, tenaz. Enquanto esperávamos terminar a longa procissão de máquinas coloridas em direção ao alto, pensávamos, ele provavelmente no seu discurso romântico, eu na relação, ou na falta de relação, entre arte e moral — e já entrevendo, no automatismo do pé atrás, os ecos nazistas que reverberavam longínquos no sotaque e na sabedoria do velho senhor, salientando, provavelmente pela corrente genética, a superioridade invencível de uns homens sobre os outros. Mas apesar disso ele é um sofista muito atraente e, naquele momento, irresistível. Nenhum escrúpulo — algo para se guardar.

Distraído com a procissão de carros, continuei pensando. Um amigo morto. Em seguida, uma vampira interessada em me ver, só para sugar até a última gota do meu sangue. E agora, Mr. Satã, o demônio da sedução, pronto a comprar minha alma por um bom preço. Era tudo uma questão de barganhá-la com sabedoria. Senti falta de minha mãe. O que ela diria desse homem? Confiável? Não confiável? Retomamos o monólogo:

— Veja bem, Tato: que me interessa se Goya, digamos, bajulava a nobreza, ou que Giotto fosse um usurário mesquinho, ou que Monet pisasse na cabeça dos amigos, ou que Picasso trucidasse as quinhentas mulheres que passaram por ele, ou sob ele, ou que importância tem (vou dar um exemplo limite, na literatura) que Cèline fosse um nazista convicto? A História se lixa para a moralidade, porque o pequeno ser moral não conta; conta apenas o conjunto da obra, o trabalho, enfim. O resto é curiosidade de biógrafo, pouco me interessa se Fulano comeu a mãe ou se Beltrano matou o irmão, tudo isso é farelo irrelevante, e mais irrelevante ainda quanto mais nos distanciamos no tempo. Diga-me — e ele parou, severo, uma questão importantíssima: — Homero era homossexual?

Demorei um pouco, retardado, a achar graça — havia uma incorreção no paralelo, porque *homossexual* e *criminoso*, por exemplo, são categorias distintas, a menos que no sistema de valores dele... — mas ele riu solto morro abaixo. O diabo é um homem antigo e, de certa forma, conservador. E gosta de convencer e conferir a persuasão — parou, de novo sério, e segurou meu braço:

— Isso não é uma absoluta, total e completa irrelevância?

Concordei — *agora* ele tinha razão. Continuamos descendo a bela rua curva de paralelepípedos. Eu quase podia ouvir as engrenagens mentais do mestre preparando a continuação de seu arrazoado (sem esquecer, apesar de tudo, a traição do amigo morto. Se precisava de dinheiro, por que não falou comigo? Bem, eu havia me afastado completamente. Eu tive de me afastar. É difícil um pintor ouvir alguém dizer: *A sua pintura é um lixo*. Nenhuma entonação especial, sequer desprezo. A fria constatação de alguém maduro. Nenhum atenuante, também, que por mais falso e ligeiro acaba por se transformar num álibi que sempre seca as feridas. *Você tem talento, mas...* Nada. Apenas: lixo. O que eu iria fazer lá?) — continuação que agora veio de dedo em riste:

— Mas veja bem, Tato: a arte é sempre uma aposta de alto risco, e sem volta. A moralidade é irrelevante se, e apenas se, para ser matematicamente preciso, a obra for grande e o artista tiver talento. Não serve meio talento. Ou três quartos de talento. Não. O dom deve ser integral, um cheque em branco de Deus. É uma aposta pesadíssima, porque, afinal, quem nos garante alguma coisa? Deus nos dá a vida; quanto ao resto, dane-se! — Ele parou e olhou para os céus, como quem só agora faz uma descoberta óbvia, estalando os dedos: — Já o diabo... esse é mais prático, mais útil, para quem acredita nele... Quem nos diz, por exemplo, que Mondrian é um gênio e não um monótono pintor de azulejos? Sozinho, alguém sustenta a genialidade? Não; no máximo, corta a orelha. Daqui a duzentos anos saberemos o tamanho exato de Mondrian, como hoje conhecemos a estatura de Miguelângelo, talvez não tão imediatamente visível no tempo dele, com todos aqueles monstros renascendo em volta. Mas, enfim, um azulejo é um azulejo; não é exatamente a recriação do mundo, se você percebe o que quero dizer. Você quer pintar o mundo ou a parede?

Não me preocupei em responder, encantado com as voltas barrocas do meu novo amigo: a volúpia do argumento e da retórica, que arte bonita, quando há estilo! Mas ele esperava uma resposta, suspendido pelo silêncio, a mão mais uma vez tocando de leve o meu ombro. Ofereci o degrau para ele subir mais um pouco:

— Acho que eu sempre quis pintar o mundo.

— Ótimo! Isso é grande e isso é bonito: o desejo é a única máquina de produção da arte — cortou ele súbito (eu queria acrescentar que era talvez por isso que eu e Aníbal havíamos brigado até a eternidade: nos últimos tempos, ele só queria pintar a parede) — e é também a sua angústia. Ninguém pede para você pintar, como ninguém pede que você escreva; o mundo quer é advogados, médicos, engenheiros, porteiros, empregadas domésticas, encanadores. Na esmagadora maioria das vezes um eletricista é mais útil que Shakespeare. Portanto, essa é a primeira regra, principalmente nestas décadas liberais: não vá reclamar ao governo a sua fatia se alguma coisa não deu certo; prefira o diabo, que não tem nada a ver com a eternidade, esse assunto chatíssimo, mas entende tudo de vaidade, que é a face mais visível da arte. E, pensando bem, a mais interessante, para quem vê de longe — e ele parou para ajeitar a minha gravata-borboleta, como um velho tio orgulhoso da primeira fatiota do sobrinho adolescente.

Sentimos um ventinho gelado subindo a rua, numa típica traição curitibana — o sol se cobriu por alguns instantes e a umidade do mato muito próximo parecia ganhar espessura. Uma bela caminhada — e eu ainda estava difusamente comovido, o que sempre deixa a vida um pouco maior. Richard Constantin ergueu a bengala imaginária:

— Onde eu estava?

— A vaidade é a face mais visível da arte.

— Sim. Exatamente. Veja bem, Tato, a viagem sem volta que é o desejo de ser artista. Descartada a moralidade por princípio, fica a obra. Mas se não há obra, ou se a obra é medíocre (e sabe-se lá, depois da separação óbvia entre o joio e o trigo, que diabo vai decidir isso), resta só a falta de moral. Cèline, sem sua *Viagem ao fim da noite*, essa montanha mágica da contracultura, teria talvez comido rato no inferno de alguma cela esquecida, até morrer, engrossando o caldo já bastante pegajoso dos nazicolaboracionistas franceses. Picasso, com alguma pequena variação de azares do destino, restaria como um dos mais ridículos e hilariantes "modernos", mais um personagem do imenso anedotário cubista, ao lado de Juan Gris e Torres Campalans. Van Gogh, esse errado clássico, seria unicamente personagem da ciência médica do fim do século XIX, incluído e tipificado como um exemplo cristalino de demência. Sem talento, a história dos grandes pintores seria uma sucessão de puxa-sacos, calhordas, ladrões, estupradores, loucos varridos, vagabundos, presunçosos, monstros de egoísmo e covardia, lambendo a sola, de quatro, do primeiro rei, príncipe ou papa que aparecesse pela frente. Não muito diferente do resto das pessoas, é verdade — mas é que eles, os artistas, em algum momento de suas vidas entraram na fila da eternidade, às vezes forçando espaço com o ombro, a cotoveladas. O preço é alto, para quem tem a dimensão da grandeza; para quem não tem, bem, daí é tudo pequeno mesmo e nada faz diferença.

Nesse momento ele parou, compondo uma pose solene, o arremate de seu discurso — mas a voz, contrariando o gesto, veio sussurrante, como quem oferece de bom grado, numa delicada bandeja de prata, o perdão:

— E, diante de tudo isso, você fica incomodado porque o Aníbal vendeu sua tela?

Não respondi imediatamente. Continuei a andar — já estávamos praticamente no Parque Barigui, debaixo das últimas árvores do morro, cruzando o gramado — pensando, realmente fascinado, que Richard Constantin era um ser extraordinário e o simples fato de Aníbal jamais ter me falado dele era outra prova de sua invencível mesquinharia.

— Bem — menti —, não propriamente por ter vendido, mas... só para saber: por quanto ele vendeu?

Richard Constantin chutou uma pedrinha e acompanhou, criança, o seu percurso saltitante da grama para o asfalto.

— Duzentos e cinquenta, trezentos dólares. Alguma coisa assim. Meio aluguel, ele me disse.

Mordi o lábio. Filho da puta. Eu pagaria dez vezes isso para recuperar meu quadro. Detesto me desfazer dos meus trabalhos.

— Não é por isso — fingi, mas a voz me traía. — É que, afinal, a dedicatória foi escrita a óleo, na face da tela, e ocupa um palmo do canto esquerdo. Era um presente absolutamente pessoal. Toda a concepção da tela nasceu de uma longa conversa nossa. O tipo do presente que...

— Bem, se for por isso, pelo menos ele teve esse escrúpulo: tirou a dedicatória.

— Como assim?!

— Cobriu-a de tinta, caprichosamente; um perfeito exercício de falsificação. Ninguém é capaz de dizer, a olho nu, que o quadro foi modificado. — Admiração: — Ele conseguiu o tom exato, aquele verde-escuro mesclado com magenta; é como se a tua pincelada prosseguisse exatamente, pelo a pelo, na pincelada dele. Um trabalho de mestre.

— Sei. Ele era tecnicamente muito bom — e o *tecnicamente*, na minha boca, suprimiu qualquer outra qualidade.

Richard Constantin ficou em silêncio, mas provavelmente não pelo que eu havia dito; o lago do parque agora se abria diante de nós, e ele o contemplava, respirando fundo. Senti apreensão: logo nossa conversa chegaria ao fim e eu restaria, um pouco mais velho e um pouco mais seco, sozinho. Melhor antecipar a despedida, mas ele cortou meu gesto:

— Para onde você vai?

— Eu vou dar uma caminhada até o terminal e...

— Eu levo você em casa. Onde você mora?

— Mateus Leme, perto do Shopping. Mas eu posso...

Ele nem respondeu; foi me levando pelo braço até o estacionamento, outra boa caminhada. A luminosidade e o ar livre nos deixavam mais leves — a morte já parecia distante, enterrada no alto. Mas o quadro ainda me incomodava; reatei o nó:

— E por que o senhor comprou o meu quadro?

— Porque você é bom, e bom de uma maneira que nem o Marsotti percebia. Bem, ele já estava enfronhado demais nele mesmo para enxergar alguma coisa.

Eu me senti mais leve ainda, mas não seria bom demonstrar essa alegria em campo aberto. O pé atrás para mim mesmo, meu mecanismo de defesa:

— Obrigado. Mas sou imaturo, eu sei. E do quadro, o que o senhor diz?

Ele parou e franziu a testa, avaliando talvez se valeria a pena, digamos, me destruir logo no primeiro encontro. Eu seria suficientemente forte? Baixou muito a voz (o que me deixou aflito, porque ele usa o volume do som hierarquicamente, quanto mais baixo mais importante):

— Veja bem, Tato: a concepção do seu quadro é grande, mas a realização é falha. Você tem um mundo próprio, mas ainda não tem linguagem. A pincelada, quando acerta, brilha: o carro esmagado no centro da tela é brilhante, uma figura de mestre; eu sei o quanto é difícil botar um automóvel num quadro. Um carro é um objeto desengonçado, horroroso, sem saída, e os grandes artistas tendem a ignorá-lo. Você conhece algum automóvel pintado por Picasso? Os americanos são bons nisso, é verdade, mas na segunda olhada o quadro já parece uma propaganda antiga da Ford, apropriado para uma exposição de cartazes. Os americanos parecem dizer: *Olhe, mãe, como eu sei pintar bem! Eu também sei fazer!* Lichtenstein se salva, é claro, mas ele não se entrega, só comenta; aliás, esse pessoal, Oldenburg, Warhol, toda a pintura pop de uma piada só é o realismo socialista dos Estados Unidos, uma chatice cheia de mensagens edificantes maldisfarçadas. Bem, eu sou um velho espectador, do tipo antigo. Se for para comentar, prefiro as palavras; elas são mais eficientes, diretas, objetivas, claras. A pintura tem outras finalidades. Ou nenhuma; só o olhar que exige. Parece que há um ou outro carro em Hopper; esse sim, acertava sempre, mas, se você observa bem no fundo da rua, há uma linguagem publicitária nele. Quem se saiu bem em pintar carros aqui e ali foi Dérain, você conhece? Há belos carros derrapando no vermelho paranoico dele, ainda respingos de Van Gogh. Ele pintava carros como se fossem árvores e o truque deu certo. Pois bem: o teu carro esmagado é ótimo, ele de certa forma dá a dimensão do quadro e é o eixo espacial, impossível não olhar para ele, tudo converge para ele, no truque das velhas e boas linhas da perspectiva antiga. Mas você é um pintor preguiçoso, Tato; você pintou o carro e ficou com preguiça de fazer o resto. Com um detalhe: você é um ótimo desenhista, e isto pode estragar a tua pintura, pelo conforto da facilidade do traço. O menino voando é um pasticho; depois de Chagall, ninguém mais consegue voar com naturalidade. — Aqui ele de novo olhou para os céus, a senha de alguma nova descoberta. — Tiepolo! Tiepolo também sabia voar. Mas naquele tempo era mais fácil, eles acreditavam em anjos. Voltando ao teu quadro: cada criança ali tem uma marca registrada, do Botero (aquela menina gordinha) ao Picasso (o garoto de duas cabeças); mas o que poderia ser uma citação, digamos, elegante, se transformou numa colagem preguiçosa, óbvia, numa brincadeira pretensiosa. O quadro perde o rumo; você não teve técnica para sustentar o projeto. Numa palavra: quis dar o passo maior que a perna. Isso é bom, querer a grandeza, mas exige. O passo em falso, que já é ruim na vida, na arte não tem perdão. O adulto, aquela figura à esquerda, lembra?, é horroroso. Ele destrói o quadro. Não é a questão da perspectiva, que, como eu disse, está bem resolvida, aquele meio-plano flutuante; é a questão do equilíbrio dos volumes. A gente tem vontade de ir à parede e ajeitar a moldura na vertical, e no entanto ela já está na vertical! Bem, há picaretas que acham provocações assim o máximo da arte do século! Veja, Tato: se essa fosse a ideia, a pura ilusão de óptica, eu aceitaria (se bem que o resto teria de ser inteiro refeito, porque na arte ainda não inventaram nada ao longo dos séculos melhor que o conceito de unidade, você percebe?); mas, claramente, essa não era a ideia. A tua concepção de mundo é equilibradamente conservadora; e isso, na pintura, mesmo quando assume um rosto borrado de Francis Bacon tentando conversar com a História, isso eventualmente dá obras-primas inesperadas.

Chegamos afinal ao seu carro japonês, imaculadamente azul, brilhando ao sol suas formas ostensivamente arrojadas e aerodinâmicas. Um belo automóvel — um bólido. Ele tirou da carteira uma nota de um real e estendeu-a ao menino maltrapilho que guardava os carros. Abriu a porta, distraído, e o alarme disparou, estridente como um ganso — até que ele afinal encontrasse o botão certo no controle remoto do chaveiro. Acomodamo-nos no carro em silêncio e quase no mesmo instante senti o artifício do ar-condicionado nos envolvendo. Richard Constantin parecia absorto no que, para mim, seria a conclusão de sua fascinante (não é ironia: ele me fascinava) crítica, que eu estava bebendo palavra a palavra, pronto a desmentir cada defeito no próximo quadro meu que ele visse. Mas o único assunto dele até me deixar na porta de casa foi o trânsito horrível da cidade, segundo ele estragado pela liberação obscena do gabarito dos prédios em toda parte, e esses motoristas grossos, barbeiros, estúpidos e imbecis que criminosamente estavam à solta, loucos e furiosos, em todas as direções da cidade.

Um Richard Constantin completamente transtornado pelo trânsito — momentos antes desviara abrupto de uma caminhonete e quase que um carro de polícia, sirene disparada, lhe esmaga a traseira, freando escandaloso a tempo — me deixou em frente de casa, parado em fila dupla; e depois de me entregar ansioso um cartão de visitas que se recusava a sair do bolso do paletó, até vir à luz inteiro amassado — Não esqueça de sábado à noite! Espero você! —, quase me empurra para fora do carro só para arrancar logo e não dar razão a alguém que buzinava atrás.

Da calçada, acenei uma despedida que ele naturalmente não viu, sumindo dali com uma determinação homicida. Suspirei: um homem fascinante, esse *Mr. Richard Constantin, Ph.D. Representações comerciais. Curitiba - São Paulo - Londres - Roma - Paris.* Para que não o deixasse mentir, havia um número de fax internacional, ao lado dos endereços mais caseiros. Custo a atravessar a rua, que foi tranquila na minha infância, pensando naquele tratado avulso de estética a que o senhor Constantin me submeteu na manhã em que meu amigo era enterrado. Mal esfriou o corpo de Aníbal, e já encontro outro mestre: alguém que diz a você quem você é. Para um ser naturalmente opaco como eu, isso é sempre uma direção e uma referência. Eu estava feliz com aquele encontro;

e, como se me acusassem de fraqueza de caráter, argumentei comigo mesmo que eu não precisava concordar com ele, com alguém que, ao dizer quem eu sou, se torna o meu mestre; mas o fato de eu eventualmente não concordar já me dá um perfil. O único pequeno desespero da minha vida tem sido a solidão, e como o trabalho que eu faço — pintura — não é convencional, tenho medo de perder o senso de medida das coisas. Não há nada mais patético do que um artista maluco; quase sempre eles são apenas malucos, e às vezes nem isso.

Afinal atravessei a rua, imaginando como iria organizar meus quadros para fazer uma exposição particular ao mestre Constantin. O dia começava bem — ou recomeçava bem, já que com a morte de Aníbal eu havia me decidido pelo recomeço, o que exigiria simbolicamente o projeto de um novo quadro. Talvez, como havia previsto meu novo amigo, um quadro centralizado naquela figura pálida que jogou uma rosa no chão e me beijou o rosto, e tudo o mais se organizaria em volta, como uma representação medieval do mundo — encheria o quadro de anjos, acima uma fileira deles tocando trombeta —, e comecei a rir com a ideia enquanto subia a escada do apartamento, ainda incerto se não deveria entrar antes no ateliê, rever meu trabalho, como quem se prepara para o recomeço; e abaixo dos anjos o belo carro japonês de Mr. Richard Constantin, luzindo como uma fotografia com filtro azul em papel cuchê. Parei no meio da escada ao ar livre, já sem o bonito corrimão de ferro que foi sendo depredado e roubado aos pedaços ao longo dos anos, até sobrar esse vazio de tocos que me exige o equilíbrio: descer ao ateliê agora? — mas me deu preguiça de abrir o meu galpão-garagem, depois de uma semana longe dele, um espaço bonito como um dragão, o pé-direito de quase quatro metros que me engole cada vez que entro nele. *Você é um milionário!* — dizia o Aníbal. *Um ateliê de 250 m². Como se não bastasse, um apartamento, dos antigos, de 184m², num segundo e último andar, sem síndico e sem vizinho.* Exceto a loja de correias, polias, catracas e rolamentos que, no térreo, fecha religiosamente às seis, e abre em silêncio às oito do outro dia, eu poderia acrescentar; e ainda dá lucro, depositando o aluguel, sempre defasado, é verdade, na conta da minha mãe.

Uma sensação esquisitamente tranquila, chegar em casa, um dia inteiro azul — o azul que o Biba já havia perdido há mais de um ano, e agora é tarde — com a cabeça cheia de novas imagens — eu me alimento de imagens, e a última fotografia é a desse inglês (inglês? *Mr. Richard* — faz sentido) fora de época que cruzou meu enterro com tanta segurança, elegância e propriedade para me indicar o caminho apertado da salvação artística. Porque, afinal, sem meus quadros eu sou o quê? Sequer um contribuinte do imposto de renda (estou com o chaveiro na mão, no alto da escada, procurando a chave exata pelo tato), um homem irrelevante, o célebre homem sem qualidades, e também sem o mínimo traço daquela estatura europeia do mundo, sem limites, que produz tanto a Capela Sistina quanto Treblinka, o Mercado Comum e a guerra na Bósnia. Só os meus quadros dizem quem eu sou — eles e Mr. Constantin, e eu acho graça até perceber que a porta do meu apartamento já está aberta — o que é isso?

Passo aflito pelo corredor e vejo Dora na sala, erguendo-se — ela recolhia alguma coisa do chão:

— Tato?! O que foi que aconteceu?

Idiota, olho em volta: em toda parte há pequenos sinais de diferença. Alguém mexeu em quase tudo (nos quadros, não: todos no prumo). Dora segura as minhas mãos — ela tem as mãos sempre quentes:

— Cheguei aqui ainda há pouco. Soube da morte do Aníbal e queria conversar. A porta estava aberta. Aí eu percebi que você não estava, mas alguém tinha revirado tuas coisas.

Investiguei: aparelho de fax no lugar. Na secretária eletrônica, dois recados. Corri ao quarto, Dora atrás de mim:

— O que eu pude arrumar, eu arrumei.

A televisão, o vídeo. Guarda-roupa aberto, gavetas remexidas. Aparentemente, não faltava nada. No escritório, o computador e o monitor fora do lugar. Na estante, livros apenas empurrados para o fundo. Atrás de mim, Dora explicava:

— Na cozinha não mexeram em nada.

Conferi a porta: nenhum sinal de arrombamento. Fechei os olhos, voltando no tempo: absoluta certeza de ter trancado a porta ao sair. O estalo:

— Meus quadros!

Disparei escada abaixo, quase derrubando Dora da minha frente, até o ateliê. Trancado. Abri a porta e senti o cheiro da pintura, o ar frio e reservado do meu espaço, a organização intacta das telas, das prateleiras, das tintas, dos meus objetos, esculturas e livros. Respirei fundo: como diria Constantin, eis minha porta estreitíssima para a eternidade; às vezes, apenas a minha paz, o que não é pouco. Eu estava provisoriamente salvo. Mas sempre sentindo esse sopro de fragilidade. Me assusto com a voz aflita de Dora atrás de mim:

— Mexeram em alguma coisa?!

— Não. Acho que não.

— Que quadro bonito, Tato!

Nas sombras, lá estava intacta a segunda parte de *Immobilis sapientia*, sempre inacabada. Sem acender as luzes, fui até a janela dos fundos e conferi o mato do pequeno quintal, agora sob a sombra úmida de um prédio que se erguia ao lado, andar por andar, um esqueleto de concreto. Eu ouvia a respiração próxima de Dora.

— Ninguém entrou no ateliê. Mas vou reforçar o cadeado.

Subindo a escada de volta, tentava entender a invasão de alguém que aparentemente não levou nada; e senti a faísca de um remorso por ainda não ter sequer olhado para minha amiga Dora, que me perseguia consternada onde eu fosse, sempre atenta:

— Quando você vai botar um corrimão aqui?

Ela é quase alguém da família para mim, o que é ao mesmo tempo confortável (é bom ter alguém realmente próximo) e às vezes incômodo (por melhor que seja, a família é sempre uma condenação). De novo na sala, afinal abracei minha amiga:

— Obrigado, Dora.

— Mas eu não fiz nada! Só...

— Você estava aqui quando eu cheguei. Sozinho, seria pior...

— Não acha bom chamar a polícia?

O horror:

— Não não não! Depois eu penso nisso. — Lembrei do meu novo mestre e fantasiei que Dora e ele se dariam bem: — Vou perguntar o que devo fazer ao meu novo amigo, Mr. Richard Constantin. Você conhece? — e comecei a rir só de lembrar dele.

— Mister o quê? Quem é?

Larguei-me no sofá e meu olhar pousou, como que a contragosto, na natureza-morta de Marsotti, na parede oposta.

— Um marchand que conheci no enterro do Biba. Tem um carro japonês, que ele dirige mal, e sabe tudo sobre pintura. Um mestre. Melhor ainda: conhece meus quadros. Pelo menos um deles.

— Pois é, o enterro do teu amigo. Eu conheci pouco ele. — Sentou ao meu lado: — Que coisa triste, não? Tão novo.

— Ele não era mais nem novo nem meu amigo. E vendeu o meu melhor quadro, que dediquei a ele por escrito, na própria tela. Mais que isso: apagou a dedicatória, pintando por cima. Era um grande filho da puta.

Uma das qualidades de Dora é jamais tomar partido nas discussões que travo comigo mesmo. Ela me assiste como a um filme interessante. Fiquei comovido: eu era um homem estúpido, grosso, estragado, intratável. Eu não era ainda exatamente um homem. Um pequeno projeto. Um ser em andamento. Um artista que, pouco a pouco, começa a ganhar traços da espécie humana. Nem 30 anos! É muito pouco. Dora permaneceu em silêncio — e ficamos assim, largados, eu tentando entender para onde minha vida estava indo e ela tentando preencher o vazio que foi crescendo desconfortável entre nós:

— Eu vim te convidar para almoçar fora. No vegetariano, que eu sei que você gosta.

— Mas você detesta!

— Bem, eu preciso emagrecer.

Eu gosto muito dos lábios de Dora. São desenhados a nanquim, linha fina, caprichosamente, e, no miolo, são expansivos, móveis e generosos. Um belo preenchimento vermelho, que às vezes ela reforça provocativamente; ela arrisca com alguns brilhos exatos até quase a vulgaridade, sem nunca chegar lá; é só uma sugestão de uma grande e simples alegria, atrás da cortina fechada. E uma perfeita sequência de dentes. Dora é uma pessoa doce. Ela foi até a janela, objetiva:

— O sol está pegando nos teus nanquins — e puxou o forro da cortina, de modo que súbito mergulhamos numa penumbra luminosa, uma claridade represada.

Voltei a pensar na invasão e num lapso imaginei meu pai como o culpado — o que meu deu uma agulhada de ansiedade — mas descartei a ideia, revendo a luz vermelha piscar duas vezes na secretária eletrônica. Uma delas era ele, com certeza. Como se acompanhasse meu pensamento, Dora lembrou:

— Tem recado para você — e como se temesse absurdamente minha desconfiança, completou: — Já estavam aí quando cheguei — *isto é, não ouvi nada.* Afastou-se até a parede oposta, diante da natureza-morta de Aníbal, e eu percebi, revendo aquela garrafa convencional sobre uma espécie escorregadia de bordado, a mesa inclinada, o quanto a perícia técnica dele era também o seu limite, na medida em que um traço bem resolvido satisfazia-o na plenitude — nada além. Como agora: nada além.

— Você tem alguma ideia de quem invadiria a minha casa, Dora? —perguntei, mais para mim mesmo.

— Nenhuma. Quer dizer — e ela sorriu: — O que você anda aprontando? — E em seguida séria, como quem só percebe agora: — Você está pálido.

Eu queria ouvir a secretária, mas sozinho; o primeiro recado era do meu pai (ao fechar a porta de manhã — e daí minha certeza de tê-la trancado — ainda ouvi uma frase do recado dele, que eu preferi não atender); o segundo, fantasiei que era da minha vampira.

— Pálido?

Em pé, conferi as duas mãos, que estavam trêmulas, e que ela segurou como uma boa enfermeira.

— Você está com as mãos frias. Pressão baixa. Precisa de sal — e ainda sem largar minhas mãos: — O que você acha da minha proposta de almoço?

— Ótima! Vamos andar até o Passeio Público. Hoje é o dia das caminhadas.

Novo aperto nas mãos:

— Você não está cansado? Estou com o fusquinha hoje. A Diana foi para São Paulo e arriscou deixar o carro comigo.

— Eu não arrisco! — e dei uma risada, na verdade um argumento para me afastar dela (eu queria ficar sozinho), e contemplei a parede forrada com meus bicos de pena.

Sou fundamentalmente um desenhista. O mundo para mim é um emaranhado infinito de linhas, são elas que definem os objetos, os seres, as ideias, mais do que qualquer outra coisa. Mais do que a cor, por exemplo. Mais do que o volume. Há uma matemática no desenho; o traço é a realização mais completa da abstração, não da abstração pura, que não existe (para que ela existisse — e eu começava a contestar meu mestre antes mesmo de me tornar seu discípulo — teríamos de imaginar um ser sem memória, sem passado, sem futuro e sem paredes, um sopro transparente pousando nada sobre coisa nenhuma; é muita ausência ocupando a mesma falta de espaço), mas da ideia que nós fazemos das coisas, porque, simplificando um pouco (ou *abstraindo*), as coisas são a ideia que nós fazemos delas — mas, a essa altura, sinto o desespero e o desejo escapista de desenhar (pintar, que, para mim, é o mais completo desenho do mundo). Posso deixar o pensamento e as explicações por conta de Mr. Richard Constantin, o emissário do demônio da lógica no reino do meu futuro (ou da minha falta de futuro). A intuição é a minha matéria — gosto de ouvir e obedecer, e gosto de mestres, e de pessoas que apontem caminhos, e que me digam o que eu sou e o que eu devo fazer, muito provavelmente porque eu *não preciso* obedecer a ninguém; não sou sequer inseguro (ainda que sem nenhuma luz visível), mas necessito da companhia das outras pessoas, e as pessoas são mais felizes quando se sentem úteis, importantes, inteligentes, afetivas e influentes, como o ótimo Richard Constantin desta longa caminhada; há uma falha no meu caráter que, me deixando sempre sozinho, até à custa da morte, como hoje, me impede o prazer da solidão (exceto no momento exato da pintura, daí meu amor pelos quadros intermináveis, que se arrastam meses a fio, que nunca estão prontos, e que mesmo depois de prontos, como meu único presente ao Aníbal, continuam se transformando). E minha frieza, que se confunde às vezes com bonomia, parece que mais se enrijece ao longo do tempo, e no entanto talvez eu seja uma pessoa que...

— Eu não tenho nenhum quadro seu.

A voz de Dora quebrou meu devaneio; diante de nossos olhos estavam dezessete bicos de pena caprichosamente emoldurados e distribuídos. Peguei o *Lábios de maio*, o estudo do rosto de uma mulher. Os lábios são os de Dora; a face, de uma ex-colega da universidade que eu admirava platonicamente.

— Quer esse aqui?

— Que lindo! É claro que eu... Tato, você está chorando?

Sorri, enxugando os olhos, as mãos trêmulas.

— Não. É que... alguma coisa na vista... — e esfreguei os olhos.

Eu estava muito perto de desabar. Ela me abraçou um abraço que começou simplesmente carinhoso, mas, como eu não correspondi, olhos na natureza-morta de Aníbal atravessando a sala, se transformou num agradecimento:

— Obrigado pelo bico de pena. É muito bonito. — Tateando minha mão: — E você precisa de sal.

Deixou o quadro na mesa e correu para a cozinha. Percebi que até a mesa estava deslocada. Quem teria invadido meu apartamento? Seria mesmo um caso de polícia?

— Abra a boca.

Obedeci. Ela também abriu a boca, mimética, e depositou uma colherinha de sal sob minha língua, que aceitei com a devoção de quem recebe a hóstia, de olhos fechados. Um estalo: a diarista?

— Ela tem a chave.

— Quem?

— A diarista.

Colherinha na mão, Dora custou um tanto a sintonizar meu novo canal:

— Ah, sei. É. Pode ser. Ela é nova?

— Não. É velha, gorda, feia e me viu nascer. Ridículo. Nem pensar.

Devolvendo a colher à cozinha, gritou:

— E alguém próximo? Um filho dela. Um vizinho.

— Para levar o quê? Não sumiu nada. — Vontade de andar, sair dali.

— Vamos para o nosso almoço? Eu... eu preciso conversar com você.

E ficou com o rosto inexplicavelmente vermelho — para disfarçar, Dora ajeitou minha gravata-borboleta, e sorriu.

— Você é engraçado, Tato.

— Não é melhor eu tirar a gravata? Ela está mais para casamento do que para uma refeição vegetariana.

Ela riu mais solto:

— Casamento ou enterro? — e impediu meu gesto: — Não, não tire! Eu acho bonita essa tua gravatinha. É a tua marca registrada. Vou comprar uma gravata azul para você. Vai combinar. — Testou minhas mãos. — Você parou de tremer e já está com os dedos quentinhos. O sal funciona, viu? Mas precisa cortar essas unhas. Sempre cheias de tinta.

— Cheias de sangue! — brinquei, lembrando da vampira.

Tato, meu querido:

Esta é a última carta que escrevo a você e não quero deixar mais nenhuma lacuna. Você sabe tão pouco de mim (na verdade, não sabe nada), e isso me incomoda. Você nunca me perguntou coisa alguma, mas sempre entendi essa falta de curiosidade como timidez, não como indiferença. Talvez seja. Com os estrangeiros costumamos ser especialmente cuidadosos no trato das distâncias, e você, eu me lembro, acentuou várias vezes isso, lamentando que os brasileiros, tão emotivos e carinhosos ao longo da vida, nunca sabem exatamente quando ou onde devem parar ao estenderem a mão para os outros. Eu achei engraçado o modo como você disse isso, justo diante do *Julgamento de Páris*, com as três figuras nuas e magras, cheias de mãos e trejeitos. Você, subitamente, percebeu que aquele instante não havia sido adequado para falar nisso, ainda mais lutando para sintonizar nosso inglês na mesma frequência, e o seu rosto ficou vermelho de vergonha, combinando com o vermelho daquela bizarra gravata-borboleta. Você devia estar sentindo o rosto queimar, e para se esconder aproximou severamente a cabeça do traseiro da deusa à direita, com aquela mão torta (a do quadro) pedindo calma ao espectador, como quem investiga detalhadamente a qualidade de uma microrrestauração. Naquele momento (estávamos juntos há pouco mais de uma hora) eu suspeitei que você, louco, apenas fazia graça, um tipo de graça que poderia ser assustadora para uma anglo-saxã, talvez, não para uma italiana.

Mas é claro que você não estava fazendo graça. Você é a pessoa mais séria que eu jamais conheci, e infinitamente triste. Mas nada é agressivo nessa tua seriedade e nesse teu silêncio — você é silencioso mesmo nas cartas, e o fato de jamais indagar nada da minha vida não quer dizer, de fato, indiferença, mas uma espécie de respeito. Talvez medo. Eu acho que sim. Tenho pensado nisso: talvez você tenha medo do que vai ouvir. Assim, você sempre se deteve nas respostas, nunca nas perguntas. Também me intrigou o fato de você jamais me enviar sequer uma fotografia de um trabalho seu, com a justificativa de que nenhum deles está pronto. Mas tanto fala deles (falou, da terceira hora em diante, quando o garçom trouxe o primeiro café) que você mais parece um escritor, alguém que conta histórias, que um pintor, alguém que fixa imagens. Não é engraçado? É, mas à revelia. Você é assim: à revelia.

Não leve a mal esse meu jeito de dizer as coisas. Como essa é a minha última carta, eu não quero deixar nada para trás, nem para depois. E você nem pode imaginar como eu tenho a memória saturada de você, cada pedaço dela. A impressão que eu tenho é que eu não fiz outra coisa nesses doze meses (e sete dias) senão recompor e restaurar, peça por peça, o mosaico do nosso encontro. Eu sei tudo sobre ele. Fiz até um mapa, seguindo nossos passos. Calculei distâncias. Fiz um cronograma do tempo e do espaço, baseando-me em três referências: a hora em que você chegou (9h21) — eu conferi no exato momento em que você descia do táxi, porque o Metropolitan só abre às 9h30 e havia mais gente esperando — e a hora da quitação do hotel, que tenho impressa comigo, e a despedida no aeroporto, com aquela hora oficial e assustadora piscando atropelada em toda parte. Sei o momento em que estivemos mais próximos: no abraço de despedida, o momento em que, afinal decididamente, você me apertou além do razoável, mas por quatro segundos apenas, e o momento em que estivemos mais longe — no hotel, quando você ficou na fila do *check out* guardando meu lugar no meio daquela horda de turistas enquanto eu corria ao 12° andar do hotel para pegar minha bagagem antes que eu perdesse o avião, o que, lembrando bem, chegou a ser meu não tão secreto desejo. Se você tivesse me pedido para ficar, ou apenas insinuado esse desejo (o que combinaria mais com você), talvez eu ficasse, mas na verdade não sei; não se fecha súbito a cortina da peça que estamos representando na vida real assim, num impulso de paixão, ainda mais de uma paixão que sequer dizia seu nome, que sequer estendia a mão para o outro. Portanto, não se sinta culpado de não me ter pedido nada. E perdoe minha presunção — mas eu *sinto* que essa ideia passou algumas vezes pela tua cabeça. O simples fato de você se oferecer — e de uma forma peremptória, já previamente furiosa com uma simples sombra de recusa de minha parte — para me levar ao aeroporto, lá naquele fim de mundo, à noite, de táxi, e ficar ao meu lado até o último minuto, passando para mim aquela tensão silenciosa de quem começa a sofrer porque vai ter de se despedir, mas não confessa, não abre a boca, não chora, mesmo que batam nele — o fato simples. Eu me perdi nessa sentença. Você sempre teve mais autodomínio do que eu, embora pareça o contrário. Por isso desatei a chorar assim que me vi sozinha, de me trancar no banheiro e chorar, chorar, chorar, enquanto provavelmente você voltava impassível, lago de águas fundas, ajeitando a gravata-borboleta. Você parece não viver o que vive; você está sempre um metro adiante, e acima, no ar; sempre suspenso, esperando que alguém diga o seu nome em voz alta para você entrar no palco; nada parece dizer respeito a você; você não é daqui; não é de lugar algum; você nem mesmo sabe o que está fazendo neste lugar onde está, fazendo o que faz. Eu estou tentando detestar você.

O bom de uma última carta é que a gente pode dizer qualquer coisa, e sem pressa. Como é a última, ela não precisa nem terminar.

Eu não chorei por você, Tato Simmone; nada disso. Eu chorei (agora percebo) por uma ideia que fracassava. Uma ideia que, num minuto, parecia ter futuro. A ideia da paixão é poderosa não pelo que ela tem de egoísta, de autossatisfação, pelo isolamento terrível que contém; a ideia da paixão é grande porque melhora o mundo inteiro. É uma ideia que põe uma finalidade nas coisas e uma ética no mundo. A paixão nos esparrama. A paixão nos distribui, como o pão de Cristo, apenas trigo, sem Deus — e sem sofrimento, porque estamos fartos dele, há que se tirar essa gosma dos séculos das nossas costas. E chega de retórica.

Você sabia que há alguma coisa de *clown* em você? Há em você alguma coisa de cinema mudo, que me encantou já da escadaria do Metropolitan, onde esta balzaquiana alternativa que agora escreve a você estava sentada muito à vontade, ao sol daquela perspectiva de primavera, observando as cores, a luz e as pessoas, sentindo o reflexo de alguns blocos de gelo ainda resistindo à sombra mas já derrotados pelo calor crescente — uma atmosfera de mudança, para melhor, nos envolvia naquela manhã; uma predisposição para viver mais intensamente, como às vezes sentimos, sem explicação, quando acordamos.

Eu estava (acostume-se: vou falar *muito* de mim mesma nessa carta; eu preciso falar *tudo*, e como eu não acredito em psicanálise e não tenho exatamente intimidade com mais ninguém, escolhi você para me ouvir, uma primeira e última vez). Eu estava satisfeita comigo mesma; em uma semana tinha resolvido tudo o que eu tinha de resolver em Nova York (depois falo sobre o que eu tinha de resolver, principalmente sobre aquela maldita cabeça de pedra de Modigliani) e de forma bastante satisfatória; tinha ganhado um bom dinheiro, até mesmo imprevisto, o que sempre nos deixa no limiar do êxtase da vida terrena; e tinha o dia inteiro para circular no Metropolitan, o que de certo modo, para mim, também é uma espécie saborosa de felicidade, daquela que não exige mais ninguém. Ao final da tarde, poderia dar uma bela caminhada até o hotel, sem pressa, empacotar minhas coisas, telefonar ao Domenico (você também vai saber dele, desse grande filho da puta), ir ao aeroporto, e aí as horas avançam com maior velocidade, e súbito estaria na Via Chiavari, na minha *vecchia Roma*, velha, bela, previsível e às vezes desconfortável Roma. Nada, nem Roma, é para sempre. Para você ver como estou deprimida.

Então parou aquele táxi a dez metros do meu degrau, a porta se abriu mas não saiu ninguém; você continuava conversando com aquela mulher loura, ou o contrário, ela continuava conversando com você, sem parar, alguma coisa que, é claro, eu não conseguiria ouvir. Quando você afinal saiu, ela veio em seguida, pela mesma porta, a da calçada, fazendo um sinal para o táxi esperar; ela queria se despedir mais completamente de você, e então eu vi que vocês eram estrangeiros e falavam uma língua algo familiar, mas irreconhecível; uma língua latina que não era espanhol. Você concordava com tudo que a mulher, mais velha que você, dizia, e você concordava de uma forma submissa; você abaixava a cabeça e fazia "sim". E enquanto ela (a essa altura eu percebi que vocês eram parecidos; os perfis eram semelhantes, a curva da testa e o nariz reto, um pouco maior do que seria o padrão convencional, mas não muito; dois belos perfis, de verdade) falava, sempre em voz normal, nada do escândalo do turista, ela aprumava o seu casacão, tirava um fiapo do ombro, conferia a sua boina preta (até então eu ainda não tinha visto você de frente) e ajeitava a sua gravata, o que me levou à conclusão final e agora iniludível de que se tratava de sua mãe, aqueles eram gestos de mãe, não de irmã ou de prima ou de tia ou mesmo de amante; uma mãe cuidadosa e refinada, atenta a você, e, lá no fundo, com uma nesga de ansiedade que ultrapassava você; uma ansiedade que ia além do filho e para a qual ela não tinha nenhuma solução à vista, mas que incomodava; uma ansiedade que também passava a você.

Acertei? Sim, porque até agora não sei quem era aquela mulher. Durante o dia não tocamos no assunto (nem lembramos), e nas nossas cartas muito menos. Era de fato a sua mãe? Bem, não importa. Aliás, não importa nada. Eu quero morrer.

Afinal você se livrou da mulher, não sem antes ceder, a contragosto, um abraço e dois beijinhos, e ainda foi vítima desse olhar derradeiro de mãe, o controle final, antes que ela entrasse de volta no táxi e esquecesse completamente de você até o próximo encontro, porque aquela mulher, sua mãe virtual, aproveita cada segundo de que dispõe, e só esses, porque o tempo é uma urgência. Você esperou o táxi se afastar, talvez até para responder a um eventual último aceno, mas a mulher já estava concentrada no assunto da esquina adiante, onde o sinal fechou. Eu até penso ter ouvido um suspiro seu, mas é impossível, àquela distância; talvez o suspiro fosse meu, feliz por vê-lo afinal livre daquele suplício bem-intencionado. (Você sabe o que é guardar todo este filme comigo, minuto a minuto, ao longo de um ano, e só escrever aquelas cartas frias, distantes e bem-comportadas sobre a superioridade — e a vitória — da arte figurativa sobre a arte conceitual, e que portanto você não precisava se sentir complexado por só trabalhar *narrativas*? Eu não aguento mais.) Ou talvez fosse o seu gesto, aquela tua postura na calçada, um erguer de ombros que súbito relaxa, que me tenha sugerido o suspiro.

Então você se voltou para subir as escadarias daquela manhã com o mesmo sentimento de libertação que eu, por acaso, estava vivendo, o sentimento vivo das estações do ano que, segundo você, só quem vive sob a neve pode algum dia compreender, e havia aquelas três belas bandeiras coloridas descendo simétricas do céu azul entre as colunas do prédio anunciando os impressionistas como quem convoca o povo para assistir a uma liça da Idade Média, faltando apenas as cornetas no balcão ao alto — um dia luminoso, a liberdade em uma apreensão ingênua e limpa, a pura ideia de liberdade, era o que eu lia no teu rosto, olhando o prédio como quem se prepara para entrar nela, e você avançou alguns passos (alguns segundos depois de eu ver as horas), você avançou nefelibata, desacostumado, quase cego, e numa sequência de quatro tropeços ridículos conseguiu ainda recuperar um pedaço de equilíbrio graças à minha mão, que se ergueu em tua defesa, ou em defesa própria, porque de outro modo você desabaria definitivo sobre mim — e ao fim nos vimos, eu da Itália, você do Brasil, entre um degrau e outro, abraçados incertamente como num lance de tango, em que o homem era eu, e você a mulher. Por pouco não te beijei ali mesmo, o que muito provavelmente (acho que com certeza) daria uma bela e abrupta rotação nas nossas vidas, também como num tango argentino (o tango é argentino, não?).

Segurando você ao fim de um meio rodopiar, vi sua gravata-borboleta, o que me deu vontade de rir, não da gravata (embora engraçada), mas porque tudo era improvável naquela manhã. Só nós dois, certíssimos e seríssimos como duas figuras congeladas de um tango pintado por David.

Uma ótima refeição vegetariana. Fiz um prato ecumênico, das cenouras raladinhas ao molho de cebola — inventei que essa limpeza de sabor, ou que esses sabores em estado puro são uma espécie de disciplina gustativa, uma revisão dos sentidos primordiais da alma que nos prepara o espírito para, no contraponto *yang*, a violência agressiva da carne malpassada, da maionese de esquina, do frango de pele torrada. Os gregos já sabiam: todos os deuses devem ser louvados, principalmente os perversos. Sádico, me diverti com a tristeza de Dora, o seu ar infeliz diante daquela bandeja edênica.

— A ideia foi sua. Se você tivesse me convidado para um espeto corrido, eu também aceitaria.

— Mas eu adoro vir aqui. E eu *preciso* dos vegetais — e o seu olhar para a bandeja era um bico de pena representando perfeitamente o desconsolo.

Dora é uma companhia leve que sempre me deixa à vontade. Imagino que ela talvez queira ser um pouco mais que amiga, mas faço de conta que não percebo, e assim, por meio de discretas simulações, chegamos à exata dosagem da boa convivência.

— Você não vai mais voltar para o curso? Não vai nem trancar a matrícula?

— Mas o que é que eu vou fazer com um diploma de publicidade e propaganda?! E depois, já estou meio velho para ficar sentadinho, aguentando aquelas aulas. Eu nem sei por que fiz vestibular. Nem minha mãe queria que eu fizesse. Eu sou um pintor e um pintor que, até segunda ordem, não vai precisar de mais dinheiro do que aquele que já tem.

Venho repetindo com demasiada frequência meu auto de fé de artista; até o tom da minha voz muda nessa afirmação temerária — e sempre insegura — de independência.

— Como vai a sua mãe?

— Bem.

— O pessoal sente falta de você — ela mentiu, mudando a direção do assunto ao perceber, como sempre, que eu não gosto de falar da minha família. Seguiu-se uma troca desregulada de informações:

— Acho que vou ter de trocar a fechadura.

— Eles adoraram o painel que você pintou no Centro Acadêmico.

Que já deve estar atravessado de cartazes, riscado a canivete, coberto por estantes vazias. Pérolas aos porcos. Um painel original de Tato Simmone jogado no lixo, disse minha mãe quando contei. *Você não é mais criança. Jamais vulgarize o teu trabalho. Nunca faça nada de graça, ou eu corto tua mesada* — e ela deu a sua risadinha irônica, para que eu não levasse a ameaça a sério. Minha mãe me ama apaixonadamente, o que às vezes é incômodo. E deve estar preparando a minha entrada triunfal em alguma galeria, o que é mais incômodo ainda. Às vezes vivo em devaneios irritados a fantasia de me livrar dela, mas a engenharia existencial que o rompimento iria exigir (como os planos mirabolantes do meu pai, um deles certamente à minha espera na secretária eletrônica) sempre acaba me acomodando nessa trégua filial.

— O que você acha? Troco a fechadura?

— É claro que sim, Tato. E acho que você deve comunicar o arrombamento à polícia.

Isso está completamente fora de cogitação. Eles já têm o meu nome lá; não quero que relembrem. Senti um frio no estômago, um vazio que se alojou na alma com a simples ideia: haveria uma relação entre o Aníbal que eu acabava de enterrar e a invasão da minha casa? Ele tinha cópia das chaves, de um ano atrás, quando viajei para Nova York e lhe cedi o ateliê — chaves que nunca foram devolvidas.

— E daí? Isso faz muito tempo.

— O que foi que você disse?

— Nada. Desculpe. Pensei em voz alta.

Dora sorriu inquiridora, carinhosamente preocupada. Expliquei:

— Estava só lembrando. Sabe que faz mais de um ano que não viajo?

Pronto: voltamos à normalidade.

— Eu, faz milênios que não saio daqui. Mas ando com vontade de sair. Eu até queria conversar uma coisa com você. Afinal, você...

Como quem não percebe, cortei a confissão nascente:

— E a tua irmã, como está?

— Bem. Muito bem, aliás. Vai casar esse ano.

— É mesmo? Com quem?

— Com o Cláudio. Lembra dele?

— Acho que já vi uma vez.

— A gente se encontrou naquele restaurante alemão, no Largo da Ordem, como é mesmo o nome? Schaiznegger, algo assim. A Estelinha estava com você, aquela do curso.

— Ah, sei.

Não me lembro de nada, mas aceitei tudo. Ela continuou:

— Um loiro, alto, bonito.

— Sei.

Voltamos para casa numa lenta caminhada, em cada cabeça um filme diferente. Logo eu estaria com fome novamente, pensei em dizer à Dora para quebrar o silêncio prolongado, mas não devemos antecipar nossas ansiedades. Quase que por acaso, decidi parar num chaveiro perto de casa, onde encomendei uma "tetrachave de tripla segurança" — foi o que o homem disse, anotando meu endereço. Pensei também em reforçar o ateliê com mais um cadeado — mas quem roubaria um quadro meu?

Chegamos afinal ao carro em frente de casa, mas Dora interrompeu meu gesto de despedida empurrando-me escada acima:

— Vou pegar meu quadro. Ou você já se arrependeu do presente?

Havia um terceiro recado na secretária. Dora contemplou seu quadro — e não se moveu, como quem pensa rapidamente em algo para dizer que nos mantenha juntos. Eu sempre tive medo dessas nossas despedidas, breves segundos em que um ouve a respiração do outro — é como se alguma coisa má estivesse na fímbria de acontecer, um desastre irreversível que estragaria nossa amizade. Se ela compreendesse que a minha distância significava, de fato, a preservação do nosso afeto, poderíamos ser felizes. (Não; pensando bem, é a sombra da transgressão que nos aproxima. E hoje sei o quanto eu desconhecia a minha Dora.)

— Escreva uma dedicatória para mim, aqui atrás, na moldura. — Lembrei Aníbal, e sorri; ela também: — Não se preocupe, Tato. Não vou vender o quadro como o teu amigo.

— Ex-amigo. Ele morreu.

Escrevi, imediatamente arrependido da minha boca enorme: *Para minha ótima Dora, com carinho*. Ela agradeceu com dois beijinhos rápidos e brincou:

— Isso ainda vai valer milhões!

— Pobre Dora, sempre iludida. Eu nunca vou valer coisa alguma — e, pensando mais no espírito que no dinheiro, lembrei de Richard Constantin, o apóstolo da falta de moral, meu novo ídolo. Talvez apenas para ilustrar a despedida, que se enchia de segundos brancos e prolongados, quase convidei Dora para a festa de sábado na casa dele, mas me contive. Melhor levar a vampira, que começava a sugar meu sangue antes mesmo de chegar perto de mim. Seria dela o terceiro recado?

Enfim sozinho, tirei a gravata-borboleta, conferi rapidamente os discos espalhados no balcão (estavam todos ali), escolhi *Diane*, com Chet Baker e Paul Bley, apertei o botão da secretária e me estiquei preguiçosamente no sofá.

— Tato, meu querido. É o seu pai. Odeio essa merda dessa secretária eletrônica. Você está aí? Não? Bem, depois ligue para o teu pai, tenho um assunto urgente para tratar com você ainda hoje. Estou no mesmo endereço. Um beijo. Até mais. Não esqueça. *Pi-pi-pi-pi-pi*. Bom dia, senhor Eduardo Simmone. O senhor foi indicado para ganhar uma bolsa de estudos de seis meses do nosso Curso Completo Estrela 10, de Informática, inteiramente gratuito, com equipamentos individuais de última geração. Nosso curso básico inclui treinamento para Windows 95, e o advanced apresenta um leque de opções que incluem os mais atualizados programas que existem, como Word e Excel. Fale comigo: meu nome é Suzete, e sou gerente de contato. Nosso número é 0-800-999-1500. Lembre-se: a bolsa é oferecida por tempo limitado. Obrigada. *Pi-pi-pi-pi-pi*. Alô? Você já chegou? Estou esperando telefonema. Se você soubesse como eu odeio essa porra de secretária eletrônica. Você também vai deserdar o seu pai? *Pi-pi-pi-pi-pi.*

Fim. Fiquei imaginando como seria a Suzete, a gerente de contato. Uma delicada moreninha de cabelo bem preto, tipo arame liso de cerca, olhos de amêndoa, lábios indígenas. Ou uma loira angulosa e bruta, um metro e oitenta de irregularidades? Ou aquela feinha meio sem cor nem pele, que, graças à voz, límpida, vibrante, afinada, salvou a própria vida, e à noite se transforma na *crooner* feroz de uma promissora banda de garagem? Ou uma vampira? Comecei a fantasiar, e a desejar, a vampira do Aníbal, a mulher misteriosa que teria sugado o resto de sangue do meu velho amigo Biba, até a derradeira gota. Uma mulher interessante, com perfeito domínio do preto e do cinza. Meu olho não engana: ela equilibra as cores com os gestos, e até o cabelo está aparado na altura exata. A pele branquíssima parece uma escolha. Alguém que se melhora e que se atreve.

Resolvi pintar, prosseguir meu inacabável *Réquiem*, uma viagem meio sem volta, quase que só azul e verde, uma cor fria e outra quente formando uma imagem praticamente sem linhas, difusa como um sonho, o que contraria tudo o que sei fazer. Negar a linha, que é a minha linguagem, diria o senhor Richard. Mas eu insisto. Minha vantagem é esta: não tenho a mínima pressa. *Réquiem* é, também, uma espécie de birra: quando minha mãe viu a primeira tentativa, há mais de um ano, torceu a cara instantaneamente: *Jogue isso fora.* O que foi uma tentação a mais. Talvez meu amigo Richard possa me dizer se ela tem razão.

Eu não sei o que faço; ainda não sou maduro o suficiente para ter a dimensão do olhar dos outros, aquela terceira linha que dá profundidade ao meu próprio ponto de vista. Senti uma ponta de ansiedade, que reaparece cada vez que me pergunto o que estou fazendo na vida. Pintar: isso é tudo — e me levantei decidido. À noite eu falaria com o meu pai. Já sei como será nosso diálogo, a tensão de sempre, e não há nada que eu possa fazer a respeito. Em que momento da vida ele desabou? Existe um momento em que caímos, ou apenas vamos escorregando pelo tempo? Vesti minha roupa de batalha, meu avental multicolorido — não o de um *gourmet* (como disse Dora uma vez), mas o de um açougueiro entusiasmado com os pedaços de carne à sua frente. E tirei da estante um álbum de Francis Bacon, presente de minha mãe, para roubar dele alguns borrões deformantes. Desliguei o som; ao esticar a mão para a porta, o telefone tocou.

— Edu? Afinal eu te encontro e só agora você resolveu atender? Odeio até a morte essa secretária eletrônica.

Meu pai já estava bêbado. Eu sei: a mudança no tom de voz, a exasperação desconcentrada, os súbitos brancos da memória — *com quem estou mesmo falando?*

— Oi, pai. Acabei de chegar. Eu ia ligar em seguida para você.

— Você não telefona para mim faz exatamente dois anos, três meses, dois dias, cinco horas e alguns minutos. — Ele deu uma risada da própria piada, inseguro: talvez já estivesse demonstrando antes do tempo que eu era um filho ingrato, depois de tudo, absolutamente tudo que ele fez por mim. Ainda não seria o momento de me dizer isso, mas meu pai nunca teve domínio do ritmo em nada que ele fez, pensou ou falou na vida. Aníbal dizia que a minha pintura também não tinha ritmo: em todo quadro meu há alguma coisa desafinada, fora do lugar, desproporcional, inadequada. Aníbal achava que um quadro deve ser redondo, limpo e uniforme como uma bola de futebol saindo da fábrica. Você até pode ver as emendas, mas elas devem ser sempre cristalinas. Sabe o Ingres? Dê uma olhada naquelas vitrines que ele pintava. — Filho, sou sempre eu que ligo. Para saber como você está.

Resolvi contra-atacar. Aquele telefonema ia longe.

— Não estou muito bem, pai.

— O que é que você tem? — Um toque de irritação na pergunta. Meu pai não gosta de concorrência na desgraça.

— Depressão.

— A tua mãe não está te mandando dinheiro?

— Não é isso, pai. Meu melhor amigo morreu.

Silêncio. Por um milésimo de segundo passou pelas nossas cabeças, uma agulha incandescente e fátua como um comercial colorido, a ideia de que o melhor amigo de alguém é sempre o seu pai.

— Quem?!

— O Biba.

— Quem é esse?

— O Aníbal. Aníbal Marsotti, o pintor famoso.

— Ah. Ele. Sei. Morreu? — E antes que eu respondesse: — A Isaura está onde?

Custei a sintonizar a mudança de rumo. Isaura é minha mãe.

— Em... em Nova York, acho eu. Deve ligar em breve.

— Como é que ela está? — Era uma indagação fria, absolutamente desprovida de qualquer sombra de afeto. O tom de um inquérito quase policial.

— Muito bem. — Talvez eu tenha exagerado na afirmação, como quem toma partido e se vinga. — Quer dizer, acho que ela deve estar bem.

— Sei. Ela *sempre* está bem. Mesmo quando não está. Você sabe se é verdade que ela casou mesmo com aquele sujeito, de papel passado?

O que esse velho assunto tinha a ver com essa manhã? Ganhei tempo:

— Que sujeito?

O interrogatório iria longe.

— O tal marchand francês. Aquele que deu um Porsche pra ela no Natal de 93. Foram passar a lua de mel na Califórnia. Acho que ela queria ser artista de cinema. Conseguiu?

Suspirei. Eu não tenho o mínimo desejo de agredir meu pai, mas ele estava ficando insuportavelmente maluco. O marchand era sócio dela, o carro era japonês e usado, a viagem para a Califórnia acontecia todo mês a negócios e quem queria ser artista de cinema, lindinha como Shirley Temple, era a minha meia-irmã Kelly, a quem eu vi duas vezes na vida; para ser sincero, o suficiente, ela falando inglês, eu português. Um olhava para o outro como a um panda de zoológico. Hoje, para alegria de dona Isaura, que é uma mulher um tanto sem paciência, Kelly deve estar morando com o pai, um americano do ramo do ar-condicionado, em algum lugar do Texas. Provavelmente nunca mais vou vê-la na vida; há quem ache isso uma tragédia. Eu não. É só mais um toque biográfico da minha inesgotável mãe, a dona Isaura, que, afinal de contas, me mantém em pé. Filho de meu pai, também mudei abrupto de assunto:

— E você, pai, está bem?

Silêncio. Talvez ele tentasse se lembrar por que afinal havia me ligado. Certamente dinheiro. Mas às vezes ele sofria surtos de arrependimento. Um tom quase normal agora:

— Estou. Estou muito bem. Estou assessorando uns projetos do Dálio aqui na Assembleia sobre ocupação de solo. Ele é uma anta, você sabe.

Uma certa pose mal-sustentada chegou até mim pelo telefone. Há muitos anos a sobrevivência do meu pai dependia exclusivamente da eleição deste ou daquele deputado, colegas da geração dos anos 60, que o encostam aqui e ali em cargos comissionados de pouca importância. Um dia o estoque de velhos companheiros de luta — que, segundo meu pai, se transformam em corruptos, ladrões, vagabundos ou simples idiotas assim que se elegem, como esse tal de Dálio —, o estoque acabaria; mas o Rio de Janeiro é uma cidade ampla, generosa, acolhedora e ramificada, e eu não estranharia se meu pai passasse a assessorar o jogo do bicho ou o Comando Vermelho, com seus velhos conhecimentos práticos e teóricos de sociologia popular (a arquitetura, seu diploma original, foi abandonada pela urgência da Revolução). Minha família tem essa tendência caturra à inadequação perpétua. Feliz mesmo, só a Kelly. Mudei novamente o rumo:

— E quando é que você vem aqui me ver? O apartamento está vazio, como sempre.

Um raro lapso de humor:

— Você não casou ainda?

— Não, ainda não...

— Continue assim, meu filho. — Rimos, quase leves. Mas ele se recuperou: — Não caia no buraco, que você só sai dele arranhado, pisoteado, sugado até o cu da alma. Só sai morto. Proteja-se!

— Estou tentando, velho.

— Ótimo. Mas o que eu queria falar...

Outro silêncio, depois ruídos, depois novo silêncio. Caiu a ligação?

— Alô?!

— Aquele terreno, filho. Você não tem um terreno em Pinhais, onde a Renault vai montar uma fábrica? O mundo inteiro está falando disso. O Brasil está se privatizando, oferecendo para uma estatal francesa quinhentos milhões de dólares. Grátis. O terreno deve estar valendo uma nota. Acho que você também deve aproveitar a negociata. Vamos mamar na teta. Posso te assessorar.

— É São José dos Pinhais, não Pinhais. E o terreno de que o senhor está falando não fica em nenhuma das duas cidades. Fica no bairro do Bacacheri. E o terreno também não é meu. É de dona Isaura. Meu mesmo é só esse apartamento.

Silêncio.

— Alô?! Pai?

— Eu nunca devia ter assinado aquela merda de divórcio.

Meu pai só não está na cadeia porque minha mãe — que levou um tiro de raspão na coxa, na última discussão — preferiu deixá-lo solto, mas sem nada. Afinal, o dinheiro sempre foi dela mesmo. Um acordo que ele aceitou por ser um homem substancialmente bom: tamanha culpa, tentativa de homicídio, merecia essa pena severa, a pior de todas, a miséria, que ele aceitou batendo no peito a sua dor e largando a bebida por quarenta dias. Quando acordou, dona Isaura já estava em Nova York, promissoramente instalada com seu ar-condicionado, que adquiriu decidida a nunca mais voltar ao país. E está ganhando dinheiro. Tentei os consolos inúteis de sempre:

— Pai, isso são águas passadas. Você está precisando de alguma coisa? Pai?!

Finalmente:

— Não. Nada. Aquela cadela.

Senti o mesmo frio no estômago de sempre, a imobilidade tensa da falta de saída — nenhuma palavra palpável à disposição, só o vazio da espera. Gaguejei:

— O senhor... você não quer vir me visitar aqui em...

— Eu não vou botar os pés nessa bosta de cidade escrota em que você vive, nessa concentração da classe média mais babaca que...

Silêncio. Eu também fiquei em silêncio. Talvez ele desistisse. Olhei para a porta entreaberta, o azul do céu, o espaço grande para respirar, a tela me esperando no ateliê, e era como se eu ouvisse de novo o ranger da manivela descendo Aníbal para o fim do mundo. Fechei os olhos — um dia demasiado.

— Ouça, filho: você podia vender o ter...

A ligação, milagrosamente, caiu. Devolvi o fone ao gancho e fiquei imóvel, suspenso, sem respirar, como alguém diante de um tigre. Talvez ele tenha desistido. Um, dois, três, quatro... e a bomba-relógio explodiu, soldado pisando mina no deserto. Peguei o fone:

— Pai, caiu a ligação? Alô?

— Alô?

Voz de mulher. Um silêncio mútuo, brevemente constrangido. Linha cruzada. Se meu pai liga em seguida, vai pensar que desliguei o aparelho.

— Alô? É da casa do Eduardo Simmone?

Não, não era linha cruzada. Com alívio, reconheci a voz da vampira.

— Sim, é o Tato falando.

— Oi. Conversei com você hoje de manhã, no enterro do Aníbal. Lembra?

Simulei uma indecisão. Larguei o Francis Bacon na mesinha, para me concentrar melhor.

— No enterro? Ah, sim. Estou lembrado. A moça pálida, de preto e cinza, não? Como vai?

Ouvi um meio sorriso do outro lado. Ela gostou da minha precisão descritiva, mas evitou derramamentos e foi direto ao assunto: a sobrinha do Conde Drácula é uma mulher atraente mas decidida, firme e determinada em seus propósitos insondáveis. Como sou filho da minha mãe, adoro mulheres assim.

— Eu gostaria de conversar com você.

— Quando você quiser. Agora?

Silêncio. Talvez ela esperasse uma vítima mais indócil, mais difícil, mais resistente, de pescoço mais duro. Assim, fácil, que graça eu tenho?

— À noite é melhor para mim. — Como Mr. Richard Constantin queria demonstrar. — Pode ser?

Apalpei meu pescoço, girando a cabeça e revendo a fresta de azul e sol na porta entreaberta. Uma tarde muito bonita.

— É claro.

Fez-se um silêncio tateante. Falamos ao mesmo tempo:

— Você...

E rimos — com isso, instaurou-se um pequeno pátio de intimidade. Engraçado: ela já não tinha nada a ver com a menina da manhã. Essa minúscula tensão que se represa, sempre inevitável, agora ganhava uma natureza adulta.

— Eu estive pensando se a gente não podia sair para jantar.

Uma oferta fria, prática, na verdade técnica. Não convinham efusões sentimentais no dia em que o nosso melhor amigo passava ao além, e seu tom de voz, depois do escape breve do riso, voltou a revelar algum peso da cerimônia. Fui concordando com tudo:

— Ótimo.

Outra indecisão ligeira, a máquina do mundo girando: quem pega quem, e onde? Me antecipei:

— Não tenho carro. — Ridículo, acrescentei, como se me desculpasse: — Eu detesto carros.

Eu olhava para a natureza-morta de Aníbal na parede em frente. Um brilho inopinado de luz — algum para-choque de carro atravessando súbito o caminho do sol e rebatendo-o pela janela — ressaltou o volume das pinceladas da mesa e da toalha como corpos estranhos na tela — e ele me falando da perfeição das bolas de futebol. A vampira parecia incerta do que dizer.

— Bem, podemos ir a pé. Eu...

— Não não não! Desculpe. Eu queria dizer que detesto a ideia de ser proprietário de um carro.

— Sei.

Muito fria, muito distante. Eu tinha sido grosseiro. Aquilo estava se complicando. Fui adiante, tentando deixar as coisas de novo redondas como uma bola de futebol (e havia um resíduo de pressa: talvez meu pai discasse furiosamente atrás de mim lá do Rio de Janeiro).

— Eu não sei dirigir. É que eu acho o carro um objeto obsoleto. — E dei uma risadinha sem convicção. O telefone é um aparelho estúpido que não permite nuances; é inútil insistir nas sutilezas, mas eu prosseguia teimoso tentando em três palavras dar sentido a mim mesmo.

Ela demonstrou boa vontade, ou pelo menos alguma naturalidade argumentativa:

— É. Eu... bem, eu nunca tinha pensado nisso. Eu acho carro uma coisa tão prática.

— Claro! Concordo. O que eu estava falando é que...

— Posso pegar você então?

— Sim, é claro!

— De carro?

Rimos. De novo abríamos uma portinhola para o mesmo pátio, ainda tateantes.

— Às oito, está bom?

Uma mulher decidida, muito mais adulta do que aquele cromo delicado da manhã, de que minha memória não me livrava. Uma impostora, como Mr. Richard quisera demonstrar? Não faz mal, se ele tiver razão: senti alívio com a simples perspectiva de uma nova companhia à noite. Com sorte, por um bom tempo, apaixonado, eu não precisaria recorrer aos anúncios de jornal a cada quinzena, quase que sem culpa, jamais a mesma mulher, para não criar vínculo. É difícil manter o desejo sob controle, para que a vida não saia do trilho. Alguém me disse uma vez, como uma brincadeira: *você é um sociopata*. E eu não ri.

Telefone desligado, dei ainda um minuto de prazo ao meu pai. Provavelmente ele imagina que puxei o fio da tomada. Talvez não. Talvez já esteja pensando completamente em outra coisa, ou articulando outro plano para tirar dinheiro da minha mãe, no qual eu entraria apenas com algum auxílio operacional. Eu poderia ligar de volta, mas a simples antecipação de uma sequência errática de telefonistas, ramais e linhas cruzadas, no inferno da repartição de onde ele provavelmente estava ligando de graça, me levou a deixar as coisas como elas estavam. Sem remorso. Lembrei que a ausência de remorso é um dos traços de alguns tipos de psicopatia. As pessoas se tornam imunes a qualquer sombra emotiva ou sentimental. Estranguladores, *serial killers*, matadores de crianças — enfim, essas pessoas radicais que levam a vida a sério a ponto de destruí-la. Parece que há em todas elas uma compulsão irresistível a levar as articulações lógicas até as últimas consequências. Pensei novamente: não, não é esse o meu caso. Peguei de novo o Francis Bacon — e o telefone tocou outra vez. Atender? Atendi:

— Eu queria falar com o Tato Simmone.

Voz de mulher, mas não consegui reconhecer.

— Sou eu mesmo.

— Aqui é a Maria Sella, a tradutora. Sobre os textos italianos que você me passou.

Sorri, lembrando:

— Ah, sim! Como está, professora?

Era alguém que Dora me indicou para traduzir com alma brasileira as cartas que minha paixão italiana resolveu escrever em italiano, e não mais no nosso inglês funcional de sempre. Perdemos contato, e ela havia praticamente desaparecido — e de repente vieram as cartas. (Antecipei a próxima etapa da minha vida: contratar um detetive, para descobrir um assaltante e localizar uma italiana.)

— Você disse que seria quase que um texto técnico, simples cartas. Mas são de fato textos literários, com trechos muito bonitos e momentos complexos. A tradução não é tão simples. Fiz um orçamento.

E me passou o preço, um tanto salgado, que aceitei sem pensar; e um prazo, demorado — eu receberia a tradução em partes, para ir lendo e conferindo, ela sugeriu. Meu italiano é pobre demais para avaliar o trabalho dela, mas confiei na velha e simpática professora, que havia me servido chá ao me receber e que me perguntou com um brilho nos olhos, candidamente, tocando-me a mão: *São cartas de amor? Ou é apenas ficção?*

Feliz com a notícia, esqueci o Bacon, tranquei a porta (procurando mais uma vez algum vestígio do arrombamento que não houve) e desci a escada. Antes de ir ao ateliê, entrei no *Correias e Rolamentos* para conversar com o ótimo (porque longínquo) vizinho Dutra, o rei das correias, rolamentos e assemelhados — o balcão é o seu reino. Da loja vem um cheiro de borracha e óleo, há um odor de oficina mecânica — mas tudo é muito limpo, e os artefatos que ele vende parecem não fazer sentido, de tão especializados; é um espanto que existam, e mais ainda que sejam tão procurados a ponto de abrirem lojas exclusivamente para vendê-los. Esperei ele atender um freguês, prestando atenção num trecho da conversa:

— Você tem correia 3-D para mancal duplo?

— Não tem. Mas chegou a F, que é dentada e mais resistente.

— Westinghouse?

— Não. Matsushita.

— E serve?

— Serve. Só que daí você vai ter que trocar o eixo menor. Aquele, que no modelo antigo vai por dentro daquela polia vazada. A 3-D não fabricam mais. Só em ferro-velho. Mas essa dá certinho.

— Esses caras são foda.

Era dos fabricantes que ele reclamava. Antes de pagar, investigou minuciosamente a embalagem da peça — colorida, plastificada, atraente — e mostrou para mim, feliz:

— Faz um mês que estou procurando isso aqui.

É fascinante o esoterismo da engenharia industrial. Milhões de pessoas invisíveis, do engenheiro na prancheta ao peão movendo o torno, fabricando pequenos objetos que não servem para nada. Quer dizer, servem exclusivamente para uma única coisa, em um único lugar. Assim, perdemos o controle sobre a máquina do mundo e enterraram-se as utopias, todas teológicas, teleológicas, centralizadoras, repressivas, messiânicas, chatas. Onde foi que eu li algo assim? Mas não foi isso que filosofei com o vizinho Dutra.

— Pois fui assaltado. Quer dizer, parece que não levaram nada. Só entraram em casa.

Trocamos detalhes e informações; ele não tinha visto nada de estranho por ali essa manhã.

— Se bem que daqui do balcão eu não vejo quem pega a escada. Mas essa rua não é mais a mesma. Semana passada roubaram um carro de um freguês. O cara chegou, estacionou sem trancar a porta (não, não deixou a chave no carro), comprou uma lista de coisas pra oficina dele, pagou, pegou o troco, pegou o pacote, se virou e... cadê o carro? Sumiu.

Chegou alguém.

— Você tem pinhão transversal número 15 com eixo sextavado?

Por uma associação esquisita de imagens, lembrei do meu pai reclamando do pragmatismo, "essa doença horrível". E meu pai ria, sardônico, gargalhante: a única espécie de alegria que guardei dele da curta infância em que convivemos. Parece que ele achava, sinceramente, que ia salvar o mundo. Hoje não consegue salvar nem a pele. Engraçado: penso no meu pai como se já estivesse morto. Um dia mesmo de recomeço, em todos os detalhes. Um mundo desprovido de utopias não é tão mau assim, desde que a miséria não seja muito grande e tenha válvulas de escape. Pensando bem, eu nunca consegui ter utopia nenhuma. Às vezes fantasiava o paraíso, debaixo de drogas, fazendo livres associações com mestre Biba, companheiro de carreira. O grande desafio é viver sozinho; viver com os outros não é desafio nenhum. O difícil é viver sozinho. *Você tem de aprender a viver sozinho*, disse minha mãe. Eu gravei aquilo. A maior liberdade possível é a capacidade de solidão. Eu sempre quis viver sozinho. Eu acho que vivo sozinho.

— Vai... pintar agora?

A estranheza dele diante do meu avental colorido. Ele sempre faz a mesma pergunta — *vai pintar*, e não *vai trabalhar*. Na cabeça dele, é inconcebível que alguém viva de pintar quadros, ainda mais como os meus, que não têm pé nem cabeça, ou, quando os têm, estão no lugar errado. Às vezes ele me visita no ateliê, como quem dá uma chegada rápida no zoológico. Eu sempre me sinto mal, invadido, mas não há o que fazer. Às vezes é a gurizada da vizinhança, que se amontoa na janela dos fundos aos uivos e gritos, para desaparecer em seguida atrás do muro. Da invasão das crianças eu gosto mais; já a ignorância adulta quase nunca é inocente.

— Lá em casa eu tenho uma Santa Ceia pintada na madeira, que eu ganhei uma vez. Mas é tão bem pintada que parece fotografia. Se você quiser eu trago um dia para você ver como é bem-feita. O sujeito pintou até o brilho da lágrima do apóstolo rolando pelo rosto dele, é impressionante a perfeição. Você não pinta a Santa Ceia?

— Não, eu... — e me virei para sair, mas ele me segurou baixando a voz:

— Desculpa eu perguntar, Tato. Me diga: rende dinheiro vender quadro?

Dei uma risada excessiva para me defender da invasão.

— Por quê? Você quer mudar de ramo?

Dutra sorriu amarelo, sentindo que eu não gostei da pergunta e concluindo que sou um indivíduo arrogante que só porque sou dono do prédio penso que sou melhor do que ele, pintando essa merda que eu pinto aqui ao lado. Talvez ele tenha razão.

— Não não. Me desculpe. Eu só tinha curiosidade. Deixa pra lá.

Suavizei imediatamente minha resposta, tocando o ombro dele:

— Eu só estava brincando. Por quanto eu vendo? Varia muito, mas não tenho queixa. Para você ter uma ideia, esse que estou acabando agora já está comprado por cinco mil dólares.

Pela expressão do rosto, ele acreditou. De novo suavizei a informação. É preciso coragem para conversar.

— Claro que isso não acontece todo mês. Eu pinto pouco.

Deixei-o invejando meus dólares imaginários e abri a porta lateral do ateliê para enfrentar os meus dólares reais, ainda inavaliáveis. Se eu alugasse meu espaço como garagem — todo mês alguém me fazia a proposta, há um desespero por espaço, como se Curitiba fosse Nova York —, ganharia muito mais. Não preciso de dinheiro, por enquanto. Dona Isaura paga bem pelo conforto de seu único filho homem.

Acendi as luzes e comecei a me impregnar do cheiro de tinta a óleo. Um pintor obsoleto, como dizia Aníbal. Não; um pintor sem pressa, e que precisa da consistência e do volume e da velatura e da demora e até do cheiro da tinta a óleo. Se eu fosse escritor (como agora estou tentando), escreveria à mão (como agora estou fazendo). Tranquei a porta e fui até a janela dos fundos. O pequeno quintal no abandono de sempre, o mato já de um metro, e sob o ruído agressivo das construções laterais a cidade vai, desgraçada, ficando em pé por toda parte.

Aníbal dizia também que eu era um artista demasiadamente asseado. Que o meu ateliê sempre parecia sem uso há mais de um mês, e que uma diarista caprichosa entrava todos os dias aqui para tirar o pó e certificar-se de que cada objeto estava no seu lugar de sempre. É impossível alguém pintar assim. E ainda usa avental, cuja frente de fundo branco passa a ser, depois de algum tempo, um projeto-obra de Pollock. *Uma pena que você lave o avental. Você devia guardar, um por dia, para uma exposição bombástica.* E o Biba, cheirando pó no vidro desta mesma mesa do ateliê, passava a criar títulos para a minha exposição. *Intervenções proletárias: o avental e o girassol. De Giotto a Pollock: uma leitura pragmática. Sangue, suor e tinta. Pingo azul no i-malaio. Aventuras, aventais, aventosas de Tato Simmone: a íris do dia a dia. Nas mãos do*

Constantin (lembrei agora! — foi esse o nome que ele disse!) *você assombrava a Bienal com* (fungada longa no vidro) *seus aventais*. A ideia não é tão má.

Eu gosto muito de ficar aqui no ateliê, neste espaço um tanto frio, até distante, com os seus quatro metros de pé-direito, com as vigas à mostra no telhado alto. Quando chove leve, é um útero materno (a imagem também é do Aníbal, que gostava de vir aqui). Quando chove pesado, é o fim do mundo: você não consegue ouvir o próprio pensamento, o metralhar no metal do telhado intimida. Às vezes trago aqui minhas amigas de aluguel, mas elas se assustam. O cheiro, dizem. Para a nudez, preferem o conforto da cama do meu quarto. Elas têm razão. E ainda não me interessei por pintar nus. Trauma da Escola de Belas-Artes, que frequentei anos atrás por duas semanas. Uma vez fiz uma cópia maravilhosa de Modigliani, que (na época senti assim) parecia ter esgotado tudo que um nu poderia dar a um artista.

O que pintar? Dois quadros em andamento e um projeto, este já com a tela montada e algumas linhas em carvão. *Réquiem* me dá um certo medo: é a coisa mais depressiva que eu já tentei pintar na vida. Aníbal nunca parou um minuto para contemplá-lo. *Milhões de pessoas já pintaram isso aí melhor que você. É como pintar a Santa Ceia. Até o Dalí se fodeu.* Já a série de esboços de *Immobilis sapientia* interessou-o mais. *Parece um casamento entre De Chirico e o Abaporu, um teorema tropical. Pode resultar num pastiche, parecido com incêndios na floresta que vendem na rua, mas pode dar também alguma coisa antropofágica.* Afinal ele cedia, invejoso: *Mas você é detalhista, e tem paciência oriental; vai ficar bonito*. E como eu nunca acreditei: *Sem brincadeira. Sério. Dessa vez é verdade.* É engraçado. Parece que eu jamais consegui viver sem um mestre, sem alguém que me aponte um caminho e me diga quem sou. Alguém que desenhe um corredor para eu atravessar, ou um muro para eu pular. Aníbal era o muro. Quase nunca eu concordava com nada, mas tudo que ele dizia — uma bíblia de bobagens — me atraía. Era irresistível ouvi-lo, e eu já o contestava mentalmente antes mesmo que ele terminasse a frase. Bem, *jamais consegui viver sem um mestre* é um evidente exagero: com 28 anos, tudo parece ridiculamente definitivo. Aprendemos alguma coisa importante depois disso? Não sei. Hoje é o comprido dia do recomeço. "Começar de novo" é um lugar-comum fortíssimo — ainda quero pintar alguma coisa com essa ideia. O Aníbal diria: *Miró já esgotou e enterrou o assunto, depois dos primeiros abstratos. Nós, não; nós não começamos nada de novo, nós apenas continuamos, e é bom a gente se acostumar com esse limite.* Uma das muitas coisas que me irritavam no Aníbal era a rapidez com que ele sacava o *nós* sempre que definia as coisas desagradáveis ou inevitáveis. A condenação ou é coletiva, ou é um fracasso pessoal, e esse não se aceita, ninguém desiste do jogo, nem morto. Já o *nós* pesa menos; de mãos dadas, flutuamos com mais facilidade sobre o pântano, como os cavalinhos de Chagall.

Decidi pelo *Réquiem*.

Mas não é disso que eu quero falar, eu quero falar de mim, uma primeira vez; assim como eu teria amado ouvir você falando de você; mas nós passamos um dia inteiro como se não existíssemos; como se fôssemos apenas o canal de duas vozes alheias que, por acaso, se manifestam ali. E essas vozes vão se perder, estão se perdendo: por isso quero voltar ao início, à nitidez do primeiro retrato que você me mandou, desenhado exclusivamente à força de memória, e que me apaixonou; você é um grande desenhista. Eu me senti inteira no teu primeiro desenho, o que veio com a primeira carta, aquela meia dúzia de linhas nervosas e exatas em papel *grain canson* em que a força da sugestão se somava ao detalhe absolutamente preciso dos olhos, dos lábios, da ideia da sombra, da curva limpa da minha testa e acima de tudo da intrigante expressão de quem quer saber quem você é, afinal — eu estava completa no teu traço, feito naquela mesma madrugada, com o bilhete em torno, as palavras escritas como que prolongando o desenho, o mesmo bico de pena, educadas, corretas e distantes — uma cópia a limpo de você mesmo, me chamando de "amiga" e encerrando (desculpe) com aquele horrível "*best wishes from*" de algum cartão comprado às dúzias. Mas eu não me importei com esse detalhe. Tudo isso circundado por uma maravilhosa moldura com flores e folhas, traços de uma paciência bordada noite adentro de que, tão leves, não se percebe o trabalho, como as ondas de um mar japonês.

Este primeiro desenho está exatamente diante de mim, no meu estúdio, aqui na Via Chiavari, em Roma. Ao lado dele, o segundo, e o terceiro, e assim por diante, todos os desenhos-carta que você me mandou, e em cada um deles você me perde um pouco, até a quase completa abstração que chegou na última semana. São treze fotogramas que se movem não no espaço, mas no avesso do tempo; a fotografia que, de tanto sol, vai se apagando até a completa ausência de memória. Eu não quero perder você; eu já perdi meu marido (Não; não é assim; é diferente; eu vou explicar — eu nunca tive "marido". Tive uma vez, faz tempo. Eu vou explicar. Calma.) e eu não estou suportando a extensão desse silêncio em minha volta, apesar de tantos amigos; ao contrário de você (conforme o que você me disse, uma única vez), eu sempre vivi rodeada de gente; é uma relação calorosa, muito próxima, que de certa forma compensa a ausência de família. Mas há um grande silêncio; talvez o terror dessa desintegração da imagem com que você me ameaça, carta a carta, até que eu me torne para sempre uma ausência, uma pura ideia sem o objeto correspondente, como o som avulso que não é palavra, ainda que venha da boca. Porque eu viajei na direção oposta: a cada dia, você mais nítido, mais completo, mais tímido e mais suave — e a lembrança das tuas mãos, os dedos tão longos, é como se eles me tocassem ainda, na limpeza desinteressada do acaso.

Ao acaso: você estava ainda tão completamente grogue de vergonha que, ainda no primeiro passo, depois que trocamos os primeiros sorrisos e você não sabia que palavra gaguejava para dizer a desculpa máxima, ainda pulando sobre um pé, com a discrição possível, para libertar em definitivo um sapato do outro (naquele instante um gesto que seria a libertação total da alma que entra no paraíso só porque os pés estão soltos), de novo se inclinou perigosamente para mim, como de propósito, mas tudo não passou de um esbarrão sem consequências, quando então, afinal, você se sentou para amarrar o cadarço rebelde, com a alegria de quem se vinga de uma cobra venenosa dando-lhe um apertadíssimo nó nas tripas, num belo estrangulamento.

A simpatia que você irradiava naquela sequência disparatada de gestos era tão transparente que quase dava a impressão de um profissional de cena; como se você, em um minuto, fosse tirar a máscara da ingenuidade, os sapatos de pateta, a gravatinha do palhaço, para se transformar num homem adulto, sério, responsável, previsível e morto, pedindo desculpas e se afastando pela eternidade. (Desculpe: eu estou com uma obsessão pelo fim, pela eternidade, pelas distâncias infinitas, pelo nunca mais, pelos absolutos, mas nada disso significa morte; é justamente dela que eu quero fugir, nem que seja através dela mesma.) Mas não: era uma simpatia completa, inconsciente e à flor da pele. Como um instante de solidão — uma solidão que avança por conta própria, ainda sem saber o que acontece, mas por onde vamos derrapando avulsos e sem explicação, numa manhã qualquer — um instante que, iluminado, se salva pela imagem de uma companhia, que era você, amarrando o cordão dos sapatos numa manhã de sol, ao meu lado (eu sentei ao seu lado porque talvez, no seu desajeito, você não conseguisse amarrá-lo e eu estaria ali para ajudar, a *partner* inesperada de um show para crianças num domingo de sol — eu não tive filhos).

E dali subimos as escadas tão naturalmente juntos para visitar o museu! Nem precisamos perguntar ou tatear nada, na escuridão da estranheza; simplesmente você disse *será que já está aberto?*, e eu disse que sim, sem olhar o relógio. E você disse exatamente o que eu queria ouvir: *adoro passar o dia num museu. Você gosta?* E eu fiz um outro sim, tão alegre, um dia que assim de graça se multiplicava, e tudo no teu jeito denunciava alguém do ramo das artes, das boas artes, embora eu não soubesse ainda exatamente o quê. E ali estava você, inacreditavelmente oferecendo-se para pagar o meu bilhete, o que eu tentei recusar, mas você não deixou e quase brigamos por coisa nenhuma — e só quem ama briga por ninharia, você não acha? E eu cedi — e ali nascia um primeiro degrau de intimidade, um espaço por onde não avançamos, mas também de onde não mais saímos.

E sem nenhum ensaio você foi me levando — não levando; você foi indo, tímido; e eu fui atrás, mas era quase como se eu te levasse — para a direita, para a arte egípcia, que nesse dia não era exatamente o meu interesse, e talvez nem mesmo o seu —, você foi meio avoado, porque era a primeira entrada à direita, e você é do tipo organizado que gosta de avançar militarmente, esgotando todos os territórios, um a um, seguindo a lógica topográfica (no caso, em sentido anti-horário), sem deixar nada para trás, mesmo que desinteressante; e agora eu me pergunto se você teve uma *nonna* (isto é, se você tem ascendência italiana, o que eu também não sei, tentando decifrar o teu sobrenome: *Simmone, Tato.* Artista plástico brasileiro de obra desconhecida. Não contém árvore genealógica, para o passado ou para o futuro — abstrato, em breve se tornará pura ideia. Quem sabe tataravós judeus de Livorno que se cristianizaram pelo caminho? Nem você saberá.), uma *nonna* que na sua infância obrigava-o a comer antes o pão de ontem, e só amanhã o de hoje, o que é um modo bizarro de economia de guerra, porque o pão estará sempre velho, ainda que nunca tão velho que não possa ser comido. Digo isso não para ferir você, mas porque *eu* tive essa *nonna* — assim, sempre que num museu vou direto ao que quero ver, às vezes um único quadro, porque ver quadros é grande parte do meu trabalho (e isso você também não sabia), sinto, nos meus 40 anos (espero que isso você também não soubesse), a agulhada da culpa, porque estou desperdiçando todo o resto do museu apenas pelo prazer egoísta de ver um único quadro. Voltando agora ao nosso dia: assim, a tua varredura do espaço, desde o primeiro momento, foi atavicamente tranquilizadora.

Mas por que insisto em repetir a única posse que tenho de você? É de mim que eu quero falar, e também de uma forma topograficamente sistemática, ao seu modo, sem deixar pedaços pelo caminho — do pequeno elefante do período pré-dinástico (3600-3400 a.C.), à falsa porta de Mechechi, da sexta dinastia, mais a enigmática cabeça quebrada de rainha, em jaspe, com aqueles lábios carnudos há mais de três mil anos à espera de uma cabeça que dê sentido ao desejo, aquela breve amargura dos cantos dos lábios que caem — não é de nada disso que quero falar, é de mim; dizer a você quem sou.

O chaveiro contemplava o velho tambor com os dedos sujos de graxa e a testa franzida contra o sol, como se avaliasse um diamante.

— Não. Não tem sinal de arrombamento. Se entraram por aqui, entraram com a chave. Ou é coisa de profissional.

Biba Marsotti saiu do túmulo para me assaltar. Ou então, numa versão mais realista, não foi ele o enterrado, ainda — continua vivo apenas para me assombrar.

— O senhor não tem medo de cair daqui?

— Como?

Ele mostrou a escada: dois passos atrás, o pequeno abismo.

— Cair daqui do alto. Não tem apoio. É perigoso.

— Ah, eu já me acostumei.

Não era por espírito crítico: ele só queria conversar.

— O senhor estava pintando a garagem?

Não entendi imediatamente a pergunta óbvia, até que ele apontasse meu avental.

— Ah, sim. — Minha mania de limpar a espátula no avental, mas senti preguiça de explicar. — Estou pintando as tábuas.

— Vai ficar bem colorido, imagino.

— É. O lugar é muito escuro. Quero iluminar um pouco.

Talvez esse mesmo homem ainda trocasse a fechadura do ateliê, e então perceberia, espichando o olho, que eu estava mentindo — ou fazendo graça à custa dele. Essa miudeza quase me agoniou. Eu preferia voltar ao *Réquiem*, mas era bom ficar junto do homem desconhecido que instalava a (segundo ele) seguríssima tetrachave, batendo o formão e conversando fiado — mais do que eu desejava.

— Madeirinha dura essa. Porta assim não fazem mais. O apartamento é seu?

— É.

Fui para a sala, de onde eu poderia vigiá-lo sem precisar falar. Lembrei de tirar o avental antes que, distraído, emporcalhasse o sofá. Biba tinha razão: um homem com o meu senso de organização não pode ser um bom artista. Nenhum recado na secretária. Meu pai ficaria uma semana remoendo a ingratidão do filho que desligou o fone na sua cara. Não. O mais provável é que ele nem se lembrasse mais do que havia acontecido, cinco minutos depois. Dali a uma semana ele ligaria de novo, falando de novo do mesmo terreno inexistente em Pinhais — no fundo (por que eu estava sendo cada dia mais duro com o meu pai?), apenas um desejo de falar comigo qualquer coisa. Para que servem os filhos, afinal? E os pais? — eu poderia retrucar, como um jovem rebelde, filho do meu pai. Mas nasci atrasado, em 1966, e perdi o melhor da festa. Graças à sabedoria de dona Isaura, vou me adaptando como posso.

Contemplei de novo a natureza-morta de Biba, que perseguia meu olhar — ele teria sido mesmo um acadêmico de primeira grandeza, desses que não existem mais, como a porta da minha sala. A perfeição fotográfica a serviço da cópia, redonda como uma bola de futebol saída da fábrica — e abri inteira a gavetinha do balcão, que descobri entreaberta, provavelmente pelo assaltante. Os recortes do jornal. *Lili loiríssima. Faço tudo 24 horas hot/mot. Só gatas. Mulata fogosa.*

Gêmeas massagistas. Senti um golpe de vergonha, tão intensa que me apoiei no balcão, tonto, o coração despejado inteiro na cabeça, que queimava: Dora, Dora encontrou minhas gavetas abertas e com certeza viu e leu os recortes. Vergonha da minha amiga Dora, que, entre outras barbaridades, deve estar pensando: por que ele procura essas putas de jornal, arriscando-se até mesmo a pegar aids, quando pode simplesmente, só como um exemplo, casar comigo, que, apesar de gordinha, vou cuidar bem dele até o fim da vida? Ela está certa: não tenho lógica. Talvez eu devesse explicar o que nem eu entendo: é que eu sou um tímido, Dora. E um tímido que quer aparecer. Esses são os piores, os tímidos que usam gravata-borboleta. Além do mais, eu não quero viver com mulher nenhuma. Aliás, estou fantasiando o que talvez seja o *meu* secreto desejo, não o seu; você nunca me disse uma única palavra de amor. A sua atenção é desinteressada — a minha presunção, a minha cabeça é que imagina coisas que não existem. De qualquer forma, não daríamos certo. Nem minha mãe aguentou viver comigo. Lembre-se: o pequeno sociopata. O sexo é real; o amor, não. Mas não se angustie: podemos ser, como temos sido até aqui, ótimos amigos. Eu posso explicar esses recortes. Se alguma coisa séria acontecer entre nós dois, na cama, nunca mais seremos amigos e, provavelmente, nem amantes por muito tempo. Não seremos mais nada, a nudez corrói e destrói, e restaremos mais sozinhos do que já somos. Assim, por segurança, deixe-me ser como sou, por favor.

Talvez a vampira de Mr. Richard Constantin — a que iria sugar meu sangue até a última gota. Vou pintá-la jogando a rosa no túmulo, hierática como uma figura de Hockney: é assim que um quadro, ou uma história, começa a nascer. E hoje eu estou renascendo, página virada: como nas mil vezes em que me determinava friamente a nunca mais me masturbar, peguei todos aqueles recortes transgressores, obscenos, atraentes, luminosos, pornográficos e excitantes e rasguei-os e esmaguei-os até virarem uma bolinha de golfe na minha mão suja. Nunca mais? Talvez. Um imperativo ético tomado com a mesma determinação com que, adolescente assustado, pai e mãe se matando, eu jogava no lixo as mulheres peladas que faziam minha alegria agônica — para recomeçar uma semana adiante.

Ir até a cozinha jogar no lixo a bolinha de golfe — absorvido do sentimento de alguém capaz de levar uma decisão às últimas consequências, o que pelo menos uma vez na vida eu consegui (afinal, eu larguei *mesmo* as drogas) —, mais o fato de a fechadura estar sendo trocada, e até as frases que eu diria à Dora se ela porventura, num vinho a mais, me perguntasse, meio sorriso, sobre os recortes que casualmente caíram diante de seus olhos, mais a expectativa de um encontro com uma vampira firmemente decidida a me deixar, pele e osso, para sempre sob a terra, ainda a linha do telefonema que, misericordiosa, caiu a tempo de eu me livrar do meu pai e salvar meu dia, até mesmo a morte do velho Biba, não pela relação pessoal, eu sei, mas o fato que se encerra para sempre, definitivo, com o tremendo poder de um enterro, completo, denso e contido como uma paisagem inglesa, o paradoxo do dia tão claro, luminoso, leve — tudo me predispunha à ideia de um recomeço total, todos os pontos cardeais passados a limpo, onde era o Norte, agora o Sul, o Leste vai para Oeste. Essa espera — da mudança total, da chave trocada — talvez fosse um bom momento para tentar reler a última carta da minha paixão italiana, catando palavras no dicionário, quem sabe lhe enviar um último desenho, mas como ela é? Eu não sei mais, os traços de um dia distante se esfumaçando

— e avancei ao escritório com a intenção de arriscar rapidamente um desenho, mas senti a fumaça de cigarro do homem, que descansava um minuto, suado ao sol, e aproveitou meu vulto agarrando-o pela sombra antes mesmo de me ver, para de novo puxar assunto:

— Se bem que o melhor mesmo, garantido, é também botar um sistema de alarme. Se o senhor quiser — pouco a pouco as pessoas passavam a me chamar de senhor, o que sempre me sobressalta, como se houvesse mais alguém atrás de mim — posso fazer um orçamento, que a gente tem representação.

— Obrigado, mas eu acho que não precisa.

— O senhor que sabe.

Ele jogava a cinza do cigarro no chão. Pensei em lhe trazer um cinzeiro, até me movi nessa direção, mas a sensação de que meu gesto seria grosseiro me fez parar, retomando a imagem da italiana que perdia força na memória, um ano longe — e havia o sol se pondo atrás da silhueta do homem, escura na moldura da porta, uma bela foto em branco e preto, o homem do trabalho braçal, seco, sem pieguice, apenas com um leve toque retórico, a mão enorme deformada em perspectiva dando uma última tragada no toco do cigarro aceso enfim arremessado para trás como um ramalhete de noiva, um arco no espaço azul, tão brutalmente incorreto — nem isso, apenas inocente —, e cruzou na minha cabeça a lembrança da cocaína que larguei de vez, em uma conta própria que não se contaminou sequer pelo Aníbal fungando tardes inteiras no meu ateliê. O ateliê: seria bom que, antes mesmo da festa, Mr. Richard Constantin visse alguma coisa a mais da minha pintura, pelo menos para uma primeira ideia mais completa; é muito difícil estar sozinho todo o tempo, eu preciso partilhar o que faço. Meu recomeço pode ser, também, uma reorientação; e o meu amigo parece alguém indiscutivelmente do ramo, para o bem ou para o mal.

Clact, clact, clact, clact — testava o homem, satisfeito; passou para o lado de dentro para agora fechar a porta, o que encheu a sala de sombra. *Clact, clact.*

— Está perfeito! — disse ele, com um entusiasmo definitivo que parecia se antecipar a alguma eventual reclamação, e simulou um cálculo mental, olhando o teto, rugas na testa, para me cobrar o que já estava mesmo acertado.

Uma tarde complicada de presenças: o chaveiro agora descia a escada cuidadoso para não desabar e o carteiro subia rente à parede, com uma encomenda dos Estados Unidos — livros de arte da minha mãe, com certeza — e mais uma carta da Itália, a conversa silenciosa com a companheira de um dia. Guardei a carta para decifrar depois, e abri o pacote da minha mãe, com novidades: um catálogo sem cor e sem graça de projetos geométricos de Chuck Hoberman e um álbum novo de reproduções de Lucian Freud — *MoMA, summer 1994* —, que me fez sentar e folhear com reverência absoluta. Algo assustador e irresistível. Imagens tão fortes que preferi não gastá-las agora. De dentro do álbum deslizou um cartão — que me lembrou curiosamente o de Richard Constantin — com um bilhete: *Querido: a exposição do L. Freud é a coisa mais sensacional que eu já vi. Você iria amar. Olhando de um certo jeito, é horrível; de outro, maravilhoso. Dê notícia. Beijos da mãe que te adora, Isaura. PS: Você nunca mais, até o fim da vida, vem me ver?*

Minha mãe nunca pergunta o que tenho pintado. Jamais. Às vezes eu conto alguma coisa, e ela diz, sem curiosidade: *Ah, é?* — como quem quer logo mudar de assunto. E no entanto me abastece de tudo que existe de novo em Nova York.

Eu nunca entendi direito os negócios da minha mãe. Ela negocia obras de arte, mas aparentemente o escritório se situa em lugar incerto e não sabido, entre Nova York e São Francisco. Ela não para quieta. Isso irrita. Deve ter sido por isso que o ar-condicionado se escondeu no Texas com a minha parente Kelly. Minha irmã pela metade deve estar sentindo mais falta de mim do que eu sinto dela; os americanos costumam levar esse negócio de família muito a sério.

Cinco e meia. Animado pelas novidades, resolvi telefonar ao meu novo amigo Richard Constantin. Um homem que disse o que ele disse sobre *Crianças*, que chegou a comprar, deve ter muito a dizer sobre os meus outros quadros. E vou testá-lo na condição de um mestre, como um discípulo que pede realmente uma orientação. No mínimo, uma breve medida das coisas, que é o que eu preciso para dar contorno e linha à felicidade do meu recomeço.

— Amanhã?

Sinto que Mr. Richard está alegre com o meu convite tão próximo, poucas horas depois que nos largamos; fantasio que talvez para ele também seja uma espécie de recomeço; Biba se foi, mas aqui estou eu, tão novo, um sol inteiro pela frente.

— Mas com muito prazer! Terei o máximo prazer!

Acertamos às duas da tarde, quando o ateliê está no seu ponto ótimo de luz, se o dia estiver claro. Ponho de novo meu avental, fecho minha casa com a tetrachave e volto ao ateliê para prepará-lo. Não só ao mestre de amanhã, mas também à vampira de hoje, que, sugando-me o sangue, haverá de frestar minhas telas mais secretas. Também ela deve recomeçar hoje, uma quinta-feira luminosa em que Deus resolve passar a limpo um pequeno trecho de sua obra — suprime Aníbal Marsotti com uma pincelada e nos dedica, aos que restaram, alguma atenção exclusiva. Deus, o da Paleta, tem também seus rompantes.

Sou mesmo um pintor soturno, é o que começo a aceitar, quadro a quadro. De repente todos eles me parecem longínquos, velhos sonhos, imagens e desejos de uma infância tensa. No meio de meu *Réquiem* inacabado, é como se eu patinasse nesse momento incerto da vida; talvez seja o caso de encerrá-lo e, também aqui, recomeçar radicalmente. Com a simplicidade possível: apenas tomar outra direção. Sempre me entristeceu a convicção de Biba, cada vez mais mergulhada de rancor, de que não mudamos nada, nunca. E ele explicava: mas isso não tem nenhuma importância, esse é um problema pessoal e intransferível, que no máximo é da conta do analista, porque a pintura não é feita de sentimentos, nem emoções nem nada que lacrimeja. A pintura é sempre uma composição mondriânica; das colunas gregas à cadeira de Van Gogh, que aliás não ficaria em pé se tentassem colocá-la em pé, você sabe. As colunas também, foram se afundando todas pelos séculos seculorum — e daí os efeitos da droga na cabeça do Aníbal iam destroçando ainda mais aquela desarticulação assustadora dos limites e das relações entre o pensamento e o objeto. Eu desistia de ouvir.

Eu só preciso pensar até um certo ponto. Se eu precisasse pensar até a última estação de ônibus, horas depois, sentado no mesmo lugar, e me movendo, eu seria outra coisa, e não o (bom) pintor que sou. Um momento feliz, esse, quando afastei a segunda parte do *Immobilis sapientia* e banhei de luz *A fuga*, dois metros por três metros, a tela tão bem esticada na armação que minha mão inchou de calos: eu já estava vendo o quadro inteiro antes mesmo de pintá-lo, o que é raro. O esboço, em geral uma sequência de desenhos em papel, que vão se acrescentando e ensinando uns aos outros até chegar ao carvão na tela em branco, desta vez saiu de uma vez, completo no primeiro estudo.

— O que é isso? — perguntou o Biba.

— O ponto de vista de uma mulher. Pintei em quinze dias. Meu recorde.

Eu estava muito orgulhoso do meu trabalho. Eu esperava um elogio enorme. Ele deteve o olhar no quadro durante sete segundos.

— Ridículo. Quadro nenhum tem esse ponto de vista. Está tudo errado. A pintura é uma arte completamente assexuada. O teu trabalho está ficando anedótico, você não percebe? Que a Janis Joplin cantasse com a boceta, tudo bem, porque ela tinha uma. Mas você não tem.

Em seguida, ele pegou uma armação vazia, 50 por 70, e colocou feito máscara sobre um trecho da tela.

— Aqui. O quadro está aqui. Pegue um estilete, recorte este retângulo, transfira para a armação, ponha uma moldura com um *passe-partout* amarelo e venda por um milhão de dólares. Olhe.

Olhei o trecho que ele escolheu. Um pedaço de cabeça e um degradê bem-feito e sem sentido. Um quadrinho para combinar com um sofá cor barbante. Ele estendeu o estilete:

— Que tal? Você tem colhão pra isso? Cortar a própria carne? Boceta eu sei que não tem, mas pode ter colhão.

Eu tinha 25 anos e um desejo profundo de passar o estilete, lenta e saborosamente, no pescoço sujo — a barba sempre por fazer — do Aníbal. Nem foi preciso. Ele foi se degolando sozinho.

E agora era um momento feliz: eu, o quadro e Biba, três anos depois. Talvez não seja (não é) meu melhor quadro, mas ele tem uma força (o sentimento de vingança, quando mediado pela misericórdia cristã, é um dos grandes sentimentos da vida), uma força que a pintura de Aníbal Marsotti jamais teve. Uma ingenuidade poderosa. Mas o que dirá dele o meu novo mestre?

Afastei cuidadosamente o meu *Réquiem*, com a tinta ainda fresca, para a parede dos fundos. Descansar, por hoje. Distribuí os outros quadros como pude, mas o ateliê é pequeno demais para eles, sempre será pequeno para minhas ambições muralistas. Pintar o mundo ou pintar um quadro? Richard Constantin tem razão: um mundo, pintar um mundo completo, do céu à terra, e mesmo além desses limites, uma dimensão à flor da pele, pintar um mundo onde eu possa caminhar em pé e respirar, e nele viver completamente. Um mundo para entrar e sair à hora em que eu bem entender, porque eu teria a chave. E o meu sonho não prevê solidão: o que eu quero é colocar os outros mundos, todos eles, no meu espaço. (É assim o ônibus da lógica: ele vai sozinho — e não sabemos parar.)

Organizar o meu espaço é um estimulante. Contemplo como estou me saindo, mas os olhos que me veem não são meus; eu sempre me imagino diferente, olhando para mim mesmo de outros lugares, com intenções outras, nunca exatamente as minhas. As minhas, é engraçado, não existem. É minha mãe que olha daqui dos meus olhos; é o Biba, vivíssimo, fazendo sombra a cada pincelada minha, e às vezes conversando, e conversando com uma clareza que ele, de fato, nunca teve; eu é que lhe dou clareza; sou eu que passo ele a limpo; é o olhar de Mr. Richard Constantin, que eu antecipo pleno de expectativas; também comigo olha a minha italiana de um dia, que jamais viu um quadro meu, embora não tenha sido outro o nosso assunto ao longo de um ano e uma pilha de cartas; e, antes mesmo de chegar, a doce vampira negra com a rosa no funeral também já está aqui, ao meu lado, olhando para meus quadros, e tento adivinhar o que ela vê. O que ela vê?

E o que eu vejo: vou até a mesa, pego uma folha em branco, escolho a pena de nanquim e, sem preparo, componho a silhueta. O rosto (ainda sem traço algum) olha para baixo; a mão esquerda protege o colo, talvez o xale que quase escapa dos ombros, como uma figura de Goya; a direita, braço se estendendo, larga a flor. Há alguns vultos; o fundo será impreciso como um horizonte impressionista; devagar, as cores se aproximam da minha imagem. Talvez pintar apenas essa figura, uma composição do século passado, que imagino indócil. Um pequeno quadro que, hoje, já nasceria antigo, pronto, acabado e esgotado; um quadro que seria apenas uma cópia, se houvesse um original. A bola de futebol de Biba, redonda e limpa como uma face de Ingres, mas congelada, já sem pele. Não; eu vou ampliando e desdobrando, sujo e anedótico, como diriam eles. Minha vampira será o centro, ou quase; deslocá-la um pouco à esquerda, para que o olhar não tenha pouso.

Pego outra folha, e outra, e outra, e a cada vez recomeço a compor o quadro. Nesse espaço estrito e flutuante, a um tempo o objeto e o seu horizonte, o tempo me envolve completamente; vivo uma poderosa ilusão de esquecimento que, se eu me entregasse, eu chamaria de felicidade.

Eu nem me importo se você quer saber; eu quero falar. Eu quero falar antes que, na tua última carta, tudo que reste de mim na tua memória seja um traço avulso, dos que não ocupam lugar no espaço, apenas o atravessam, e para sempre. Na viagem — esmagada ao lado de um gordo suarento, desagradável e mal-educado, por acaso francês, e muito provavelmente parisiense, lendo à exaustão os restos de um exemplar do *Le Monde* e de tempos em tempos cochilando aos roncos e aos surtos com as pernas abertas — vivi uma longa e torturada intensidade de desejo por um garoto provavelmente dez anos mais novo do que eu com quem eu havia passado um dia inteiro de relaxamento, até o momento de perceber que aquilo estava se acabando. É que eu esperava alguma iniciativa sua em direção contrária, uma espécie de salvação no último instante, uma cena de Indiana Jones. (Perdão: o amor é um sentimento idiotizante.) Qualquer coisa como um beijo na boca no meio da Quinta Avenida, com um abraço de me deixar trêmula só em pensar. Um ano esperando para confessar! É que, para dizer a verdade, nem eu sabia do meu desejo. Eu já contei do choro que me aconteceu no caminho entre você e o avião, mas disso eu não quero falar de novo — esse lamento metafísico. Como se o fato de ser feliz por um momento apenas reforçasse, no seu detalhe exótico, sorridente e gritante, a condição inapelavelmente infeliz do todo, sempre inapelavelmente, em direção a nada.

E que razões eu tinha para ser infeliz? Nenhuma! Tinha vendido, muito bem aliás, três álbuns de fotografias do século XIX, e mais uma partitura original de Puccini. Um bom dinheiro para um longo tempo. E mais aquela maldita cabeça de pedra do meu marido — do ex-marido, faz dois dias que não somos mais nada, nem nunca fomos casados mesmo — para um intermediário francês, que aceitou Modigliani sem perguntar muito, porque (os olhos dele diziam) já tinha um comprador, um comprador que perguntaria menos ainda. (Essa foi, digamos, a parte insegura: eu nunca gostei daquela cabeça; no mínimo Domenico deveria ter dito a verdade para mim, antes de fazê-la queimar na minha mão.) E muitas outras razões para a felicidade, talvez as principais: o meu projeto de editoração de um álbum de gravuras do século XVIII aceito com pequenas ressalvas pela Line Books (ressalvas não tão pequenas, é verdade; tive de engolir a participação especial de um desafeto meu, mas... *va bene*, como eu não vou vê-lo pessoalmente, não vou me irritar; trocas pelo correio não desagradam tanto; o difícil seria ver aquele sujeito — que mundo injusto! Bom seria ver você! Mas não importa; esqueça. Estou mesmo me despedindo).

E exatamente naquela manhã, quarenta minutos antes de conhecer você para sempre, havia escrito um novo poema curto — sete versos sobre o sol mediterrâneo (e eu em Nova York!), com alegria napolitana — de um livro que a partir de certo momento daquele dia magnífico sonhei em publicar com capa e ilustrações suas e continuei sonhando através deste ano com mais desejo ainda, a cada desenho que você me mandava com as tuas poucas palavras e tuas muitas flores e folhas de nanquim.

E hoje, o que eu sei de você? Nada. Sei que você pinta quadros (dos quais não vi coisa nenhuma, nem uma fotografia, nem uma reprodução a lápis, apenas lacônicas descrições do tipo *menino atravessa templo* ou *muitas crianças dançam em volta de um carro esmagado; há anjos também*. (Fico imaginando uma mistura de De Chirico com Bruegel, mas onde está o Brasil? Por que você finge que não tem nada a ver com o Brasil?!) É inacreditável — ou a tua insegurança, ou a tua crueldade. Essa tua distância, quase *blasée*! Parece um inglês, um inglês reprimido de internato, não um brasileiro à solta; pelo menos não o brasileiro que todo mundo conhece e ama dos romances de Jorge Amado. Brasil? E todo italiano abre um sorriso imenso: que língua melodiosa! *che belle donne!* Como posso competir com as brasileiras? Não posso. Não posso nada. E eu escrevendo a você feito uma louca, mas nunca confessando coisa alguma, apenas comentando os quadros que eu nunca vi (e sobre os quais você não fala) e ditando algumas regras sobre como deveria ser a tua relação com a pintura, como se eu alguma vez tivesse pintado alguma coisa na vida.

Mas eu estou ficando maluca. O que eu queria contar ao falar da viagem de avião é que para esquecer a companhia enorme (ainda bem que eu estava no lado do corredor) comecei a rabiscar alguma coisa no meu bloco de trabalho que meio sem querer foi se transformando numa carta anônima a um destinatário anônimo que linha a linha foi tomando o seu rosto enquanto quem escrevia já não era uma poetisa sublime mas uma personagem de Moravia sendo tomada sem muitos adjetivos e sem retórica por uma sensualidade com tintas criminosas e clandestinas e quase que sem culpa. Quase. Eu uso esses termos esquisitos e fora de moda — clandestina, criminosa, culpada (fora de moda porque, felizmente, vivemos a era da inocência coletiva e universal, só os deuses têm culpa, nós não, já faz tempo) — porque afinal eu estava nos melhores momentos de minha vida com Domenico, tínhamos, além de um belo pacto de fidelidade (firmado anos atrás, diante de duas garrafas de um ótimo Brunello de Montalcino, na última mesa do *Cul-de-Sac*), um dia a dia tão equilibrado quanto um bom desjejum com melão e presunto (ainda que eu nunca tenha me acostumado com a ideia de fazer amor de manhã, esse momento da vida em que eu não consigo amar coisa alguma). A medida exata da vida em comum: três ou quatro dias por semana, cada um no seu estúdio-apartamento, ele cuidando de suas traduções e de suas aulas de russo, ou turco, ou sueco, que ele aprende com a abnegação e a rapidez e o fanatismo com que as crianças aprendem a montar um trenzinho de Natal (mas as crianças vão até o fim), e eu cuidando das minhas artes, ambos com boas perspectivas profissionais, sem filhos, e sem vontade de tê-los; as boas vantagens do nosso afinal Admirável Velho Mundo, a clássica equação do máximo de felicidade com o mínimo de preço. Todos os problemas da nossa Itália, a nossa rica Itália, quem diria, os italianos são competentes! quando querem eles conseguem alguma coisa! — todos os problemas, mais dia menos dia, resolvido o *Mezzogiorno* (que é o nosso problema e é também a nossa solução, sem o sul somos o tédio!), todos os problemas acabarão se resumindo a ter ou não ter filhos, finlandeses cansados de gelo! E depois dizem que o mundo está pior! (Você notou o leve subtom de ressentimento que atravessa este meu último parágrafo, um esgar de ressentimento católico querendo me fazer sofrer a todo custo e me dizendo que nem no mais remoto canto da terra a culpa vai me deixar sozinha, um minuto sequer. Bem, o Papa mora ao lado.)

Pois bem: lá estava eu escrevendo aquelas coisas irrepetíveis e incontroláveis tendo você, o garoto rodopiante da escadaria do Metropolitan, como um cada vez mais claro objeto de desejo. Desejo sexual, quero dizer. Cru. Indefensável. Tanto que, perturbada por aquela invasão persistente da memória de você (que eu tinha decidido esquecer, logo depois que esgotei meu choro absurdo, de adolescente tardia), por aquela insistência dos teus gestos abstratos refazendo-se como um filme que repete a mesma cena várias vezes, obsessivamente (você estendendo o braço para um Cézanne você estendendo o braço para o mar de Cézanne você estendendo você estendendo o braço para o mar você) passei os últimos vinte minutos da viagem, aquele demorado rodopio pela esfera, Nova York a Roma, um mergulho ao contrário do tempo, passei os últimos minutos, louca, achando que aquele homem desagradável esticando os olhos para o meu caderno enquanto se abanava bêbado e suado com os restos do *Le Monde*, que ele saberia ler minha letra miúda, minhas carinhosas palavras italianas com que eu travestia você, depois de tirar toda a tua roupa; assim, como quem encerra um pesadelo (mas não era um pesadelo; era um desejo), arranquei as doze folhas do meu bloco e me dediquei, para esquecer o sempre infeliz momento da aterrissagem em que eu só não entrego a alma a Deus porque eu estou farta dele, para esquecer me dediquei a picar cada trecho do meu sonho, pedaço a pedaço — e o irracionalismo do meu desejo extemporâneo de você ficava mais cristalino, mais límpido, quanto mais eu voltava à minha Roma, que nem a ligeira frustração de não ver Domenico me esperando (ele havia dito que não poderia me esperar, até mesmo sem necessidade, porque não fazia sentido ele praticamente perder um dia só para me esperar de uma viagem de negócios, como se fôssemos dois pombinhos bobinhos recém-casados, que bobagem), que nem aquele sentimento azedinho (como se meu coração esperasse uma surpresa, uma bonita surpresa de quem, súbito, se lembra de que é preciso me lembrar, sempre, que me ama, apesar de nossos muitos anos em comum, ou, mais espantosamente, justo por causa deles), nem essa frustração conseguia manchar: irracionalismo, doença, surto — e ponto final.

Como quem ganha energia para um bom recomeço, assim foi a tua presença, sempre tão gentil e tão distante, tão prometedora pela leveza, por essa espécie de humor que brota da inocência, pelo levíssimo desequilíbrio do *clown*, a poesia prestes a desabar, balançante, mas sempre viva: você como um caule ao vento, pronto a sentir frio, mas não pensando nele; havia alguma coisa que você passou o dia inteiro tentando lembrar: o que era? Mas, é claro, eu só escrevo essas coisas que você lê agora porque estou a seis mil quilômetros de distância; é a distância que nos dá força; não se aproxime, por favor (passamos a vida nos dizendo), e é bom que seja assim; precisamos de contorno e de distância, é claro, você que é pintor (e mais ainda, desenhista) sabe disso — contorno e distância. Mas eu estava, graças a você (ou ao orgulho que você provocou em mim por me saber capaz de despertar, não a paixão, que você não tem por mim porque a pintura ocupa todo o horizonte e a perspectiva da tua vida, mas o olhar, do tipo que não se cansa, vivo e delicado, contínuo e renovante; de despertar o desejo de estar junto, que é uma dádiva, e das muito raras — é sempre mais provável que os outros antes nos espantem que outra coisa), eu estava em estado de graça, como se você, verde, me preparasse para o meu Domenico, maduro. Que não estava em lugar nenhum, e para quem deixei um prolongadíssimo e apaixonado recado na secretária eletrônica.

O telefone tocou.

— Oi, sou eu. Falei às oito, não? Vou me atrasar um pouquinho. Tudo bem? Às oito e quinze, está bem? Você se importa?

— Tudo bem. Eu também estou um pouco...

— Você espera em frente? É que, para estacionar, eu não sei como é aí na tua rua e...

— Tudo bem. Às oito e quinze. Eu te espero.

Conferi o relógio: sete e meia já — e eu sujo, afundado na poltrona, tantando beber cada palavra da italiana em mais esta carta de frases longas em que ela parece flutuar, coisa que eu jamais consegui, flutuar na linguagem, e eu tropeçando aos trancos e preposições, como o meu pé na escadaria do Metropolitan, graças a um chiclete, pisando e colando o cordão do outro pé, o que me levou a desabar sobre ela como um pião em fim de festa, e é verdade, na hora eu queimei de vergonha, quando era apenas engraçado. Um *clown*, ela escreveu.

Depois eu continuo. Não quero gastá-la inteira de uma vez. Vou repassar para a minha nova amiga Maria Sella — tanto tempo sem vê-la, a italiana já é quase uma criação minha. Agora, devo cuidar da minha vampira. Mas permanece esta ponta de ansiedade: jamais fui escrutinado dessa forma em minha vida, e por uma mulher, e por uma mulher estrangeira que eu só vi um dia; e isso era para ser apenas o começo. O começo e o fim, disse ela: seria a última carta, que se desdobrou em capítulos. Mas não quero me adiantar, ainda que me queime o desejo; aguardarei a caprichosa tradução de Maria Sella. Lembrei da minha educação narrativa, quando, para não ser destruído pela tentação de ir direto ao fim, cheguei a arrancar e esconder o último capítulo de um policial de Agatha Christie, o que provocou um dos raríssimos ataques de fúria da minha mãe, que ainda não havia lido o livro. E eu nunca mais encontrei aquelas folhas. Desta vez, Hercule Poirot não resolveu o mistério. Uma breve namorada de anos depois me disse que esse autocontrole narrativo era bom para o sexo (talvez até bom demais, ela insinuou com uma ambiguidade que eu ainda não decifrei), mas para nenhuma outra atividade humana, porque não há nada mais distante da verdadeira atividade humana do que um bom livro. Talvez ela se referisse aos meus quadros, que parecem nunca acabar; talvez a mim mesmo, que, afinal, nem comecei.

Coloquei um disco de Erik Satie — a melancolia me inspira —, fiquei nu, fiz alguns simulacros de ginástica, o suficiente para suar, o que algum substrato genético-cristão que bate na minha cabeça diz que tem um efeito purificador, deixei a porta do banheiro aberta e tomei um banho que não pôde ser demorado, ou eu perderia o encontro.

Pensei: há alguma coisa gelada nessa mulher que vai me encontrar. A mesma menina que lança uma rosa ao companheiro amado no enterro da manhã, sai à noite com outro homem, seu rival, com uma voz talvez demasiado alegre, até festiva. Ensaboei e enxaguei várias vezes meu pescoço, onde ela meterá os dentes pontiagudos para beber meu sangue, como quer Richard Constantin. Confiro meus próprios dentes no espelho embaçado: são bons e bonitos, graças ao aparelho ortodôntico providenciado na infância por dona Isaura, mas não têm a fúria sanguinária dos vencedores e dos matadores. Um homem fraco, que só pode ser a favor da civilização, porque é exclusivamente graças a ela que sobrevive. Por essa razão — pensar é, de fato, entrar num ônibus que se move de acordo com o itinerário dele, e não do nosso — devo avisar à polícia que o meu apartamento foi invadido, mesmo que eu corra o risco de ficar por lá. A mancha de meus velhos contatos com o tráfico. A polícia é o pilar simbólico da civilização — simbólico e eloquente. Não se discute com a polícia. Vejo Dora sendo arrastada pelos cabelos, torturada até a morte para confessar como entrou no meu apartamento e forjou o assalto; inútil eu explicar que não foi ela; a lei é um outro ônibus, que também tem o seu itinerário tortuoso e incompreensível. Façamos a nossa parte; a lei fará o resto. Isso é civilização.

Por alguma razão paranoica a imagem de Dora sendo espancada por um gorila — há uma sombra do Empire State no chão de pedras — começa a se insinuar no quadro mental do enterro de Biba, com a figura de Goya segurando o xale com a mão esquerda e largando a rosa com a direita, e no entanto Dora é uma mulher suave, doce, gentil, amiga e companheira. É também uma mulher útil; posso telefonar a ela às quatro e meia de uma madrugada gelada, e ela, exausta de uma festa, na décima quinta porta celeste do sono, acordará e me atenderá bocejando com verdadeira felicidade porque estar ao meu lado, em qualquer situação, mesmo no inferno, parece ser sempre uma coisa boa. Será essa a lógica que leva ao casamento? Talvez fosse eu quem ficaria feliz em ser acordado às cinco só porque uma vampira entediada me telefonou para dizer que quer o meu sangue agora, já, nesse instante.

Uma memória de infância me diz que fazer a barba à noite traz infortúnio, alguma coisa relacionada com o meu pai, que, segundo a lenda que ele mesmo espalhou, foi preso em 1970 porque no momento de fugir para São Paulo resolveu antes mudar de rosto para não ser reconhecido. Tarde demais. Casa arrombada pelos milicos, minha mãe recolheu o filho de 4 anos e me levou para a casa dos avós, um sobrado tranquilo em Santa Isabel. Só voltei a ver meu pai anos depois. Eu deveria ter mais paciência com ele. Faço um pequeno corte nervoso no pescoço, quase de propósito; preparo o terreno para a vampira.

Abro a cômoda para o ritual da moda. Sou um pintor decididamente sem estilo. Pop-acadêmico-figurativo-conceitual. Moldura rococó-clean-neoclássica. *Passe-partout* gelo. Olho para as minhas gravatas-borboletas (desde criança minha mãe me presenteou com elas, e passou a vida admirando o efeito que elas faziam na minha estampa feliz) e me vejo — rosto queimando, de novo, o homem envergonhado — rodopiando em Nova York, chiclete no pé, e desabando sobre uma mulher que deveria ser amada e eu não sabia; recolho as borboletas — pretas, vermelhas, brancas, verdes, azuis, estampadas — com as duas mãos em concha, uma varredura na gaveta, como quem recolhe camarões de um balaio encharcado, e transporto-as cuidadosamente, como se delas escorresse água, para o lixo definitivo da cozinha, de uma vez por todas.

Também aqui começa outra fase de minha vida. Nunca mais vou usar uma gravata-borboleta na minha vida. Sinto um desejo irracional de que Aníbal estivesse vivo, ao meu lado, apenas para admirar o meu gesto e a minha coragem. Mesmo depois de morto, ainda preciso da sua aprovação — como se só agora, nu, prestes a ser devorado pela vampira (tenho dezessete minutos de vida, diz o relógio da cozinha).

Enfim o peso da morte do meu velho amigo começa a desabar sobre a minha alma. A memória é o nada que é tudo. As lembranças se acumulam umas sobre as outras, desconjuntadas, no desejo de imitar o que realmente foram um dia, a sua face real, aquele instante do passado em que a memória ainda não havia nascido. A vida concreta como uma pedra, uma gaveta, um vidro quebrado — a vida em si. O terror é a memória, quando à solta. Caímos num espaço sem ângulo e esticamos dolorosamente o braço para uma beirada intangível que se afasta: a memória.

Tato Simmone deve se vestir logo, antes que a vampira venha buscá-lo aqui, sem porta de saída — é mais seguro encontrá-la ao ar livre. Na parede do corredor, me despeço de mim mesmo: o belo garotinho em preto e branco, em foto de estúdio, sério, compenetrado como um adulto, mas ainda sem convicção, profundamente orgulhoso de sua pose, de sua roupa, de sua importância e de sua graciosa gravatinha-borboleta presa ao colarinho impecável. Judeu, como meia linhagem da mãe, ou católico, como a linhagem total do pai? Ateu, decidiu a mãe. Pode-se quase ver na íris daqueles olhos atentos a imagem da mãe de ponta-cabeça, duas delas, uma em cada retina, sorridentes de sua obra, contemplando o filho ao lado do fotógrafo e da câmara, que foi igualmente generosa. Daquele instante para hoje, outra vertigem: é preciso nascer.

Tato Simmone veste uma calça cinza, uma camiseta branca e um blazer escuro — e parece satisfeito. Antes de descer, confere uma última vez o pequeno corte no pescoço, já cicatrizado; à noite, quase não se verá. Ele tem ainda três minutos; pega a tetrachave e estende o braço para abrir a porta, mas Erik Satie ainda dedilha o piano; dá três passos para desligar o som, e o telefone toca. Se pensasse um segundo, não atenderia, mas a mão levanta o fone por conta própria.

— Tato?

Era a dona Isaura, de algum lugar do outro lado do mundo. Ficou feliz por ouvi-la, e imediatamente se lembra de que está atrasado.

— Mãe, tudo bem?

— Eu é que pergunto: como é que você está?

Contaria do arrombamento?

— Eu...

— Já sei: está de saída. Aí são oito horas, não? Quem é ela?

Melhor não.

— Uma vampira.

Ele ouve a risada da mãe. Uma risada sempre agradável, de quem ri com vontade e prazer.

— Não esqueça da camisinha, meu filho. Pelo amor de Deus!

Ele ainda se desconcerta, adulto, com essa intimidade da mãe.

— Eu disse *vampira*, mãe. Preciso é de uma proteção para o pescoço.

— É tudo a mesma coisa. A aids está matando meio mundo, um horror.

Pela primeira vez — a distância, talvez, quem sabe o tempo — percebo o ligeiro sotaque da minha mãe; a linguagem que se perde, o início de um afastamento lentíssimo e oceânico como o vagar dos continentes sobre as águas: minha mãe. Estou atrasado.

— Mãe... eu...

— Já vou desligar. Não fique nervoso. Ela espera. Vampiro não tem pressa, vive a eternidade.

— É que...

— Ligo amanhã. Vou precisar de um favor teu. Uma investigação. Você não gostava de Sherlock Holmes? Quero que você descubra uma coisa. É muito importante para a sua mãe. Muito importante mesmo. Preciso de você.

— Tudo bem. Amanhã eu faço tudo o que a senhora quiser.

— Acho lindo quando você me chama de senhora. Acho horrível essa moda de filho chamar mãe de *você*. Obrigado, filho. Um beijo, e saudade.

Quase perguntei: que diabo de investigação? seria ainda sequela do divórcio, processo do velho, aporrinhações de família, e eu esmagado no meio? Mas ela desligou.

Desci com aquele chaveiro pesado na mão, pensando que talvez fosse uma boa ideia colocar uma pequena grade, com um portão fechado a cadeado, entre a parede da loja e a parede do ateliê, não mais de dois metros e meio (o portão teria de abrir para fora — ou de correr, quem sabe? — porque a escada nascia imediatamente no limite da calçada), uma grade de... quantos metros de altura? E no terreninho dos fundos também, subir grades no velho muro baixinho, tão indefeso — pensando bem, tudo era vazado nessa casa antiga, entra-se por qualquer lado, até mesmo pela janela da loja, embaixo da escada; e então vi o carro escuro aproximando-se lento em fila dupla, como um fantasma, sem ninguém à direção. O carro parou, acendendo um pisca-pisca, a porta abriu-se lenta exatamente no espaço entre dois carros estacionados, e eu continuava sem ver ninguém; olhei para trás, na suposição defensiva de que era para outra pessoa que a porta se abria. Baixei a cabeça intrigado e enfim enxerguei minha bela vampira ao volante, me acenando sorridente:

— Tudo bem?

— Tudo. Eu...

Tive um acesso de timidez e o coração disparou. Um desejo infantil de voltar para casa e me esconder na carta da italiana, que, inalcançável, não me ameaça. Alguma coisa do meu estado de espírito passou à vampira, porque, em vez de beijos, trocamos sorrisos embaraçados; a timidez contagia. Já no carro, vi a pele muito clara e os cabelos muito escuros, uma combinação que considero plasticamente perfeita no rosto de uma mulher; a imagem como que paira na escuridão; e quando me atrapalhei com o cinto de segurança (algum idiota buzinou atrás, o que não apressou um só gesto da minha vampira), as mãos dela, frias e igualmente brancas, me ajudaram a encontrar o clique, e só então, naquele toque involuntário de mãos e cabelos próximos que se evitavam, as duas cabeças olhando para o mesmo ponto esotérico entre os dois bancos, senti o fio delicado de perfume. Sou um homem sugestionável. Estávamos ainda em silêncio, embaraçados atrás da primeira palavra que teima em não aparecer, numa ansiedade miúda mas crescente — até que ela arrancou suavemente; como eu, ainda estava atrás do que dizer. Adaptamo-nos ao silêncio, um carro em movimento sempre ajuda a ocupar o vazio do tempo, até o primeiro sinal fechado, quando nos olhamos novamente num sorriso defensivo e, pela segunda vez, falamos ambos ao mesmo tempo alguma coisa inútil. Foi ótimo: estávamos desencantados, e era como se um breve patamar de intimidade voltasse a nos envolver. Na segunda tentativa, duas perguntas idênticas e agora pragmáticas:

— Aonde vamos?

Rimos de novo. Sem preocupação com a resposta, ela deu um salto no tempo e retomou a frase da manhã, o rosto sério concentrado no sinal vermelho.

— Você era muito amigo dele.

Mais uma afirmação que uma pergunta. Refreei o desejo de contar uma longa história e preferi não desmentir. Sinal verde, ela continuou:

— E o Aníbal tinha veneração por você.

Não gostei daquelas facilidades *post mortem*. Mas também não queria contestá-la tão cedo, antes mesmo de qualquer afeto que nos aproximasse.

— Amor e ódio, você quer dizer?

A tensão é uma faísca que se alastra instantânea. Parece que eu via no belo perfil da vampira o cálculo rapidíssimo de quem pisou em falso e precisa se recuperar sem dar a impressão de que está mentindo. Uma mulher hábil; quase não se notava a finta mental:

— Sim, o que quase sempre é só amor. Você não acha?

Relaxei:

— É. Você tem razão. — Mas não muito, desconfiando daquela falta de rumo: — Aonde vamos?

Ela ignorou a pergunta e seguiu o fio da sequência que naquele instante não me interessava em nada:

— O Biba pode ter falado muito mal de você, principalmente nos últimos meses, quando ele não conseguia atinar uma coisa com outra. Mas...

Cortei com um toque de brutalidade:

— Afinal, do que ele morreu? Você sabe?

— *Overdose*. Afogado no vômito. Vamos falar de outra coisa?

— De acordo.

Alguém buzinou atrás; o sinal já estava verde há dois segundos. Ela arrancou, sempre suave e sempre pensando em outra coisa. Testei a folga do cinto de segurança, que me apertava, e vivi uma agulhada de claustrofobia.

— O que eu dizia, Tato — e eu sem saber o nome dela —, é que você, de certa forma, é o herdeiro do trabalho dele.

Não íamos mudar de assunto? A agulhada voltou. A morte de Aníbal não me liberou de nada, pensei absurdamente, como um assassino fracassado. Fui desagradável ao responder; o cuidado com a entonação não escondia meu rancor. Rancor? Não. Desprezo? Também não. Apenas mal-estar. O desejo de liberdade:

— A minha pintura não tem absolutamente nada a ver com a dele.

Quase com ressentimento, agora não contra Biba, mas contra a mensageira da ideia. E, no entanto, uma mulher tão atraente! E sempre hábil, gentil, dando sinal antes de virar a esquina.

— É claro que não. Eu não disse isso. Eu usei a palavra "herdeiro" pela importância do trabalho, não pelo parentesco estilístico e temático. É verdade; vocês, nesse sentido, não têm nada em comum, pelo que o próprio Biba dizia.

Respirei aliviado: a minha vã soberba defensiva se esfarelava. Apenas uma lembrança de raspão, a informação óbvia de que esta mulher saída das trevas conhecia pintura:

— Nada em comum. — Ela ainda balançou a cabeça de Nefertite, delicada e branca, até lembrar: — Exceto, talvez, pelo pouco que sei de você, a precisão do desenho, o amor pelo contorno. A longa família dos pintores desenhistas, mais que coloristas. — Nenhuma arrogância, uma vampira modesta: — O que você acha? É isso mesmo? Acertei?

Outra agulhada claustrofóbica: uma noite escuríssima, e eu não sabia mais onde estava — da janela de um carro, tudo é parecido em Curitiba. Lembrei dos meses e meses de sessão de desenho sob orientação de Aníbal, que rasgava um atrás do outro, com uma fúria de diretor de teatro na véspera da grande estreia, que jamais haveria: *Muito ruim! Você nunca vai aprender a desenhar! Olhe esse braço! Tudo bem que ele seja três vezes maior que o outro, desde que se equilibre; mas esse arrasta o conjunto pela ribanceira. Uma merda. O olho de quem vê cai para a direita como uma pedra. Ponha alguma coisa do outro lado.* Do outro lado havia uma carreira de cocaína, mas só depois que eu terminasse quinze desenhos. *Me dê esse aqui. Esse está bom. Eu vendo pra você. Meio a meio. Tudo bem?*

Tudo bem, Aníbal Marsotti. Descanse em paz. Sem saber, eu estava apenas tentando me livrar do meu pai e da minha mãe. Ela parou o carro na sombra. Uma súbita e falsa intimidade:

— Tato, você está bem?

Eu olhava para o outro lado, uma calçada escura e vazia, para esconder o choro que subiu inesperado. Respirar fundo, lentamente, ou em poucos minutos não sobraria nada de mim. A vampira colocaria os lábios na curva quente do meu pescoço e levaria a minha alma.

— Sim.

A mão fria (mas suave) na minha mão:

— Desculpe. Eu não tinha intenção de lembrar. Talvez tenha sido uma péssima ideia convidar você logo hoje. Eu imaginei que conversar talvez me fizesse bem. Não é fácil. Quer dizer, aceitar a morte.

A poderosa presença da morte abriu o caderno dos chavões; é preciso expulsar o silêncio a qualquer preço. Pensei em dizer: somos um povo sem cultura da morte, somos um povo sem cultura e sem morte. Mas me calei: apenas reforçaria minha fama de pedante. Você é *mesmo* metido a besta, Aníbal me dizia, com um sorriso orgulhoso — é a sua melhor qualidade! Parece um barão, um duque, um príncipe herdeiro de 8 anos de idade, olhando o mundo lá de cima!

Enfim, relaxei. Aqui, nada se cristaliza, sempre começamos de novo antes de terminar. Talvez isso seja bom — quem sabe? Só daqui a outros quinhentos anos para dizer. Ela, a

Imortal, saberá — e passei, primitivo, do choro ao riso, desembarcando do meu pequeno ônibus da lógica. Eu precisava me defender:

— Não me leve a mal — e toquei seu joelho, protegido pela calça negra —, mas você é uma vampira?

Inesperadamente — após um segundo de suspensão, a bela face branca pairando nas trevas tentando apreender a extensão da minha pergunta —, ela deu uma risada alegre, de todos os dentes, e apertou minha mão com suas mãos sempre frias:

— Você é engraçado!

Observei em silêncio como ela preparava, divertindo-se, a resposta. Baixou a voz:

— Bem, quem sabe? Certas coisas, a gente deve manter em segredo, você não acha?

Mr. Richard Constantin tem razão, não há dúvida: ela é uma vampira. Julguei que havia ali um excesso de intimidade, ontem alisando as mãos do morto, hoje as minhas, e sorridente como a felicidade. Senti um sopro de ameaça pela proximidade física e pela sombra afetiva: melhor seriam, ponderei, as mulheres dos classificados, que pela distância nos deixam intactos. O sexo como uma dança avulsa, passos do tango que se experimentam com uma desconhecida, para nunca mais ao amanhecer: essa vertigem, sim, é fascinante. Não se envolva, nunca; é isso que todos querem, que você se envolva. É disso que todos vivem: de envolvimento. Todos querem enfiar você na teia à força, primeiro a cabeça, depois os braços e enfim as pernas, e daí você é um homem morto. A vampira, que certamente lê pensamentos, afastou com delicadeza as suas mãos das minhas e a risada solta se transformou num sorriso de gioconda — talvez ela me veja agora como um desafio, alguém a ser derrotado, um ser humano difícil, cujo pescoço não se entrega tão fácil aos seus dentes sedutores e pontiagudos. (Haverá dentes na composição do meu quadro, assim como mãos brancas e frias.) É um jogo irresistível, dos verdadeiros:

— Acho.

E voltamos momentaneamente a alguma normalidade — não estou mais chorando, e ela desiste por enquanto do meu sangue. Trocaremos essa eletricidade insegura por uma boa refeição — começo a sentir fome, e ela com o carro parado no escuro. Provoquei:

— Odeio escolher restaurante. Me leve em algum lugar. Sem perguntas.

Ela gostou da ideia.

— Tudo bem. Você gosta de carne?

— Sem perguntas.

— Você não quer nem mesmo saber o meu nome?

— Sem perguntas, eu disse.

Reprimi a curiosidade para ser fiel ao teatro. Ela riu da minha paródia de filme dublado e arrancou, no mesmo momento em que um carro de polícia, vagaroso, investigava o que os dois fazíamos parados na sombra.

Uma noite com mais sugestões do que assunto, como as catedrais impressionistas. Um pouco mais aliviado pelo choro, voltei a me sentir bem com a minha vampira. Mas ainda não saberia responder à pergunta da minha mãe: quem é ela?

Domenico não retornou meu recado naquele dia, nem no outro, porque estava em Bolonha, conforme ele certamente me avisou e eu certamente esqueci, mas passei dois dias num inexplicável desespero. Com a vertigem irracional de quem enfim se vê sozinha — e só então percebe a extensão do terror. Louca, sentindo falta de ar, tentando não me lembrar que eu tinha muita coisa para fazer imediatamente; e agora, quando recordo, eu não me lembro de ter feito nada senão pensar em Domenico, na minha traição e no meu desejo, vivendo o sentimento de uma morte profunda dentro do meu coração que eu não podia, não sabia, localizar. Você, você eu esqueci completamente, totalmente, eu esqueci você com a força da eternidade, para sempre — alguma coisa esquecia você dentro de mim. Mas onde estava Domenico? Dois dias depois acordei com o telefone:

— Como vai o meu amor?

A maluca gritou:

— Onde você estava?!

Silêncio. Ele tentou se certificar de quem seria mesmo aquela voz descompensada. Gaguejou:

— Quem é?

— Sou eu. Onde você estava? — repeti, um pouco mais calma, mas ainda não o suficiente.

— Ora, em Bolonha. Eu não disse a você? Eu avisei que...

— É claro... — e, idiota, comecei a chorar.

Ele veio me ver e passou três noites comigo, mas agora, para sempre — o que está acontecendo comigo? ou melhor, eu pensava, o que está acontecendo neste espaço entre mim e ele? —, alguma coisa da nossa história estava se perdendo. De todas as tarefas humanas — você provavelmente é novo demais para entender (ou, quem sabe, é sábio o suficiente para não se preocupar com isso) —, de todas, e ponha na sentença o peso completo de *todas* as tarefas humanas, nenhuma é tão irremediavelmente fracassada quanto a convivência amorosa, porque ela é ao mesmo tempo (e só é amorosa se tem essas duas dimensões simultâneas) a perspectiva implícita da eternidade (o amor é sempre para sempre, ou será outra coisa) e a vertigem infinitesimal dessa magnífica coisa nenhuma, que já nasce morrendo, que é o orgasmo, que, aliás, parece que os homens só entendem pela metade, para eles o orgasmo é uma coisa, um objeto, algo que ocupa um preciso lugar no espaço; e para nós ele é uma bela disseminação esparramada no azul celeste, ai que saudade! E tudo isso — e isso é importante — mediado pela cabeça, que eu não sou ameba. Quer dizer, é coisa demais para equilibrar demoradamente só com as duas mãos nuas no espaço em branco.

Somos seres tão contaminantes, que mesmo um desconhecido com quem trocamos duas palavras no metrô levará várias estações para desaparecer da memória, às vezes dias, às vezes anos, às vezes até mesmo levamos ao túmulo aquela voz pedindo licença, inesperada e aguda, com uma cicatriz de pirata no rosto e uma capa de gabardine já completamente sem cor nos nossos olhos. Que dirá dos encontros deliberados, e mais ainda dos que vêm de longe, como o meu encontro com Domenico, atravessando a década, desde que nos decidimos um pelo outro à nossa maneira moderna, alternativa e contestadora, porque não estávamos no mundo para repetir o lixo e a fatuidade das gerações passadas, mas para transformá-lo em alguma coisa muito melhor do que ele é. Ele, em segredo, achando ótimas as Brigadas Vermelhas, e eu achando ele ótimo, como se a política fosse um jogo adolescente. Você se lembra? (Não, Tato, você felizmente nem sabe o que é isso; você nunca teve missão a cumprir.) Contaminados irremediavelmente um pelo outro, anos a fio, de modo que o afastamento terá a lentidão dos continentes divididos, empurrados pelo oceano em direções contrárias. Impossível discernir a olho nu a extensão que se abre. Mas sente-se.

De modo que retomamos nossa vida não de onde estávamos antes da minha viagem, mas de um outro lugar, um pouco mais afastado, embora ainda ao alcance confortável da mão. Ele estava muito feliz pela cabeça de Modigliani que eu passei adiante; ele tinha planos ainda maiores; ele comprou um carro novo; ele trocou de apartamento; ele... Mas era cedo para eu tirar conclusões. E você, nesse primeiro momento? Você não existia mais, nem sequer como fumaça. Nesses primeiros dias você não voltou mais à minha memória nem para preencher os vazios que as viagens de Domenico a Bolonha, toda semana, deixaram na minha vida. Um vazio, aliás, que não ocupava muito espaço, por assim dizer; a vida tem certas defesas que nos empurram para a frente. E agora eu estava ganhando um bom dinheiro.

E eis que chega súbito meu primeiro desenho, a minha face sob os teus olhos, esse meu rosto geométrico de que eu nunca gostei realmente, essa minha dureza de linhas, essa herança; pois ela, minha face, se transfigura belíssima, assim abstrata, o ponto de partida que trouxe você de volta para mim. O *clown* em queda na escadaria reaparece com a brutalidade da inocência, da paixão e do lirismo, e foi como se as portas da culpa mais uma vez se abrissem na minha vida. Lembro perfeitamente de um detalhe que sela esse momento: naquela manhã houve um tremor de terra em Bolonha, e eu pensei nele com o desespero terrível que eles me provocam — um terror que você jamais sentiu, brasileiro, como você me disse, não sei bem mais por qual sequência lógica, lembro apenas a hora aproximada, duas da tarde, depois da nossa demoradíssima refeição, e do quadro, aqueles ciprestes de Van Gogh, que sempre me aterrorizam (mas nesse momento sem relação nenhuma entre a tela e o assunto) —, o tremor de terra, a simples notícia nessa Itália de itálias soterradas, a simples notícia me deixa em pânico, eu ainda vou morrer de susto, mas (e eu percebi isso somente no outro dia) em nenhum instante eu pensei em Domenico, que, não por acaso, estava em Bolonha. E descobrir que ele não estava na composição mental do meu terremoto foi outro susto, dos vagarosos, arrastados, angustiantes, sentindo talvez que ele já não estivesse à mão como antes, um pouco mais longe agora — e eu me vendo tão resolvida no teu traço, enquanto, sem vergonha, lembrava trechos avulsos do que escrevi no avião, como alguém que bateu a cabeça e acorda esquecida do próprio nome, mas lembrando até do quadro pendurado no quarto da infância.

Eu sei: estou falando demais.

Talvez houvesse apenas uma vingança contra Domenico, um pequeno ressentimento que usava você porque era você que estava diante de mim. Era preciso — mas o que estou dizendo? Por que aborrecer o meu desenhista com essa confissão disparatada? Melhor voltar à paz do Metropolitan, àquele dia que foi (é certeza) o mais tranquilo, pacífico e belo dia da minha idade madura. Mas isso também só se descobre algum tempo depois. É por isso que você (provavelmente) não está entendendo. Ainda.

Quando o garçom depositou diante dos meus olhos aquela peça magnífica mergulhada em alho (o detalhe que julguei importante), imaginei uma imensa instalação de bifes em fila sangrando nas rampas da Bienal de São Paulo, talvez homenagem à vaca-louca inglesa, ou um ato de solidariedade às vacas sagradas da Índia, uma apoteose ao desperdício de entranhas da sociedade de consumo, quem sabe, mas cada bife, como um saco de bolachas personalizadas ou de uma sopa de letras, teria um desenho próprio — bonequinhos de barro, nos quais se transformaram imediatamente na minha cabeça, já horrorizada com o sangue escorrendo pelas rampas (o que fazer com ele nessa instalação selvagem?), ou então atraída pelo irreversível culto da figura que eu alimento, anedótico, incapaz de me livrar do poder da representação, como inexplicavelmente me dizia Aníbal para justificar minha tendência à mediocridade, inexplicavelmente porque ele era exato aquilo de que me acusava, o mestre inimigo que terei de carregar na alma até o fim dos tempos, o grande saco vazio, porque ele é a referência, a figura que me dá contorno. Sem ele, o que posso dizer de mim? O que minha mãe me diz? Não; eu sou o exato contrário de Aníbal, a essa altura até na síntese do tempo: eu vivo, ele morto, eu no ar, ele na terra. E os bifes sangrando, agora uma montanha espiral deles, inclinando-se perigosamente — olhando bem de perto, o perfil da italiana, a minha amada sem rosto, já reduzida quase que completamente à abstração, e no entanto ouço seu grito no outro lado do mundo dizendo tão clara minha covardia, minha infância, minha imaturidade, minha gravatinha-borboleta, minha queda da escada.

— Você preferia mais bem-passado?

Vejo a consternação no rosto da minha vampira, cochichando com a cabeça discretamente inclinada à frente, olhos nos meus olhos, talheres à mão, como se fosse eu o prato, assim que a neblina se dissipasse do meu rosto. Acordei:

— Não não. Está ótimo assim.

E sorri. Ela também:

— É que você estava olhando tão concentradamente para o seu filé que eu...

Controlei o desejo de descrever a instalação que me distraía, o que seria de mau gosto — e o garçom trouxe o vinho que escolhemos de comum acordo, eu porque o vinho era italiano, ela porque lhe garantia a excelência, que experimentei franzindo a testa e aprovei mecanicamente, de modo que brindamos e encerramos momentaneamente todos os assuntos. Dei uma primeira mordida na carne, aliás saborosíssima na saliva da boca; meu estômago ansiava por carne e sangue, e assim se saciou, a máquina inteira sentindo o prazer da mordida. Em poucos minutos, mais tranquilos, voltamos a nos olhar e sorrimos, uma confissão mútua de vergonha pela descortesia da fome, ávida, silenciosa e bruta. De novo minha vampira parecia a mesma da manhã — ela quase se perdera no excesso de sombras do carro. Um rosto limpo que poderia se desenhar em quatro ou cinco linhas curvas, no limite da desintegração da forma, mas ainda sem se perder no despenhadeiro das coisas que não existem — uma imagem inclinada à beira do abismo, segura apenas por poucos traços nervosos e inacabados, e no entanto suficientes, de uma tensa exatidão. Um belo rosto, e um belíssimo argumento para o desenho — senti a vontade grosseira de interromper meu filé para resumi-la à caneta no branco do cardápio ou no linho do guardanapo. Respiração inquieta, fechei os olhos e tentei me pacificar. Um dia demasiado longo para minha pouca resistência. No fim, apenas um homem ridículo chorando seu fracasso diante de uma pequena vampira. Reagi: não devemos abrir a alma assim escancarada ao primeiro encontro; é necessário antes um ano de carência, como entendeu a sábia italiana. A vida merece esta solenidade prolongada de catedrais.

— Quer batatinhas?

Abri os olhos:

— Não. Obrigado.

E voltei à carne, agora mais calmo, tentando me preparar para uma guerra imaginária com a vampira (e eu resistindo teimoso, num jogo de criança, a lhe perguntar o nome, o que me exigia distância, como uma boa pintura exige). Ela custava a revelar o que teria afinal a me dizer, e eu não demonstrava interesse em perguntar. Simulando casualidade, ela enfim recolocou a conversa nos trilhos:

— Eu sei que vocês não se davam muito bem nos últimos tempos. — E, como quem se antecipa a um eventual ataque, baixou a voz: — Voltando ao nosso assunto de antes, se você permite. — Fiquei em silêncio, garfo erguido, à espera. — Bem, apesar de tudo você sabe que ele é um grande artista. O que eu estava pensando...

Aquilo me irritou de vez — senti uma compulsão de agredir.

— Ele *foi* um grande artista. Nos últimos anos não fez mais nada que prestasse. Começou a produzir em série uma imitação *kitsch* dele mesmo, vagabunda e barata, para conseguir dinheiro fácil e comprar cocaína. Lixo em cima de lixo. Nos últimos meses não conseguia nem falar; estava transformado num idiota, rodeado de filhos da puta batendo palmas, babando em volta e tentando extorquir dele algum resto que rendesse alguma coisa, ou, no mínimo, repartir o pó. Além de tudo — e eu fui num crescendo de irritação com o mestre morto e comigo mesmo por afundar no lodo tão às claras, mas secretamente feliz porque a vampira largou os talheres que segurava com a pontinha dos dedos de unhas afiadas e vermelhas, e fixou os olhos enfim assustados nos meus, tentando descobrir em que animal (e latindo cada vez mais alto no restaurante fino) eu me transformava à simples lembrança de Aníbal Marsotti —, além de tudo, completamente desprovido de caráter. Pegava meus desenhos, do tal curso que eu fiz, o único aluno, pagando mil dólares por mês, sempre adiantados, aos bimestres, eu deveria embargar o enterro para que ele me pagasse a dívida antes de descer ao inferno, ele pegava meus exercícios, assinava ele mesmo e vendia. No começo ele rasgava, mas depois, apertado, começou a estocá-los. A mão dele tremia tanto — e a minha mão tremeu tanto que derramei vinho na minha camisa, de alto a baixo, e continuei falando — que ele não conseguia mais colocar uma chave na fechadura. Isso a última vez que eu vi.

Evitei olhar nos olhos da vampira enquanto eu passava o guardanapo na minha camisa encharcada, cercado por três garçons patetas que tentavam pensar alguma coisa em auxílio ao cliente idiota, mas podia sentir a fúria — ou o medo; percebi que as mãos dela também tremeram para dar um gole de vinho, e nossa fome desapareceu inteira. Um curto silêncio, pesado, desagradável — e afinal intolerável:

— Você não aprendeu nada com ele?

A vergonha. Tenho surtos demoníacos de vergonha, de dentro para fora, vergonha bruta em combustão. Ao mesmo tempo, um sopro de alívio, como quem retorna, um pouco mais leve, à insossa condição humana.

— Desculpe.

A mão fria da minha vampira avançou lenta sobre a toalha até cobrir a minha; não era exatamente um carinho, mas um modo de dizer que ela gostava de Aníbal; ou, mais precisamente, um modo de dizer quem ela era. Perguntou de novo:

— Você não aprendeu nada com ele?

— É claro que aprendi.

Outro surto de vergonha: talvez eu tenha aprendido *tudo* com ele, incluindo os modos de me comportar em público. Em desenho, certamente eu aprendi tudo com ele. Custou caro, mas aprendi. Fui sincero:

— O problema é que agora é o momento de esquecer.

— Sei. E chutar a cabeça dele.

Senti o ataque da vampira, os caninos levemente salientes sobre o lábio vermelho, marcando um rosto inteiro branco. Se eu me entregasse agora, ela se jogaria sobre o meu pescoço e, aí sim, adeus Tato Simmone. Nunca mais um renascimento.

— Ele não tinha mais cabeça há muito tempo. Você sabe disso. — A vampira quase recuou, apenas uma ideia de recuo que passou pelos seus olhos, sem se realizar, e eu continuei, agora apertando a sua mão com a minha mão quente: — E você também sabe que eu estou falando do nosso trabalho, dele e meu, e não só do próprio Aníbal.

Suspirei, alma desabada, e alisei sua mão, puro carinho desinteressado — essa discussão não valia a pena, era o que eu queria dizer. Minha entrega funcionou:

— Desculpe, Tato. É como se a gente estivesse em transe, nesse dia... tão...

— Eu sei.

A camisa escandalosamente molhada de vinho começou a esfriar no meu peito. Ela se preocupou:

— E esse vinho?

Olhei para o meu coração:

— É o tipo de coisa que não tem solução. Você se incomoda?

Ela riu, finalmente:

— De você tirar a camisa e ficar com o peito nu?

Uma timidez súbita, sorri um riso desconcertado:

— Não... de continuar assim, por enquanto.

— Claro que não me incomodo. Mas deve estar desconfortável... e...

— Não pelo vinho.

— Pelo que, então? — e o olhar ambíguo: ela não entendeu o que eu quis dizer. Um momento perigoso e indefeso. Tentei ficar em guarda:

— Pela morte do Aníbal. Pela crise da minha pintura. Pelo medo do futuro. Pela... — eu preferia não ter dito, mas disse, pensando na italiana — ...minha solidão. — Poderia continuar: pelo meu pai, que já está derrotado, pela minha mãe, que quer alguma coisa de mim mas começou a esquecer até mesmo a língua que eu falo. E antes que eu me enterrasse tão fácil na autopiedade, um homem rico, saudável, independente e talentoso como eu, pendurei-me na ironia, desenhando bigodes em minha própria grandiloquência:

— E que Deus tenha piedade da minha alma sofredora.

Ela avançou para agarrar minha mão, talvez sem entender minha ironia, mas recolhi os dedos a tempo de salvá-los. Brindei um brinde falso, que ela não acompanhou. Séria:

— Você é muito duro, Tato. Você não se entrega a coisa nenhuma, nunca.

O garçom, vampiresco, inclinou-se cochichando:

— O senhor está servido?

Despachamos todos os pratos, limpando a arena.

— Sobremesa?

Ela quis um sorvete; eu, nada. Voltei à luta:

— Eu não quero ser grosseiro com você. Aliás, a tua imagem me impressionou tanto no enterro do Aníbal que ela já está no centro de um projeto de quadro que comecei a esboçar. Uma figura de Goya. Você tem um rosto muito bonito. — Provavelmente ferida com o meu recuo de há pouco, ela não ergueu os olhos das linhas que suas unhas riscavam na toalha, uma rede meticulosamente quadriculada. Isso me desconcertou. — Um rosto muito bonito — repeti, sem efeito. — Plástico, eu quero dizer. — Tudo inútil. Um pintor pretensioso e afetado, incapaz de criar um instante de empatia. Fui em frente, perdendo a paciência, esfregando a mão na camisa empapada de vinho: — Mas não é por isso que eu vou botar meu pescoço numa bandeja para a bela vampira me matar.

Ela queria ficar séria; mais: ela queria demonstrar fúria, talvez até mesmo desprezo; provavelmente ela gostaria de se levantar, pagar ela mesma a conta no balcão do restaurante e sair dali batendo o pé sem nem olhar para trás, o chavão dos rompimentos. Mas a intenção edificante de colocar os pingos nos is e mostrar cabalmente o quão idiota e pretensioso eu estava sendo foi se desmanchando assim que ela se concentrou severa nos meus olhos assustados e afinal viu a exata extensão, tipo, peso, qualidade e periculosidade da minha estupidez, que era completa mas suave, certamente passageira, como alguém que por alguns minutos abre inadvertido a tampa de algum compartimento vazio do cérebro e deixa escapar uma pequena e inofensiva escuridão. Assim, o lindo rosto branquíssimo da vampira como que afrouxou todas as tensões e começou a sorrir — mais: começou a rir um riso no início incerto, e em seguida saboroso. Eu também passei a achar graça.

— Mas quem é que contou para você que eu sou uma vampira?

Sem pensar:

— Richard Constantin — uma confissão que fiz com a pose de quem põe na mesa da estalagem, diante do olhar estarrecido dos outros piratas, sete legítimos dobrões de ouro.

— Aquele picareta?

Isso realmente me desmontou. O máximo de ridículo — a vampira acabaria sugando todo o meu sangue, até a última gota, com a mais inesperada facilidade. Tentei escapar pelo humor, mas, com o sentimento dúbio, a entonação não enganava:

— Mas então não existe mais gente honesta neste mundo?!

Ela olhou para mim como quem não acredita no que está vendo — a comovente e cristalina lágrima nos olhos da Santa Ceia do meu vizinho era idêntica à minha consternação pelo fim da inocência universal. A vampira cresceu sobre mim:

— Gente honesta? Você não sabe mesmo nada! Esse sujeito é um ladrão, falsificador de quadros, contrabandista. É um estelionatário processado em quatro países; e só veio parar em Curitiba para se esconder. — Abaixou a voz, a última carta: — E é chantagista. Tome cuidado.

E nem pode entender de solidão, assim novo; quem desenha o teu traço jamais vai estar só; você é uma pessoa povoada, e eu quero fazer parte do teu mundo. (Faz uma semana que sonho com você todas as noites. Há pequenas variações entre eles, mas na essência são sempre o mesmo sonho. Sonhar com você é outra dádiva, porque já há muitos anos eu não me lembrava dos meus sonhos. E agora? *Come se fa?*) Eu quero fazer parte do teu mundo (e só a distância me dá essa coragem da nudez, do oferecimento transoceânico, a distância e a falta de nitidez, você é o sonho) do mesmo modo como nós fazíamos parte um do outro, sem saber, almoçando juntos naquele dia durante mais de duas horas, sempre pedindo alguma coisa a mais quando o garçom vinha de novo com a conta, com aquele furor nova-iorquino de nos chutar para fora dali o quanto antes, porque o museu estava cheio de gente invejando o nosso espaço privilegiado, aquela mesinha agradável, e, mais que isso, invejando a aura de bem-aventurança de duas pessoas felizes — e assim se descobrindo — conversando uma conversa gratuita, uma companhia que, sendo dádiva, era um presente sem passado e também sem futuro, porque não havia espaço para nada de fora, o tempo, saturado, transbordava os seus minutos generosos sobre nós.

Veja bem: nenhum sexo. Nada. Eu era uma autêntica *donna angelicata* atravessando a tua vida, assim esmagada pelos dentes do acaso — simplesmente recebi nos braços aquele *clown* dos pés presos que rodopiou ao sol da escadaria para cair sobre mim, leve e evasivo e sussurrante como uma pluma.

Ou estarei inventando um Tato Simmone, à falta do verdadeiro? Como se eu, ao contrário de você, que a cada carta suprime traços de mim, apaga detalhes, esquece os claros e os escuros para se ater a meia-dúzia de traços, cada vez mais uma ideia e menos um ser, ao contrário de você eu passei esses meses preenchendo de carne e de cor o que, a princípio, era uma ideia tão vaga na minha cabeça que sequer chegava a se formular inteira. Um homem que era um sopro ainda. E que começou a desandar na minha cabeça assim que desapareceu da minha vista — primeiro o choro, depois as fantasias do voo, que viraram pó, por fim um relativo esquecimento enquanto eu recuperava a distância segura de Domenico, aquele silêncio bem-comportado de quem já está a mil quilômetros da minha alma, mas eu ainda não estou sabendo nem saberia nunca, provavelmente, até que ele mesmo me deixasse sem aviso prévio; e então — onde eu estava? — você começou a me mandar esses desenhos tão nítidos e tão enigmáticos que vejo agora na minha frente. Vou me descobrindo neles — você desenha mais do que você sabe.

O engraçado é que somos nós que inventamos as outras pessoas; elas, de fato, não existem. Temos uma massa bruta à frente — o que fazer com esses fantasmas que ocupam nossa vida? Somos deuses distribuindo qualidades — e maldições — a quem entrar no nosso horizonte estreito, apenas 180 graus, talvez nem isso, de cada vez. Distribuímos dádivas aos outros, uma bela estampa àquele ali, uma voz interessante a um outro, uma alma boníssima à nossa mãe, que nunca teve culpa, uma ruindade não solúvel a um vizinho, uma feiura patética a quem detestamos; nosso senso é uma varinha mágica, o nosso poder e o nosso limite, porque também acabamos nos tornando o que os outros querem que a gente seja. Há uma condenação eterna nisso, há uma tristeza sem fim ou nessa falta absoluta de liberdade ou nessa liberdade absoluta — em qualquer caso é preciso transcender, e não conseguimos, daí a tristeza.

A tristeza que você não tinha, Tato Simmone! A timidez não é exatamente uma tristeza — é uma delicadeza com os semelhantes. Por que sair gritando por aí? — você deve pensar diariamente, enquanto desenha. Outra ideia poderosa que me ficou de você é uma espécie também delicada de ausência, como se, durante alguns demorados segundos, você fosse sugado por algum vácuo, por um outro silêncio — e lá permanecesse, quieto, sem vento, na contemplação pura de alguma cor nunca vista, e no entanto o que está diante de teus olhos pode ser uma xícara de café (aquela mesma que você deixou esfriando, para pedir outra ao garçom) ou algum nada entre um pensamento e outro. Na primeira vez em que a tua presença fugiu, arrebatada por coisa nenhuma, fiquei triste — era como se o *clown* não cumprisse o prometido prazer quando comprei o ingresso. Saímos do Egito por onde entramos, você seguindo a varredura completa dos espaços, e, em linha reta, fomos para a outra ponta do *hall*; *você* foi — eu fui atrás, vendo você se deter em cada vaso, o desenhista confirmando os desenhos milenares (isso sei agora), atento à delicadeza etrusca, ática, grega e romana e talvez pensando (isso também imagino agora) qual o lugar do Brasil no mapa do mundo, o sincrônico e o diacrônico, e talvez qual o seu lugar no mundo, aquele espaço da fila em que sempre acabamos nos ajeitando entre uma cotovelada e outra. Eu percebi, numa observação que fiz, talvez professoral demais (eu queria achar uma utilidade para mim mesma; não, para ser honesta, eu queria me *exibir* a você), que você sentiu uma súbita e inesperada atração por mim; tenho certeza de que foi naquele momento em que eu disse alguma coisa sobre a figura cantando e tocando cítara, solta no espaço negro da ânfora, sem moldura ou friso, uma bonita peça em terracota de dois mil anos atrás, naquele momento você afinal percebeu que eu não era nem turista, nem amadora, o que infantilmente eu tentava, tão discreta quanto possível, fazer você perceber. Não era, é claro, por espírito de competição, uma coisa de que sempre fui desgraçadamente desprovida, mas espírito de aproximação; começava a me incomodar um tantinho a tua distância, a simplicidade estratégica daqueles que, sob a pureza do *clown*, buscam esconder o secreto sentimento de superioridade; eu estava apenas estendendo a mão, como estendi a mão para você no rodopio da escadaria — e você aceitou-a. Aceitou-a fazendo pequenas perguntas táticas, e por elas eu descobri que você era um companheiro de viagem, provavelmente uma longa viagem (embora disso minha parte consciente ainda não soubesse).

Viagem. Isso me lembra a longa viagem até os capítulos desta última carta a você. Uma mulher dura e traída e certamente infeliz bebendo Jack Daniel's e lembrando, lembrando, lembrando, e é como se a minha vida, essa pintura desgovernada pelo tempo, desabasse agora de uma vez; como se os teus desenhos, a progressiva redução de traços até a mera ideia de alguém que já existiu, em treze quadros, como se os teus desenhos fossem premonitórios. Mas eu não aceito essa entrega, eu me recuso a ela; é por isso que escrevo assim tão sem direção, como alguém abrindo duzentas e sete mil gavetas, uma depois da outra, atrás de uma chave, e só as palavras, também uma depois da outra, podem me levar até ela. Pelo menos até você. Que podem ser a mesma coisa.

Estávamos diante de um carro e de um guardador esperando gorjeta, uma situação que sempre me deixa aflito. O guardador, despachei com uma moeda; quanto ao carro, silencioso e escuro, esperava sua proprietária encontrar a chave que lhe abrisse a porta, quando então entramos e nos prendemos com cintos de segurança e o toque de claustrofobia me atacou. Eu não tinha noção precisa de onde estava e assim era impossível voltar a pé, uma caminhada que certamente me daria prazer neste friozinho de maio, se a vampira concordasse. Eu ainda estava sofrendo o efeito de muitos choques, do vinho ainda úmido exalando vapores do meu peito aos descontrolados ataques que ouvi contra o meu incipiente novo amigo, Richard Constantin. O jantar me nocauteou; eu não tinha iniciativa de nada; aquela bela figura, só pelo fato de se integrar à imagem de um novo quadro, concebido no dia em que eu decidia mudar o rumo da minha vida, como que ganhava poderes sobre mim, decidindo; e, pior, tudo o que ela havia falado contra meu novíssimo mestre era verossímil. Mais que isso: altamente provável.

— E, pior ainda — pensei em voz alta assim que ela começou a manobrar no estacionamento escuro —, é que até agora eu não tenho a mínima ideia do que ela quer e nem por que eu estou aqui, amarrado nesse banco.

O carro freou, brusco; e a vampira começou a rir, balançando a cabeça bonita.

— Você é *muito* engraçado!

Eu quase bati a cabeça no vidro, puxado a tempo pelo cinto de segurança, o que me deixou péssimo. Ela arrancou de novo e o carro deu um pequeno salto ao pular do estacionamento para a rua, finalmente. Não pude me conter:

— Dirija com cuidado.

Ela riu mais ainda.

— Você é a pessoa mais engraçada que eu conheci. Cadê a tua gravatinha-borboleta? É um charme.

— Por favor, olhe para a frente.

E ela ria, mas diminuiu a marcha. Eu odeio carros; eles são estúpidos e atraentes, o que duplica o horror. Mr. Richard Constantin tem razão: não é por acaso que eles praticamente não fazem parte da história da pintura moderna. São seres exilados, banidos da arte do século. Deve haver uma boa razão; o que não serve para ser representado na pintura não serve para mais nada. O carro só é belo quando sucata, o mato subindo pela janela, pneus afundados na terra, crianças brincando no porta-malas sem tampa. Continuamos sonhando com um paraíso selvagem, pensei em dizer a ela.

A vampira estava completamente inocente do meu desespero. Continuou falando como se nada estivesse acontecendo e eu podia sentir a batida do meu coração reverberando pescoço acima, o mesmo pescoço em que ela meteria os dentes para me matar e me eternizar, o que dá no mesmo. Aníbal, entediado na fila do purgatório, sabe do que estou falando.

— O que eu quero, Tato — ela disse, depois de um quilômetro de silêncio, dobrando as ruas escuras da cidade com tranquila familiaridade —, é conhecer o teu trabalho mais profundamente. Eu queria conversar com você. Conversar sobre pintura e sobre o Aníbal. Ele falava muito de você, todo o tempo, e eu estava curiosa. Eu não conhecia muito o Biba; só nos últimos meses a gente se aproximou mais.

Entramos numa via rápida; afinal reconheci, do alto, a cúpula redonda da Igreja do Divino e percebi que estávamos próximos agora. Eu não conseguia entender aquele caminho; era como se tivéssemos dado a volta ao mundo para chegar de novo em casa. Mas isso é normal, pensei em me explicar à vampira; isto é, o fato de um pintor, um bom pintor, talvez um ótimo pintor, como eu, ser incapaz de orientação espacial. Pensei em acrescentar: faz cem anos que estamos destruindo os pilares do espaço, penosamente erguidos ao longo de cinco séculos. Estamos voltando à representação medieval, achatada, do mundo. Até nisso, no espaço — mas isso eu não diria a ela —, eu preciso ser orientado; imóvel no sinal vermelho, sujo de vinho, sem saída nem piedade, senti o toque da depressão, incapaz de uma palavra. Ela voltou a falar:

— Nós... — provavelmente ainda se referindo ao Biba, mas calou-se noutro sinal vermelho, já na minha rua, e eu fantasiei uma confissão estranha: ela diria estar cansada da eternidade, da vida noturna, da própria pele gelada diante do espelho que se recusa e vê-la, da necessidade perpétua de sangue vivo, e queria agora morrer — morrer morrer — suavemente nos meus braços. O pequeno sonho me distraiu, e logo ela estacionava o carro e aquela situação desconfortável em frente da minha casa. Fiquei um tempo imóvel, tentando me reorientar. Ela desligou o carro e tirou a chave.

— O teu ateliê é aqui mesmo, não?

Fiz que sim, relutante. Um desejo ansioso de ficar sozinho.

— Eu gostaria de ver os teus quadros. Você me mostra?

Olhei fixo para ela. Ela sorriu e segurou minhas mãos:

— Posso adivinhar o que você quer saber. Tudo bem. Vou confessar. É que eu também negocio com quadros. É isso. Fiz contato com uma galeria em São Paulo que tem interesse no mercado e na produção de Curitiba. Falei a eles de você.

Finalmente eu entendi.

— Sei.

Ela sorriu de novo, uma sedução agora inocente, de brincadeira:

— Assim, quando disserem a você que sou uma vampira, tem uma pontinha de verdade...

Também achei graça, mas não me movi. Ela acrescentou:

— Mas você não pode pensar tão mal de mim só porque compro e vendo quadros. A tua mãe, Isaura Simmone, não é marchand em Nova York?

— Como você sabe?! Você conhece minha mãe?

— Nesse ramo, sabemos tudo, ou não sobrevivemos.

— Sabem até que Richard Constantin é um picareta.

— Isso é fácil. O que não é tão fácil é perceber, por exemplo, que você é uma grande promessa.

Ela não devia ter falado aquilo. Eu detesto que comentem a minha pintura, que me digam como eu sou, como eu pinto, qual a dimensão do meu talento, exceto se eu expressamente autorizo alguém a falar. É engraçado: as pessoas não costumam entrar na casa dos outros sem convite, mas vão logo dizendo, sem cerimônia, o que pensam do quadro que você pintou, como se você fosse um espaço público. Uma suspeita me atravessou a alma, das mortais, como a estaca de madeira no coração do conde Drácula: ela estava ali, me cevando, a pedido de dona Isaura, minha mãe. Mas a troco de quê? *Promessa. Sou uma grande promessa.* Passei anos ouvindo

Aníbal Marsotti me chamar de "grande promessa". Mas ele podia dizer o que quisesse, porque eu lhe outorgava esse direito. Lembro do primeiro dia em que eu, trêmulo, bati à sua porta implorando que ele me desse aulas e que me assumisse como discípulo. Eu até mesmo pagava a ele para me dizer o que pensava. Mas que direito tinha uma vampira, provavelmente incapaz de preencher com lápis de cor um caderninho de desenho, de me catalogar como "promessa"? Melhor que dissesse: *Você pinta mal.* Ela teria alguma vez visto um quadro meu? Indicação do Aníbal, pouco antes de morrer? A cena final de um melodrama: *Não deixe de vê-lo, querida. Ele é um gênio. E Aníbal Marsotti fechou os olhos para sempre.* Em que estranho ser celestial aquele monstrengo se transformava menos de vinte e quatro horas depois de morto! Antes de descer à tumba, encarregou-se de encomendar meu corpo promissor a dois coveiros inimigos: uma vampira e um picareta.

Como eu devia estar muito sério, seguindo o curso sinistro dos meus pensamentos — claustrofóbico atrás de um cinto de segurança de um carro escuro e insalubre, cheirando a plástico novo misturado com vinho envelhecido no meu peito —, ela fechou o rosto e tirou a mão branquíssima de pedra do meu joelho tenso:

— Bem, desculpe. Se você prefere outro dia... eu... desculpe...

Já era quase uma mulher ferida. Desci enfim à Terra:

— Não, por favor. Meu ateliê é aqui ao lado de casa. Venha. Eu faço um café.

E nesse dia interminável, outro péssimo presságio. Enquanto eu procurava a chave diante da porta do ateliê, a vampira, como se já soubesse, avançava estendendo o braço:

— A porta está aberta?!

Sim, aberta; e, mais uma vez, sem sinal de arrombamento, o cadeado comportadamente pendurado na lingueta, à espera de que o fechassem de novo, exato como antes. O raciocínio lento, atrás de um sentido:

— Mas... será que eu deixei...

Ela acompanhou meu olhar para o cadeado, seguindo minha lógica. Ficou nervosa, eu senti; pela primeira vez na noite, uma vampira insegura.

— Talvez... talvez ele tenha percebido nossa aproximação e fugiu e... olhe: a luz está acesa.

A luz acesa, de fato. Eu não me lembrava se havia apagado a luz à tarde. Talvez não. Mas o cadeado deixei fechado sim, com certeza. Uma sensação ruim, o ateliê invadido: muito pior que a invasão da própria casa. Esqueci a vampira e fui conferir imediatamente os quadros, todos fora de lugar. Faltava algum? O *Réquiem* do lado contrário, a tinta ainda fresca raspando na moldura do — e ela gritou:

— Cuidado!

Um vulto saiu da sombra e eu, num reflexo estúpido, fechei-lhe a frente no papel ostensivo, ridículo, de quem vai pedir explicações. Não vi nada — apenas senti o perfume da vampira e o frio do chão de cerâmica nas minhas costas, no meu corpo inteiro estendido. Dor, muita dor. Instintivamente levei meus dedos até o pescoço, à procura de sangue, mas me enganava, não era dali que vinha a dor — eu via o vulto da mulher sobre mim, atrás da sua cabeça balançava-se uma lâmpada, e talvez eu tenha escutado cochichos, mas não me lembro. O perfume, e a mão me protegendo a cabeça contra o chão. Passei os dedos no rosto e afinal localizei a dor: o olho.

— Gelo, Tato. Onde consigo gelo?

— Cadê esse filho da puta? Ele me acertou. Ai...

— Gelo. Foi um soco só.

Aquela face muito próxima passou a me fazer bem. E acordei do meu desmaio com o susto de outra ideia:

— Ele bateu em você também?!

— Não, é claro que não!

Meu olho doía. Comecei a me levantar, vagaroso. Consegui arrancar um pouco de graça do escuro da minha cabeça:

— Por que essa pretensão? É *claro* por quê? Hoje em dia eles não respeitam ninguém: dão tiros, matam, batem, estupram, mordem, retalham, enterram, fodem com tudo.

— Não diga bobagem, Tato. Ele só queria sair, você se meteu na frente e...

— Ai!...

Pontadas no olho direito — eu podia sentir o inchaço crescendo.

— Ele abriu caminho a socos.

— Foi um só, eu já disse. Eu saí da frente e ele fugiu voando. Onde tem gelo? Rápido, Tato!

Fiz um gesto largo, absurdo, em direção à grandeza da minha obra:

— Mas você nem viu os meus...

— Deixe de bobagem. Depois eu vejo.

Subimos a escada para o apartamento — *Cuidado para não cair!*, e eu troquei de lado com ela — depois de fechar o ateliê, uma providência agora inútil. *Aníbal Marsotti tinha as chaves da minha casa e do ateliê.* Eu sentia a pancada na cabeça reverberando em chicotadas elétricas nervos adentro, sentia o tombo, a cabeça no chão, a angústia da queda. Por que um morto continua assombrando a minha vida? A vampira começava a ficar impaciente: Tato Simmone, este sangue novo, esta bela promessa, estava lhe custando caro — sem falar do incômodo. Na luz bruta do apartamento, mais branca ainda:

— O gelo, onde tem?

Apontei a cozinha e fui para a sala, largando-me no sofá. Agora o olho doía ardido, o olho queimava, e comecei a me enterrar na depressão.

— Acho que vou ter mesmo de chamar a polícia.

Rápida, ela estendeu uma bolsa de gelo improvisada com um pano de prato. Senti o choque do frio se espalhar do olho para a face inteira. Alívio.

— Vou pegar um espelho. Tem ali na...

— Fique quieto. Segure aqui. Deite no sofá. Se o frio arder muito, levante um pouco o gelo.

— Telefone para a polícia. Esses caras ainda vão me matar.

Ela não ouvia. Severa, contemplava meu rosto, avaliando o estrago. Não tenho salvação. Estou atolado de mães, de todos os tipos. Ela se sentou na beirada do sofá. Tentei me erguer.

— Fique quieto. O gelo vai fazer bem.

— Telefone para a polícia, por favor. Estou dizendo: eles ainda vão me matar.

— De quem você está falando? Quem são eles?

— Não sei. Primeiro, entraram aqui em casa. E em seguida no ateliê, já sem muita gentileza.

— Entraram aqui também? Quando?

— Durante o enterro do Aníbal.

A vampira pensava. O gelo enfiava agulhas compridas em cada nervo do meu rosto, e só por seguir os fios do frio na pele eu descobria em mim um emaranhado de nervos, nervos, nervos, eu sou inteiro um teia de nervos. Isso vai ficar uma mancha redonda, medonha, assimétrica; serei minha própria caricatura.

— Um espelho, por favor. Tem ali, no banheiro, no armarinho.

A vampira sorriu, sussurrante:

— Quieto.

Certamente preparava o terreno, pondo e tirando o gelo na exata dose da anestesia. Permitiu-se um carinho nos meus cabelos, de enterrar os dedos, tão gelados quanto o pano no olho.

— Está melhor?

Senti falta de ar, um início de pânico: vampiros não aparecem em espelho, dizem, daí o silêncio dela. Segurei o riso nervoso, mordendo o lábio. Ela pensava em outras coisas, não em mim.

— Então entraram aqui também...

— Sim. Enquanto nós enterrávamos o velho Biba, alguém entrou aqui em casa hoje de manhã. Sem arrombar a porta. Mandei pôr uma tetrachave. Vou ter de fazer o mesmo no ateliê.

Ela calculava a exata força do gelo contra o meu olho, de modo que eu não pudesse erguer a cabeça. Aquilo começou a derreter e a escorrer, como se eu chorasse.

— Telefone para a polícia. Número 190.

Ela espichou o pescoço — de Modigliani, divaguei, admirando aquele desenho sem perspectiva com o olho que me restava — para o telefone adiante:

— Tem recado na secretária. Luzinha piscando. Duas vezes.

— Depois eu vejo. Ai!

Afinal ela ergueu o gelo, que pingava:

— Está doendo muito?

Apalpei a superfície gelada em torno do meu olho, como quem reconhece pelo tato um objeto que não nos pertence.

— Não tanto agora.

Imaginei o meu olho preto e inchado, semanas a fio. E sábado teria uma festa na casa do malfeitor Richard Constantin.

Aparecer em público carregando um soco na face — isso dói mais do que o próprio soco. Como quem afinal chega a uma conclusão definitiva, ela suspirou e determinou:

— Acho melhor você não ligar para a polícia. Além da aporrinhação, seria inútil. E você nem sabe se roubaram alguma coisa. Roubaram?

Lembrei dos quadros fora de lugar. Mas quem iria roubar um quadro de Tato Simmone? A verdade é: deste ponto de vista, eu não valho nada. Eu *ainda* não valho nada, acrescentei, agarrando-me a um pedaço de autoestima. Levantei do sofá — a camisa imunda grudada no peito, um dia que desandou horroroso, minuto a minuto — decidindo:

— Vou lá ver.

— Eu vou com você. Mas fique segurando o gelo. Quanto mais tempo você ficar com ele, melhor é.

Obedeci. A água fria escorria pelo braço dormente, empapava-se no cotovelo; as pontas do gelo atrás do pano lanhavam a pele fina em torno dos olhos. Um homem inteiro machucado, desconfortável, aflito, incompleto.

Subi as escadas sozinho, ainda com o gelo derretendo-se no rosto, aquela papa desagradável que escorria dos meus olhos; depois do soco, eu era um vaso que enfim se quebra, vivendo mais uma perda de inocência neste ritual de desacertos que o enterro do amigo insistia em prosseguir no escuro vampiresco da noite. Nunca apanhei na minha vida. Também não bati; tenho a magreza dos que se desviam naturalmente das pedras que voam em minha direção só com um voltear de cabeça, um passo discreto para o lado, um abaixar-se tático para amarrar o cordão do sapato, e pronto, nada me diz respeito. E a vampira tem razão: é inútil chamar a polícia. Não levaram um só quadro; apenas os trocaram de lugar. O que procuravam?

Tento acertar a tetrachave na porta com a mão esquerda, enquanto a direita segura o gelo contra o olho que volta a doer, o braço empapado, o suor no peito que ainda exala vinho derramado — e consigo achar graça da ideia de que o invasor acertou meu olho como um comentário vívido, inesquecível e eficaz sobre a qualidade da minha obra, que ele preferiu contemplar solitária e furtivamente sem a incômoda presença do artista ao lado, vigiando o olhar, escutando sua respiração, adivinhando suas ressalvas, investigando os detalhes da sua atenção neste ou naquele traço, talvez impedindo a mão iconoclasta que, impressionada, deseja ela mesma tocar a tela e apreender a textura do verde, o volume do traço, a presença física do desenho cortando as cores como uma faca sem fio separando tons e subtons.

Acendo a luz, mais aliviado agora que estou sozinho — a vampira se foi, depois de me ajudar a recolocar as telas nos lugares certos e depois de contemplá-los com alguma atenção. Um olhar frio, é verdade, que às vezes se aproximava e em seguida se distanciava, enquanto a cabeça — sempre bela, a branca face recortada na escuridão do meu olho — inclinava-se sutil para o lado, como na cerimônia do enterro e no desenho da cena esboçado sobre a mesa, que ela viu de passagem, um segundo de atenção, sem se reconhecer. Não disse quase nada sobre as telas, já com a frieza e o cálculo do comerciante, não com o olhar perdido e apaixonado do amador. Num momento, diante da primeira parte do *Immobilis*, ela disse:

— Você tem uma intuição poderosa.

E se calou, talvez arrependida. Voltou às coisas práticas, uma vampira com o senso da posse dos objetos, mais que das pessoas:

— E então? Desapareceu alguma coisa?

— Parece que não. — Investiguei rapidamente a mesa de trabalho, abrindo e fechando gavetas, e conferi as prateleiras, de onde o invasor arrancou todos os livros de arte, agora largados no chão, e pisados, o que dói. Recolhi uma ponte de Corot ferida transversalmente com as marcas de uma pata suja de terra.

A invasão como que nos separou, a mim e à vampira, numa noite em que talvez eu chegasse a pensar em uma aproximação. Ela prosseguia uma figura estranhamente assexuada para mim; por alguma síndrome, separo cada vez mais a operação do sexo do mundo do amor, para dizer essa palavra genérica — são dois campos que ainda não se tocaram na minha vida. Mas em nenhum momento deixei de achá-la bonita, e achar alguém bonito é uma posse, uma reserva secreta de afeto que ganhamos. Talvez eu devesse enfim dizer a ela, com clareza, a paixão que senti pelo seu rosto tão branco, desenhado finamente no negrume dos cabelos, mas transpor essa intimidade é uma viagem sem volta, a mesma que Dora talvez queira empreender para estragar uma bela amizade; não gosto da pressa, nem para a pintura, nem para o sexo, e o amor eu não procuro, porque é um risco. *Um querubim*, dizia minha mãe com um sorriso. Talvez eu seja mesmo um querubim que por natureza não consegue misturar sexo e amor, entidades que na minha alma se anulam, um tentando impedir o outro de viver.

Quem sabe a vampira esperasse que eu oferecesse enfim o prometido café — ou pelo menos o pescoço aos seus dentes, nesta noite cheia de sentimentos esquisitos e dores inesperadas —, mas não insisti quando ela decidiu ir embora. Ofereceu-se para voltar amanhã — no portão da frente, depois que eu mais uma vez fechei o ateliê com o cadeado inútil, uma estranheza gelada desceu sobre nós com o peso silencioso de uma sombra — e eu concordei sem ênfase.

Não tenho salvação — concluí, defronte ao espelho, ao descobrir que o meu olho se fechava gordo com a lenta determinação de uma ostra, o que os lutadores de boxe só conseguem em quatro ou cinco rounds, depois de levar uma saraivada de golpes maciços, e mesmo assim resistem, e até ganham a luta espremidos na própria face. Eu já perdia antes de começar. E a dor na cabeça — uma lança fina que me espetava o olho e ia adiante atravessando o cérebro em ataques ritmados — era talvez mais fruto da depressão do corpo machucado, a sensação de se descobrir facilmente derrotável, com um único soco, do que propriamente do inchaço no rosto. Uma vontade irritada de destruir o espelho, que de forma tão límpida e exata descrevia a minha ruína.

O dia do recomeço não terminava nunca. Fui tirando minha roupa pelo caminho, tentando me livrar da irritação, do sentimento de asfixia — quero ficar completamente nu no meu próprio espaço, sozinho, e tomar um banho purificador. Decidi antes conferir as chamadas da secretária, e a luz piscava para me dizer que é inútil resistir, que continuo atado às coisas do mundo por fios finíssimos e inarredáveis. Mas, antes que eu tocasse nela, o telefone, feiticeiro, tocou — e me assustei de novo. Seria caso de atender? Talvez um recado do assaltante.

— Oi, Tato! É a Dora!

Ouvindo a voz de Dora, que como sempre telefonava sem assunto definido, apenas para me ter ao alcance e conferir o peso e a aparência da minha alma, senti uma aura de conforto e calor — e descobri, por comparação, o quanto a vampira era uma mulher fria, distante, maquiavélica, inescrutável, cortante e perigosa. Em tudo o contrário da minha Dora.

— Liguei muito tarde? Como eu sei que você sempre dorme depois da meia-noite...

— Fique tranquila. Estou acordado.

Um lapso de silêncio, que ela se apressou a preencher:

— E então? Alguma novidade do assaltante?

— Não. Quer dizer, fui assaltado de novo.

— Não me diga?!

— O ateliê. Todo revirado. Eu... eu levei um soco no olho.

— Meu Deus! Você está sozinho agora? Quer que eu vá aí?

— Não precisa, Dora. Eu vou ver se durmo um pouco.

— Mas... como foi?

— Amanhã eu te conto. Não é grave. Não se preocupe.

— Você precisa de alguma coisa? — Ralhando: — Eu falei que você precisava ligar para a polícia!

Lembrei da visita próxima de Mr. Richard e por duas ou três associações desconexas tive a ideia de estalo, que me divertiu — talvez assim eu voltasse à normalidade.

— Preciso de você, sim. De um tapa-olho.

— Não brinque, Tato! Diga do que você precisa.

— Mas é disso mesmo. Um tapa-olho. De pirata. Amanhã tenho um encontro com um marchand muito importante que pode salvar a minha vida e eu não quero aparecer com um olho roxo. E sábado tenho uma festa que não posso perder. E eu estou com um olho de dar vergonha. — Apalpei mais uma vez: a pálpebra se fechava, definitiva. — Um soco de Mike Tyson, sem luvas.

— Mas ponha uns óculos escuros. É mais fino.

— Aí eu vou ficar parecido com guarda-costas de traficante. Eu não sou guarda-costas de ninguém. Um tapa-olho é mais digno. E é um objeto interessante. É uma boa solução. E tem um ar medicinal — você sempre pode dizer que fez uma operação de catarata, ou miopia. E oculta perfeitamente o murro que levamos.

Eu já estava absolutamente convencido da necessidade de usar um tapa-olho.

— Um tapa-olho branco?

— Não. Preto. Um tapa-olho a rigor. Eu acho que...

Tive a ideia repentina de usá-lo para sempre, mesmo com o olho recuperado. Agora não tinha mais minhas gravatas-borboletas. Seria a minha marca. Dizem que, com um olho só, perde-se a noção de profundidade, o que seria estranho num pintor, mas não deve ser verdade. A perspectiva é uma operação puramente mental, ou seria impossível representá-la no plano.

— Tato, você está aí?! — a voz aflita, como se a minha demora de cinco segundos significasse que o assaltante estivesse me estrangulando com o fio do telefone.

Acordei do devaneio ainda pensando na ilusão da perspectiva.

— Então, Dora? Você me consegue um tapa-olho?

— Você é maluco, Tato. Amanhã de manhã estou aí. E agora tranque bem a porta.

Eu admiro em Dora como ela consegue resistir a fazer perguntas sobre a minha vida íntima, e no entanto me fiscaliza quase diariamente com um rigor detetivesco. Fragilizado, senti um sopro de segurança por contar com ela. A vampira me deixava um vazio e a sensação de distância, que contém algo desagradável, um pequeno fracasso entre duas pessoas, o silêncio do espaço. Dora ainda perguntou, simulando uma lembrança ao acaso:

— Ah, e a festa de sábado, o que é?

— Uma festa. Depois eu falo.

Pausa. Parece que eu via a máquina de Dora articulando uma palavra que nos mantivesse na linha por mais um minuto, mas desta vez era eu que precisava dela:

— Lembra do chaveiro de hoje de manhã?

— Sei. Você quer que eu passe lá ao sair de casa e encomende uma tetrachave para o ateliê.

— Você é o anjo abençoado que ilumina o caminho da minha vida.

Ela ficou feliz.

— Isso você diz para todas.

— Não. *Isso* eu não digo para todas. Só para você.

Rimos. Quase passou minha dor no olho, mas, telefone desligado, como no contra-ataque de um soluço aparentemente derrotado que se ergue dos escombros da nossa ansiedade, senti a lança de volta atravessando o meu cérebro com a regularidade estúpida de um bate-estacas. Fechei os olhos — ou o olho que restava aberto — e deitei no sofá, nu, fantasiando imediatamente a intriga de que Dora era a responsável pelos assaltos, e lembrei, nítida, a primeira frase dela ao telefone, *alguma notícia do assaltante?*, com a certeza de quem sabe tudo, que se trata de *um* assaltante, antes mesmo que eu contasse. E tão verossímil me pareceu a suspeita, que a lógica me acordou aos solavancos de seu ônibus; sentei no sofá de um pulo, transtornado pelo que parecia uma cristalina traição da minha amiga; cego dos dois olhos, esquecia da magnífica sentença de Braque, que poderia ser adaptada ao caso: ou as coisas são verossímeis, ou são verdadeiras — é preciso escolher. Eu estava inteiro exausto, um dia que me escolheu caprichosamente para me esmagar, desde o início da manhã; à meia-noite, o enterro de Aníbal Marsotti desabava completo sobre mim, e me bateu a certeza absoluta dos que não conseguem dormir e restam sozinhos, provavelmente para sempre; até mesmo a vampira largou-me pelo caminho, depois de ver meia-dúzia de quadros. "Vou deixar você descansar", ela disse. "O seu sangue não é suficientemente bom para mim", pensou, ligando o motor do carro e desaparecendo nas trevas.

Decidi enfim tomar meu banho, mas, distraído pela vontade de me enredar um pouco mais nos outros antes de me livrar em definitivo deles — até amanhã, pelo menos —, apertei o botão da secretária. A primeira voz, arrastada, era a do meu pai, bêbado.

— De novo essa merda de secretária?! Hoje de manhã a ligação caiu, acho que caiu, ou então você mesmo desligou para não se aporrinhar com o teu próprio pai. Eu não consegui completar o meu pensamento. Eu tenho uma ideia que pode ser muito boa para nós dois. Eu preciso de dinheiro, você precisa de um carro. Com um carro na mão, um apartamento livre para morar, uma mesada da mãe que picareteia arte em Nova York, você só não vai ser o maior pintor do mundo se não quiser. Ahahaha! Bem, pelo menos do Brasil. Ou do Paraná. Quem sabe de Curitiba. Isso: o maior pintor de Curitiba. Na pior das hipóteses você pode ser o maior pintor do seu bairro. Ou da rua Mateus Leme, que é comprida. Você pode ser o maior pintor do pedaço. A rua começa ali no Shopping Müller e termina lá na puta que pariu. Eu acho que ela não termina. Até a rua Mateus Leme vai embora de Curitiba. Ahahaha! O maior pintor. E você pode ir de uma ponta a outra de carro, conforme o meu plano. O que você acha? Hein? Que tal? O meu plano é bom para —

A secretária, minha amiga, desligou o plano do meu pai depois de completado um minuto. E eu — o bate-estacas, incansável, latejando mais e mais na minha cabeça — desliguei a secretária para respirar. O segundo recado, obviamente, seria do meu pai, de novo, e eu quis poupá-lo do meu julgamento. Agora completamente acordado, entrei no banheiro. Muito tempo debaixo da água quente, tentei me ocupar de mim mesmo, das fronteiras macias e voláteis que separam o corpo do espaço, a pele sobre os ossos, essa fragílima armadura contra a atmosfera do mundo, mas afinal eficaz, eu pensava, apalpando o inchaço do olho. Não pensar é mais difícil que pensar, de modo que, junto com a água, escorria um amontoado incompleto de memórias, da lembrança de minha meia-irmã Kelly até a frieza da vampira inominada, e entre as pontas uma gritaria de gente procurando espaço na tela, mas é preciso escolher, escolher, escolher, uma pintura é aquilo que resta depois de uma grande quantidade de desistências, e o que resta acaba não sendo parecido com nada, e é difícil aceitar, o olho procura, o olho fareja as semelhanças, ele está atrás de tudo que seja parecido com alguma coisa, só para se sentir em casa, é uma procura perpétua, o olho quer semelhanças para se apoiar.

Já seco — mas ainda nu —, pensei na minha italiana fantástica, que eu havia deixado escapar estupidamente, talvez temendo desembarcar do sonho e embarcar na vida real dos afetos; e senti o desejo bruto de voltar a desenhá-la, agora na direção contrária, encher os poucos traços que restam dela com a força das sombras, tentar recuperar a fotografia mental de um ano atrás, aos poucos, ao modo dela, que se entrega aos poucos, mas senti um medo igual e contrário de banalizá-la no realismo, de envolvê-la na sanha deste dia pesado em que o amigo Marsotti me presenteia com o seu próprio enterro acompanhado de fantasmas e vampiros, cada um deles com um séquito de remorsos corcundas e verdes.

Talvez eu deva mesmo ir à polícia. Uma decisão para o dia seguinte, para onde agora eu queria fugir, urgente e sem sonhos.

Abrir gavetas! Que tarefa horrorosa! A não ser que seja para limpá-las, purgá-las, queimá-las — não esquecer, mas suprimir. Às três horas da tarde, diante de Rousseau, *le douanier*, aquele magnífico *The Repast of the Lion*, uma floresta já livre do realismo, você me dizia aparentemente sem nenhuma relação entre o que você via e o que falava, que o Brasil não tem memória; vocês, felizes, simplesmente não se lembram. Às vezes repetem tudo o que fazem, mas (era você que falava) há sempre um toque de inocência mesmo na pior estupidez; como não se lembram, tudo é sempre a primeira vez. Eu achei engraçada essa imagem, no mínimo uma boa ideia, a da inocência perpétua, o mundo pré-cristão que a Europa sonha reconquistar faz mil anos. Aqui, somos diferentes, você sabe: a estupidez é científica, programada, estudada, repetida — não esquecemos nada e costumamos repetir tudo, justamente para não esquecer. Quando queremos mesmo nos livrar, nós suprimimos, o que é diferente de esquecer.

Por que essa amargura? Para abrir a primeira gaveta. Fui casada durante dois anos e três meses com um cidadão bávaro, uma espécie de Senhor do Castelo, um homem muito fino e muito rico, a quem entreguei minha alma, meu trabalho, meu futuro e, após um mês, descobri também, todos os prazeres que alguém possa ter na vida.

Não. Da maneira como eu disse, as coisas parecem caricaturais. E elas são desgraçadamente dramáticas. Mas, depois do choque, as coisas dramáticas se transformam em cristais da memória que, se não quebram nunca, também não mantêm o brilho. As coisas dramáticas da nossa vida ficam quietas, pérolas de silêncio e escuridão, à espera de que falemos delas. Para que você me entenda, talvez eu deva abrir uma gaveta anterior ainda, mais antiga e mais preciosa — e hoje congelada na memória. Não serve para mais nada. Aos meus 16 anos, ele, o príncipe, foi o meu primeiro homem. Tudo que você pode imaginar da mais gasta cartilha poética aconteceu: ponha o rio da minha infância, acrescente uma primavera (que, segundo você, os brasileiros jamais saberão o que é porque vivem no verão eterno), um passeio em Florença, a linda paisagem toscana, um homem mais velho que, sendo atraente, tem a vantagem de lembrar vagamente um pai sem as desvantagens deste; e é também o primeiro homem da vida, a espada da vingança contra o pão dormido da *nonna*, o terror católico da mãe e a magnífica distância do meu pai, do alto de uma grandeza tão alta que não dizia respeito à vida rasteira dos meus sonhos. Mas, apesar de tudo, do desejo de um homem — esse desejo tão simples que nem merece explicação, adjetivo ou enfeite — que se encaixava maravilhosamente com aquela presença física do príncipe de sotaque tedesco, e era também um encaixe de pernas, aquela confusão engraçada de pernas (eu tinha 16 anos, eu ainda conseguia achar graça!), apesar disso havia a sombra de alguma coisa errada (não a proibição, que essa era ótima para o meu prazer), tanto a ideia de que o príncipe talvez fosse a peça de uma conspiração maior (uma suspeita absurda que me aterrorizou nua por alguns segundos, como se a família inteira, oculta nas ramagens, esperasse o meu fim), quanto a de que eu estava sendo seduzida numa relação assimétrica; a ideia de que depois da posse não me restava nada, exceto o sonho. Assim: eu estava nas mãos suaves de outra pessoa — mas ela não estava nas minhas mãos, apenas no meu sonho. É claro que isso só me passa pela cabeça agora, assim tão bem explicado; talvez seja mesmo fruto do ressentimento de algo que fracassa. É que não foi uma aventura de adolescente; não foi uma paixão que se descobre; não foi um começo. Aquilo foi uma entrega total; como se o meu primeiro ato fosse também o último. Eu não vivi o meu primeiro amor; eu assisti a mim mesma, nua, vivendo a ideia de um primeiro amor.

Alguns anos depois — em que a minha incapacidade de amar outro homem começava a me asfixiar (e parece que isso também estava previsto, desde aquela primeira confusão de pernas) — casei com o príncipe. Semelhante a uma história de fadas, eu sei; mas foi exata uma história de fadas. Eu não fazia absolutamente nada. Eu era a Senhora do Castelo da Bavária. E, em poucos meses, foi uma alegria imensa para mim descobrir que eu não podia ter filhos, que não havia hipótese alguma de eu perpetuar a memória daquela pequena gaveta, saber que o ser com que eu vivia não poderia contar comigo para perpetuar a sua, digamos, espécie. Depois de alguns meses, ele já era um homem com o poder de me fazer cair no mais profundo e instantâneo sono assim que se aproximava da nossa cama. Pela manhã, depois de resvalar para fora antes que ele acordasse e me estendesse o braço, eu tomava um banho demorado, depois fazia um desjejum razoável de modo a estar preparada para o uísque das onze e trinta, mais tarde das onze e quinze, às vezes das onze, e, se pudesse, das nove horas da manhã. Quanto antes, melhor. Melhor seria nem dormir. A razão que me leva a matá-lo assim tão sem piedade, palavra a palavra, diante de um desconhecido (e provavelmente só falo em voz alta, agora, porque é você esse desconhecido, e está a milhares de quilômetros da minha voz, e, de qualquer forma, esta é a última carta), foi o limite de uma caçada. Talvez só o tédio não seja suficiente para o desprezo. Como ele era um príncipe (entenda: estou sendo metafórica; o *von* do sobrenome foi encaixado em algum momento plebeu por alguns daqueles reis que, afinal, precisavam cada vez mais dos burgueses endinheirados), vivia rodeado de barões, condes, vassalos, duques, alguns deles com o rosto germânico talhado de cicatrizes, resultado dos duelos de honra de um passado que se recusava a passar, na perfeição quase asfixiante da Bavária. E, é claro, príncipes caçam; havia temporadas de caça que se aguardavam com ansiedade, que eram assunto interminável de noitadas sem fim sob o fogo da lareira, regadas a vinho quase sempre de boa qualidade (o único detalhe atraente daquela aporrinhação eterna, de onde eu sempre saía, carinhosa e inconveniente, caindo de bêbada), comentavam-se Os Momentos Grandiosos De Anos Passados, Os Cervos Mortos Com Um Único Tiro Entre Os Olhos, A Grandeza Da Luta Ancestral, A Educação Natural, O Sentimento Milenar Das Forças Da Natureza, *Sturm und Drang*, e daí por diante. Não ria: é exatamente assim que me lembro, mas sem nenhuma graça. Eu já sabia que o momento da caçada estava próximo, o que elevava minha ansiedade à fronteira do terror. Numa delas, sem nunca saber exatamente por que, e absurdamente sem forças para dizer não, eu me vi atravessando uma noite fria e apavorante, enrolada na escuridão, só, ouvindo uivos que eu não sei ao certo se eram delírios do meu horror ou se eram animais sendo estrangulados, ou lobos ou hienas em volta de carniça, se eram simplesmente a antessala do inferno, e por alguma razão que eu não entendo (hoje eu entendo) eu me encaminhava, vaca de abatedouro, para esses rituais de sofrimento com um sorriso idiota, correto, de quem ama o risco da vida pitoresca e autêntica, quando, de fato, naquelas caçadas estúpidas não havia nem risco, nem vida, nem exotismo, nem nada — aquilo era um lixo completo, a última gaveta. Comecei a sofrer de todas as doenças: 30 anos e já me agasalhando como uma velha em fim de carreira, arrastando meus pés naqueles corredores oitocentistas e bebendo, bebendo, bebendo. E era preciso fazer exercícios físicos! Nada como a vida ao ar livre, o ar puro, o poder atávico da ginástica, a assepsia da sauna, como os *von Dazzle* (digamos assim) amam os valores espartanos! E, é claro, a vida em sociedade — meu marido era (acho que é ainda, esses cargos são eternos) funcionário do Parlamento Europeu, e a vida em sociedade tinha portanto um peso político relevante. Para mim, essa italiana mal-humorada que escreve uma última carta que nem sabe se vai mandar mesmo a você, para mim tudo se resumia à expressão inglesa: *disgusting!* Passei a escrever poemas desesperados, mas os poemas resolvem tudo e não resolvem nada — é a natureza deles.

Outra gaveta — esse meu desespero de arrombar velhas gavetas — foi uma viagem magnífica à África, onde me vi obrigada a conviver durante setenta dias com nazistas enormes, grossos e estúpidos, exatamente como os dos piores filmes B, e suas finíssimas esposas. Lembro nítido um fotograma daquele tempo: um casal nos mostra uma caixa magnífica de madrepérolas, onde repousavam dois belos revólveres, um para ele, outro para ela, porque não se pode confiar nesses *niggers*. Fantasiei um duelo entre eles, um furando a testa do outro, com elegância.

E havia os cães (quase me esqueço deles), havia os cães por toda a casa. Não sei se você gosta de cães (ninguém é perfeito); os cães me deixam em estado de choque. Eles eram enormes, e uivavam. Às vezes, me perseguiam; o tempo todo, vigiavam. Era difícil ler um livro com tranquilidade ao lado de monstros ressonantes, saudáveis e fiéis como generais.

No último limite, dois anos e três meses depois do magnífico casamento, como uma criança travessa peguei meu passaporte, um trem noturno, e desembarquei, de novo nua, na estação Termini de Roma. Belíssima Roma da minha infância! Um choro alegre, mergulhado na música da minha língua. Recomeçar. O conto de fadas com o meu príncipe era mal-escrito, o livro uma cópia falsa, as ilustrações estavam em branco, havia folhas rasgadas de propósito, de modo que arremessei aquele volume torto e roto pela janela do trem, para o bem da minha eterna liberdade. Não era do meu casamento que eu estava livre; nem mesmo do meu marido; eu estava livre da memória dos meus 16 anos, da nitidez daquela paisagem da primavera toscana que de tão bonita no passado era incapaz de se transformar, camadas sobre camadas de verniz envelhecido para manter um resto de brilho. Livre agora, mas uma liberdade pobre, de que não abri mão, mesmo porque o ódio do Senhor do Castelo, que vivia o horror da humilhação, arremessou-se sobre mim, jurídico, monumental, envenenado, pelo que fiquei sem nada, obediente à minha sólida formação católica e de acordo com meu medo do enfrentamento, o mesmo que me levou a suportar aquilo por tanto tempo, exatos oitocentos e vinte e um dias. Dou o desconto aqui aos quarenta dias anteriores, em que eu cedi, naturalmente, ao canto do "para todo o sempre", que é irresistível — parece que por uma estranha compulsão, somos todos irresistivelmente atraídos pela ideia do "para sempre"; como se, num momento da vida, nada nos parecesse melhor do que suspender a vida; o difícil, depois, quando nos arrependemos, é o desembarque lá do alto.

Há muito mais para dizer, nesta catarse epistolar. Mas não tenho pressa. Uma coisa de cada vez. Talvez, nesse emaranhado, eu descubra alguma coisa boa para contar. Quem sabe eu descubra nas fímbrias desse desespero que a coisa boa da minha vida seja, ao fim das contas, eu mesma. Eu sou a coisa boa da minha vida. Parece presunção; mas acho que é verda de. A ideia me ocorreu agora; ainda não tenho certeza.

Vou adiante.

Depois desse fracasso — dos 16 aos 30 — imaginei que talvez as mulheres fossem a companhia ideal. Não como uma aventura cínica e entediada; nem mesmo como uma opção erótica (eu sou uma mulher esfriada, para dizer cruamente a verdade); mas o simples gesto, vamos dizer assim, de alguém do fim dos anos 60 que leva a dimensão alternativa vida muito a sério. Ver o que temos no lado de lá, qualquer que seja ele (como agora estou querendo saber o que há no Brasil, isto é, em você). Eu continuo querendo melhorar o mundo e para isso eu preciso me melhorar. Comecei — e terminei — minha investigação afetiva escolhendo a bela amiga da Bavária, a única interlocutora dos meus dois anos e três meses de solidão, a quem jamais reclamei de nada mas que silenciosamente compreendia tudo; tínhamos alguma coisa de gêmeas. E acontece que a amiga era justamente a prima do meu ex-marido, a prima-irmã que veio a Roma em seguida da minha fuga, supostamente em missão diplomático-familiar: quem sabe, imaginei como argumento, eu transformasse a minha fuga vergonhosa e tresloucada numa viagem de última hora, a mãe doente, para voltar em seguida? Ou isso — a mensagem e a ameaça do príncipe — ou as trevas jurídicas. Demos — nós duas — uma gargalhada de mãos dadas. Não parece coisa de folhetim? Quando se desata, a família é de um inacreditável ridículo. Basta um sopro, um pequeno empurrão, uma recusa, um virar de costas, e aquela arquitetura tão bem-amarrada ao longo dos anos, séculos, os milênios da memória, desaba com estrondo, todas as colunas ao mesmo tempo; não sobra coisa nenhuma. Nessa fugaz aventura afetiva (quase uma vingança, mas não uma vingança: ela e eu somos de fato muito próximas e partilhamos desesperos semelhantes), houve esse beijo na boca de duas mulheres, um beijo que se esparrama pelo corpo e não vai adiante (ainda que eu não me arrependa de nada); era como se, na amiga, eu tentasse compensar o fracasso atávico de quem jamais sentiu em si mesma, na relação com o seu homem, o poder da atração; de quem não pôde em nenhum momento despertar nele alguma coisa semelhante à sensualidade. A verdadeira estupidez masculina nunca tem uma natureza puramente intelectual; ela é mais uma cegueira da pele, uma opacidade da carne, o calor apenas econômico do carvão aceso. E, desse miolo, a voz se esteriliza, os gestos não escapam do braço, a boca não se abre, os olhos não veem — a vida parece que fica escura quando se chega perto deles.

Mas você estará realmente interessado em ouvir esta longa e edificante história? Ainda nem sei se vou mandá-la a você. Eu nem sei mesmo se você merece me ouvir. Eu nem sei quem você é. Eu sei que você é um desenhista refinado e delicado, e que se eu não tomar alguma providência eu vou perder os teus traços — os teus traços sobre mim, cada vez mais sintéticos e mais perfeitos, mas cujo destino é, afinal, a página totalmente em branco.

Para você não me abandonar pela metade, eu digo que (fazendo uma chantagem grosseira porém de verdade) minha primeira intenção foi o suicídio — o problema que, segundo a enigmática fórmula de Camus, é a única questão realmente relevante do nosso tempo. É sempre confortador saber disso, quando queremos nos matar. Já estou um pouco mais calma agora, mas ainda não estou salva. Por isso, por favor, continue me ouvindo. Tenho de transformar minha vida — este fim — em alguma coisa interessante para você, ou então espantarei meu desenhista até a morte, ou, como diriam os sempre exatos ingleses, *I will bore you to death.*

Nas poucas horas daquela manhã tumultuada eu havia pensado tantas vezes em Richard Constantin, trocado tantas palavras imaginárias com ele, recebido dele elogios tão precisos e espirituosos e críticas tão exatas quanto afetuosas; tinha feito dele um velhíssimo amigo, alguém de rara intimidade com quem você pode abrir o seu coração mais secreto; coloquei nele um calor que nem de longe se comparava à alma fria da minha vampira, um calor que preenche o espaço em volta e que faz você, no meio da solidão pesada, suspirar de um conforto transparente que provém apenas da imagem do amigo raríssimo, de saber que ele está próximo, compreende você e é seu irmão. E fiz dele, sem pensar nisso, a espécie de amigo capaz de, estendendo a mão, tirá-lo do inferno difuso de algum pântano de que você, sozinho, não se livra; a presença que desamarra o gesto, como o pai, tranquilo, lendo o jornal ao lado do filho, também tranquilo, que monta seu brinquedo; tantas vezes imaginei-o, mesmo sem pensar, numa sequência irresistível de fotogramas confortadores, de frases e palavras, de gestos, como se uma avalanche de sonhos viesse rapidamente ocupar o vazio que, apesar de tudo, deixava Aníbal Marsotti em minha vida, um vazio que eu teria de preencher por minha conta, sem ele próprio como a referência, o espelho a ser quebrado; tantas vezes desenhei na mente

Mr. Richard que, quando de fato vi o seu carro azul farejando cuidadoso uma vaga na minha rua, avançando aos poucos, já com um rosário de carros rastejando atrás a buzinadas, parece que ali começava — em apenas ver o seu vulto real debruçado, cego, sobre a direção, atrás de um espaço onde largar o monstro japonês — que ali começava um processo inverso, o de desmontagem, pastilha a pastilha, do meu enorme mural.

Afinal, de plantão na calçada, eu o vi de volta depois do desaparecimento do carro na esquina seguinte: uma velha e magra figura avançando em minha direção, e numa sucessão de pequenos absurdos mentais eu buscava correspondência entre o vulto real e o imaginário, como o absolutamente nítido Mr. Richard Constantin do meu último sonho, a voz metálica falando de uma espécie de púlpito, brandindo a bengala com cabo de prata, uma brilhante cabeça de cobra com a boca aberta, e ostentando uma gravata-borboleta azul: *Você*, ele dizia para mim, mas com a voz e o modo impositivo de quem quer mandar um recado velado à multidão que está em volta, todos fingindo não ouvi-lo, lendo jornais, lixando unhas, mas acesíssimos de atenção, *você*, e ele brande a bengala, *é o primeiro verdadeiro pintor cubista do Cone Sul!* Houve um rumor em torno, em seguida protestos, gritos, e afinal Mr. Constantin bate a bengala na (agora) mesa de conferências com tanta força que eu acordei ao som repetido da campainha, para abrir a porta à diarista, surpreendida com a nova fechadura. E antes que eu pudesse explicar qualquer coisa, a ótima dona Marta quase cai da escada sem corrimão ao deparar com meu olho roxo, completamente escondido atrás do inchaço, apenas um risco de Modigliani sobre um fundo de *Senhoritas de Avignon* — um símile que estilizei rapidamente para não me manter tão irritado com o desastre, é sempre bom reservar alguma graça para rir. Enquanto dona Marta, sempre horrorizada, põe ordem na cozinha e faz o café, tento enquadrar meu rosto no espelho, espichando e inclinando o pescoço, mas não há ponto de repouso, as formas decididamente sem equilíbrio, um horizonte inclinado vazando para o lado. E, sobretudo, aquilo dói.

E eis o verdadeiro Mr. Richard Constantin, desembarcando diretamente da minha febre para a chatice e a perspectiva iniludível da realidade: o olho dele era o mesmo azul de um dia antes, mas parece que todo o resto havia mudado: mais alto, mais magro, mais sério, mais desconfiado, ainda que com a mesma moldura de humor — o jeito atravessado de dizer as coisas prosseguia o mesmo:

— E esse tapa-olho? Os modernos levaram quatrocentos anos para destruir a perspectiva, que precisa de dois olhos. E você...

— Eu acabei com ela de um soco só.

Ele deu uma risada de erguer o queixo, e veio um abraço afetuoso:

— Como está você, Tato?

Britânico, não perguntou nada mais sobre o tapa-olho, como se se tratasse de outra gravata-borboleta, exótica mas respeitável. É claro que tudo estava bem comigo. Jamais respondo que as coisas vão mal, o que é uma estratégia boa de sobrevivência; os outros sorriem, desatentos, e você pensa com calma no próximo passo. Bem, naquela tarde eu teria ficado feliz em conversar um pouco mais com o velho Constantin sobre os sobressaltos da minha vida. Mas ele tinha outros problemas, sacudindo o dedo:

— É simplesmente impossível estacionar o carro na sua rua! Você não tem garagem?

— Transformei num ateliê — e lhe mostrei a porta a dois passos, mais a tetrachave da fechadura nova recém-instalada.

Mas ele, como se não me ouvisse, investigou o outro lado, a loja de ferragens, curioso (acenei ao vizinho, que retribuiu meu gesto com um sorriso intrigado pela minha fantasia de pirata).

— É muito barulhento aqui?

— Suportável. Quando eu trabalho, eu esqueço.

Ele olhou em torno, girando o corpo magro — avaliava o cenário como um meticuloso diretor de cena, a testa franzida atrás não das qualidades a elogiar, mas dos defeitos a corrigir. Parecia muito incomodado com o movimento da rua. Decidiu:

— Você precisa de um lugar melhor para trabalhar.

Uma afirmação tão determinada que no mesmo instante o aproximou da minha fantasia de discípulo perdido atrás de um novo mestre. Eu sacudia o chaveiro, ansioso para desdobrar diante dos seus olhos o universo (promissor? incomparável? medíocre? equivocado?) da minha pintura. Por que esta ansiedade? Apenas para tirar a má impressão da noite da vampira? Não — além da pontinha normal de vaidade, eu sentia apenas a insegurança de quem busca uma nova referência, com outra gradação de valores. E também, é verdade, para compensar um pouco a frieza da vampira, sempre calada diante dos meus quadros.

— Então você mora aqui?

— Ali!

E estendi o braço esquerdo escada acima, enquanto, atrapalhada, a mão direita experimentava a reluzente tetrachave. Tive de pagar ao chaveiro, além do preço do serviço, a angústia da mentira; detalhista, ele se lembrava perfeitamente do meu avental multicolorido, supostamente de quem pintou paredes. *Então você é artista?!* — ele me disse, uma acusação grave, muito mais relevante que meu tapa-olho, que nesse primeiro instante não mereceu perguntas. *O salão está cheio de quadros!* — era a prova irrefutável de que eu era tanto um mentiroso quanto um artista. *Eu gosto muito de pintura!* — e aqui ele me colocou no devido lugar, provando como a minha mentira tinha sido fruto do preconceito, e não da timidez; talvez ele não fosse inteligente o suficiente para compreender um artista, era isso o que eu tinha pensado! *Tenho um primo que pintava cartazes de cinema!* — agora, com essa revelação, ele punha um ponto final na nossa pequena e secreta disputa. Parecia feliz, furando a madeira para encaixar o tambor com arte e perícia; depois, repetiu o mesmo incompreensível e estranhamente belo gesto de olhar a peça de ferro — o cadeado — contra o sol, como quem avalia o grau de pureza de uma turmalina, para decidir: *Nenhum sinal de arrombamento também. Mas o que o assaltante levou, além do seu olho direito?* E eu respondi, simulando um desapontamento bem-humorado: *Nada. Acho que ele não gostou dos meus quadros.* O homem interrompeu o trabalho para se concentrar no que eu havia dito. E perguntou: *Eles valem muito?* Preferi dizer que não, covarde; caso contrário, o chaveiro poderia contar a alguém o valor dos meus tesouros, alguém que, desvairado, viesse aqui me assombrar de novo atrás de uma riqueza imaginária. As coisas, boas ou ruins, funcionam assim, engrenagens tortas de dentes quebrados e barulhentos.

Acendi as luzes para meu novo amigo. Mas ele, um homem bem-educado, não foi direto aos quadros, como eu desejaria. Mãos nas costas, um sólido investidor atrás de um imóvel na região, talvez uma garagem para seu carro importado do Japão, olhava para os lados, para as paredes, para os fundos, para o alto — para onde não houvesse uma pintura.

— Um belo lugar! É engraçado — e ele volta-se à porta aberta —, de fora parece menor. Que pé-direito! — Gostou do mezanino: — Você costuma dormir ali? Ou descansar, entre uma pincelada e outra?

— A ideia era essa. Mas o cheiro da tinta... eu gosto de pintar a óleo.

— Mesmo? Interessante. Faz tempo que todos migraram para o acrílico.

— É antiquado, não?

— Não não não! De forma alguma. É mais tóxica, é verdade; e, pelo ressecamento, provoca rachaduras ao longo dos séculos, mas séculos são séculos, quem se importa?! Não se preocupe. Lucien Freud pinta a óleo. Está acontecendo uma exposição maravilhosa dele em Nova York. — Aproximou-se de mim, segurou meu braço e baixou a voz, como quem conta um segredo medonho, que eu ouvi atento, sob a cabala das coincidências: — Grossas pinceladas. Massas de tinta. A cor parece que vem de pústulas — e agora sussurrante, apertando mais o meu braço: que eu prestasse cuidadosa atenção a um segredo ainda mais espantoso. — E sabe o que ele faz? Cobre os quadros com vidro. Aquele óleo borbulhante, em relevo, que mistura todas as cores para chegar a uma trigésima-sétima cor, inexistente, que parece a pele de alguém; e vidro sobre ele.

Então meu amigo disparou pelo ateliê, não para os meus quadros, mas para chegar ao fundo e conferir a janela basculante com moldura de ferro.

— Há um terreninho aqui atrás — ele disse, como se eu não soubesse. — Por onde se chega nele?

— Ali por fora, ao lado da escada. Está meio abandonado. — Ele investigava a abertura, mãos sempre para trás. Temendo o silêncio, preenchi o vazio: — Eu não sou propriamente um amante da natureza... Não ponho nem um vaso aqui — eu queria que ele olhasse para dentro, não para fora — porque eu esqueço de aguar e as plantas morrem. Já aconteceu duas vezes.

Ele afinal virou-se, deu três passos, pegou um jornal velho no balcão, lendo a manchete — *Itamar usa Plano Real para defender candidatura de Fernando Henrique Cardoso* —, e largou-o de volta.

— Ah! Então você *é* um amante da natureza. Por piedade, não traz flores para cá, sabendo que elas morreriam. E deixa o mato por conta própria, o que está de acordo com os princípios mais radicais da ecologia.

E ele deu a sua risada solta, ainda sem se afastar da janela. Súbito, voltou-se para mim:

— Sabe de uma coisa? O Plano Real vai mudar o Brasil. Agora sim, este país será de fato um mundo de oportunidades.

Eu ia dizer que estava mais pobre, porque os dólares de dona Isaura valiam bem menos agora, mas fiquei quieto. Ele não veria meus quadros? Nada parecia fazer sentido naquela conversa, mas eu continuava prestando atenção em cada detalhe de Mr. Richard; as pessoas candidatas a mestre de nossas vidas devem ser criteriosamente investigadas. Um engano, assim no início, pode nos levar a um fim rápido, às vezes trágico, fantasiei. Sou muito influenciável, pensei em dizer a ele, de modo que devo me defender. Ele balançava seu rosto magro de *lord* inglês, sábio, fleumático, gentil, mas ligeiramente acima, para que as aparências não enganassem — e ao lado da janela, dividido entre a sombra e a luz, entre o céu e o inferno, como um perfil de El Greco, ganhava ainda mais minha admiração provisoriamente ociosa.

— O que me preocupa um pouco é a luz — ele disse, indeciso entre comprar ou não comprar meu ateliê. — É um pouco escuro aqui. Talvez você devesse abrir uma porta grande, de correr, para o terreno. O que você acha?

Eu não me aproximava dele. A minha intenção era que ele se aproximasse de mim.

— É uma boa ideia. Mas a luz não me preocupa. — Acendi mais um conjunto de lâmpadas fluorescentes, sobre o cavalete maior onde trabalho minhas telas, e surgiu um clarão maior, frio, branco, chapado, no centro do ateliê. Fiquei animado agora, porque não havia modo de ele não ver os meus quadros. Como ele não se afastava da janela, continuei, tentando puxá-lo para o centro: — Eu gosto de trabalhar com a frieza dessa luz branca; é como se a luz se transformasse num juiz imparcial das minhas pinceladas. Essa luz é sempre distante; não se mistura, não invade, não engana. E é interessante — agora, quase irritado com a frieza não da luz, mas do meu candidato a mestre, recolhi um pequeno quadro, um velho estudo de cores em tinta acrílica, uma imitação de Mondrian de três anos antes — a surpresa que se tem quando se pega um quadro pintado sob luz fria, como este, e se leva para a luz do sol — e levei a pequena tela empoeirada até a janela. — É como se a nova luz revificasse a tela.

Ele pegou das minhas mãos o pequeno exemplar como quem investiga um fenômeno da ciência, não um exercício da arte.

— Você tem razão, Tato. Nada é mais camaleônico, por assim dizer, que a cor. — E depois de concentrar os olhos alguns segundos no meu exercício, como se aguardasse a mudança de tom sob a nova luz, ele me devolveu a pequena tela, parece que satisfeito com o resultado. — Só por esse Mondrian *fake*, vejo que você de fato entende a pintura como uma construção puramente mental. O que não é tão visível na sua tela das crianças. O seu tapa-olho, assim, talvez seja uma boa estratégia para você não se trair pela ilusão de realidade.

E ele sorriu. Eu nunca soube exatamente a fronteira entre o que era sério e o que era humor no que ele dizia, mas aquilo me animou. Entretanto, antes que eu começasse a desfolhar meus pequenos murais, ele me pegou pelo braço e foi me arrastando de volta à porta sem sequer virar o pescoço à esquerda, onde, iluminados, estavam dispostos meus últimos trabalhos, pedindo, implorando, rezando para serem vistos.

— Mas antes de mergulhar na sua pintura, Tato — ele disse, como se pressentindo minha ansiedade, o braço esquerdo gesticulando na direção das minhas grandes telas, enquanto a cabeça olhava para o outro lado, uma figura rachada de Picasso —, eu aceitaria um café.

Exatamente o que Dora me disse, assim que, orgulhosa, colocou seu tapa-olho em torno da minha cabeça ainda sonolenta com a cerimônia de quem coroa um imperador; era como se ela quisesse compensar o desastre do meu olho com a excelência e a abnegação do seu trabalho, assim tão cedo na manhã. E quando eu confirmei com meu único olho que a cabeça já não doía tanto e agora era só uma questão de tempo a volta à normalidade, ela me empurrou faceira para o espelho do corredor, de modo que eu contemplasse a fantasia.

— Não ficou bem-feito?

Sorri, afinal.

— Está exato, Dora. Foi exatamente assim que eu me vi ontem, ao me imaginar no futuro. Obrigado. Você é um anjo.

— Então mereço um cafezinho?

É claro que sim, mas nem precisei dizer, porque ela continuou me arrastando, agora para a cozinha, onde dona Marta também trabalhava para dar um jeito na minha vida.

— Como vai a senhora, dona Marta?

Elas se davam muito bem, as duas; eram parte de um complô de proteção ao pequeno órfão, tão indefeso (que mãe! que pai! que horror, largando ele sozinho!), tão inútil, desperdiçado, pintando telas para ninguém, à mercê dos horrores do mundo.

— Sim, é mesmo, o tapa-olho até que ficou bonito — concordava dona Marta, com relutância.

— Agora me conte tudo — e Dora colocou a mão gordinha no meu joelho ossudo: — Ele te bateu?

Olhei para as duas com a minha falta de ângulo e vi a colagem: Courbet pintou dona Marta, Botero a minha Dora, e eu era uma senhorita descabelada de Avignon. Dona Marta depositou a garrafa térmica com o café e as xícaras, conjunto que se transformou numa embaçada natureza morta e torta produzida na Escola de Belas-Artes por um aluno do segundo ano, correto e sem talento. Mas o café estava gostoso.

Para mestre Richard Constantin, agora à tarde, eu precisava fazer outro, que dona Marta já havia ido embora, e fazer café é um dos meus pouquíssimos esportes; o único, talvez, sempre em busca do ponto exato, o que me dá a sensação de que ao calibrar a água fervente no coador, de acordo com a medida do pó, o que eu estou realizando de fato é a utopia da obra de arte, um talento em última instância popular, ao alcance de dona Marta, por exemplo, e de acordo com a ética paterna — até mesmo fazendo café há uma boa moral a se extrair. Ou a extirpar, imaginei.

Havia sido uma manhã inteira perturbada — em um momento, sozinho de novo, ergui distraído o telefone ao primeiro toque, para ouvir meu pai, que quase gritou de satisfação por me pegar ao vivo:

— E então, meu filho? Tudo bem?

Obedeci à minha técnica, um pé atrás, e a mão apalpando o tapa-olho — mas quando o olho voltasse a abrir aquela escuridão obrigatória não iria incomodar?

— Tudo bem, pai. Ouvi seu recado ontem. Era muito tarde e...

— ...e você nem ia me achar mesmo. Estou em São Paulo, fazendo um trabalho.

— Ah, sim? — Talvez ele quisesse descer a Curitiba. Prendi a respiração: seria muita coisa ao mesmo tempo, um assalto, um marchand, uma vampira, um enterro, um pai.

— Mas não tenha medo que tão cedo não chego nessa tua terra. Bando de filhos da puta.

Dei uma boa risada, de alívio. Ele estava objetivo aquela manhã:

— O que você achou da minha proposta?

— Que proposta?

— A do carro! Você não ouviu?

— Bem, acho que só um pedaço. Caiu a ligação.

— Ah.

Isso o desconcertou. Ele não se lembrava mais de nada. Preenchi a tela em branco, tateante:

— Mas qual é a proposta?

— Estou precisando de dinheiro. Então...

Uma sequência dolorosa e metálica de frases curtas, entrecortadas, indiretas, afiadas, pontiagudas. Comecei a sentir falta de ar.

— E então?

Falta de ar. Se houvesse uma porta aberta por onde eu pudesse fugir. Ele suspirou:

— A sua mãe me deve dinheiro. Não há nada de mais nisso. Jesus Cristo assinaria embaixo. Ele também era comunista. Não me venha com frescura moral de pequeno-burguês.

— Não, pai, eu...

E de um impulso desliguei, quase quebrando o telefone — talvez, sonhei, ele imaginasse que a ligação tinha caído;

o mais provável é que não. Fiquei olhando para o aparelho, a mina no deserto prestes a explodir. Mas ele não ligou de novo. Eu estava suando, o suor escorreu para a ferida do olho e o sal doeu fundo. Tirei o tapa-olho para lavar o rosto e mais uma vez me vi ao espelho. Eu estava muito feio. Senti a compulsão dos meus classificados, *Débora mignon, gêmeas siamesas fazemos tudo, nissei 18 anos tenho local, A Loira dos Sonhos*, que para me renovar, insensato, eu havia jogado no lixo. Alguém já me havia dito, como quem recita uma cartilha: o medo dos afetos e de tudo que vem junto me leva a pagar mulheres para delas me livrar. O desejo de telefonar para uma mulher anônima e passar duas horas fazendo sexo de esvaziar a alma, sem cérebro, até o silêncio da exaustão. Quando eu tinha sorte na escolha, acontecia a perfeição da carne, quase que sem culpa. Mas aquele enterro não acabaria nunca. Lembrei de um detalhe intrigante: em nenhum momento eu havia sentido atração física pela vampira, aquele impulso secreto que parece nascer de lugar algum, mas que alfineta. Nada. Nenhum desejo sutil de lhe tocar a pele, de beijá-la, as breves e fátuas fantasias que vêm e somem. E, no entanto, era uma mulher de formas bonitas e equilibradas.

Mr. Richard Constantin, com as mãos respeitosamente às costas, avançava corredor adentro para a sala, enquanto eu ia direto à cozinha cuidar do café. Mexendo nas panelas, atrás da chaleira que, afinal, já estava no fogão, não ouvi a pergunta que ele fazia. Fui ao corredor, chaleira à mão, sentindo a vertigem de quem representa uma cena vazia no cenário de um filme, a chaleira falsa, a cozinha é só uma porta para um andaime, o corredor é de papelão, eu sou apenas um extra esticando o pescoço e perguntando:

— Como?! Não ouvi, eu... — e desapareço no corte.

— Você é um ótimo desenhista.

Então percebi que ele mesmo respondia à própria pergunta; dos fiapos do passado imediato remexendo panelas reconstituí algo como "você é desenhista?", enquanto ele olhava para os quadros da parede. Isso me deixou feliz; o café ficaria melhor.

— O senhor gostou? — foi a minha vez de perguntar, depois de tudo preparado na cozinha.

— Belo traço. Você é descendente direto dos pintores desenhistas, por assim dizer; aqueles para quem a linha é a fronteira da cor, de Botticelli a Modigliani, por exemplo. É a minha especial predileção, embora na minha posição eu nunca deva falar nesses termos — e ele sorriu; havia sempre alguma coisa simpática na pose um tanto afetada de Mr. Richard, como se ele brincasse com a própria importância.

— Bem, eu comecei desenhista. Queria ser ilustrador de livros... — e também sorri, inseguro.

Talvez ele percebesse algo autodepreciativo no que eu disse, porque de imediato colocou a mão no meu ombro, de um modo agora muito mais brasileiro que britânico:

— Mas o desenho é mesmo fundamental! Percebe-se no teu quadro das crianças esse predomínio da linha, o gosto pela nitidez. Mas, é claro, você ainda parecia um tanto sem rumo. Chegar à própria linguagem é um caminho comprido.

— Estilo, o senhor diz?

— Não; *linguagem*, eu prefiro dizer. É um conceito mais amplo. Não seria exatamente, ou unicamente, uma questão de forma. — E ele deu um passo adiante, como quem enfrenta lento e concentrado as paredes de uma galeria, tela a tela. — Ah, eis aqui um Aníbal Marsotti! Essa natureza-morta eu não conhecia.

Fiquei em silêncio. Ele olhava com atenção, até que balançou a cabeça num "sim" sem muito entusiasmo:

— De fato, já é o maneirista. De que ano é? — e aproximou os olhos da assinatura, procurando uma data.

— De 1990. — E não resisti: — Marsotti imitando Marsotti.

Ele afastou a cabeça e inclinou-a como uma santa renascentista, pensativo, contemplando nosso velho amigo pregado na parede.

— É. Mas talvez seja esse mesmo o nosso destino. Nem Picasso escapou. O que interessa, talvez, seja a qualidade daquele duplo que imitamos. O nosso original, que quase sempre tem vida curta. Nem todos têm a sorte de morrer aos 30 anos. Marsotti passou da idade e perdeu aquela paciência teimosa que é a alma do artista, por assim dizer. E há outro descompasso a resolver: às vezes temos alma, mas não temos técnica; quando aprendemos a técnica, a alma morreu.

Em suma, ele me dizia: não ache graça com tanta rapidez. O silêncio é um bom conselheiro. Coisas da velhice bem-sucedida, aparentemente. Senti um travo de vergonha e voltei à cozinha, pensando em como a minha secreta reverência solenizava ainda mais Richard Constantin. Um acordo silencioso, não declarado, entre quem aprende e quem ensina. Era eu que lhe dava o texto, a rubrica, o palco, a importância e as palmas. *O desenho é fundamental.*

Já li em um catálogo de propaganda que nunca devemos pôr a água fervendo sobre o pó do café; que o ideal é a água em torno de 90 graus, mas eu não acredito, teimoso, a ponto de sequer experimentar. A água tem de ferver.

— Estranho — e eu me assustei com o vulto repentino na porta da cozinha, que por certo já estava ali há algum tempo, lendo as legendas dos meus pensamentos. — Você é um artista absolutamente organizado. Até para fazer café.

— É que — e esperei a água descer um pouco no coador. Tenho necessidade de justificar o meu senso de ordem, como se a ordem do mundo estivesse ao contrário; até minha mãe me acha demasiadamente organizado. Compensação afetiva, alguém me disse uma vez. E perguntou: Você não faz coleção de nada? Seria típico. Não, nunca fiz coleções, mas tinha senso de ordem até para consumir cocaína: eu tinha horário, método, controle de quantidade e de qualidade, e tentava avaliar, como se não fosse comigo, o quanto a sensação de culpa tinha a ver com a depressão seguinte, meticuloso como um farmacêutico testando um cliente e anotando as reações numa ficha. — Hoje a dona Marta, minha diarista, passou por aqui.

Mas não a vampira. Talvez receosa de ver de dia o estrago no meu rosto, ou de esbarrar na polícia, ela preferiu telefonar. Apesar de tudo, senti falta daquela fria cabeça branca — eu precisava vê-la um pouco mais para consolidar o desenho e o futuro da minha tela, que eu continuava compondo mentalmente enquanto ouvia sua voz um tantinho rouca da manhã (ela continuou bebendo depois de me largar?) — uma voz ao telefone, divaguei, parece a prova de que forma e conteúdo são, de fato, valores distintos, objetos separados como a maçã e o vento. A voz da vampira, uma espécie estranha de conteúdo, não combinava exatamente com a presença luminosa daquela face; uma voz quase metálica; talvez, irritada, no grito, ela escorregasse para o metal e então a porcelana do rosto quebraria. Mas minha divagação — mais água no coador, a espuma do café subindo — não seria apenas o resultado do meu mal-estar diante da frieza? Eu, que sou frio (ou somente alguém que mantém uma distância segura), sinto dificuldade para lidar com a frieza. (Desde que encontrei a minha meia-irmã americana, segundo o analista que consultei há alguns anos, por três ótimas sessões — nunca falei tanto na minha vida. Mas daí começou a faltar dinheiro para o pó e abandonei o analista.)

— Como está o rosto, Tato?

Ajeitei meu tapa-olho, conferindo a altura do inchaço.

— Está razoável. Coloquei um tapa-olho preto, de pirata. Ficou ótimo.

Ela deu uma risada. Eu só podia estar brincando, é claro. Mesmo assim, uma risada um pouquinho tensa.

— O gelo ajudou, não?

— Muito. Logo fico bom.

— Eu tinha prometido passar aí, mas...

— Por favor, não precisa. Obrigado. Eu estou bem.

— Eu também queria ver de novo os teus quadros. Com mais calma, sem ninguém esmurrando a gente.

Achei graça. E me animou secretamente a ideia de ela rever meus quadros.

— A hora que você quiser.

— Você telefonou à polícia?

— Não ainda.

— Você acha que deve, Tato?

Apalpei o olho, também na dúvida.

— Não sei. Eu não sei o que está acontecendo. Meu medo é levar um tiro na próxima vez.

Um curto silêncio, congestionado de pensamentos.

— Que coisa esquisita, não? Mas eu acho que a polícia não vai resolver nada. Vão dizer que o culpado é você.

Era para ser uma brincadeira, mas não ri.

— É bem possível.

— À tarde você vai estar em casa?

— Sim. O velho Constantin vem ver meus quadros.

— Ah, sei. Então vou outro dia.

Uma especialista em gelos cortantes. Senti um golpe de angústia no peito. Procurei reconquistar território:

— Ele está bastante interessado nos meus quadros, e eu achei que...

— Eu sei como ele é. Mas antes de fechar algum negócio com ele, fale comigo. É mais seguro.

Meu olho fechou-se ainda mais, latejante. Nenhuma exposição e já disputado quase que literalmente a tapa — talvez a soco; o assaltante queria um quadro meu, para esconder no sótão e vender daqui a dez anos por oitocentos mil dólares. Sorri:

— Tudo bem.

E continuo sem saber o nome dela. O velho Richard bebeu três xicrinhas de café, uma em seguida da outra, na cozinha mesmo, em pé. Eu nunca tinha visto ninguém tomar café com tanto prazer — e sem açúcar. Fechou os olhos, olhou para o teto, a língua se movendo na boca atrás de cada detalhe, refinadíssimo barista.

— Parabéns, Tato. Está delicioso. — De novo a mão brasileira no meu ombro: — E então? Vamos ver os quadros? — E quando eu tirava a chave do bolso para trancar a porta antes de descer ao ateliê, ele lembrou, distraído: — Ah, parece que tinha um recado ali na secretária para você. A luzinha piscando.

Assim, volto à escadaria do Metropolitan. A lembrança cristalina daquela manhã se tornou nestes doze meses o meu refúgio. É claro que não se trata de uma felicidade real, tão longínqua, tão rala assim, alguém caindo nos meus braços e subindo aqueles degraus comigo — o inesperado absoluto. Mas é um talismã. A memória se tornou um talismã assim que você passou a me ensinar quem eu era, a me dizer quais os traços do meu rosto, de um modo que eu fui obrigada a me ver, eu fui obrigada, pela força da tua mão, a me concentrar em mim mesma, eu fui obrigada a me gostar. Esses ângulos no meu rosto, como se eu fosse cheia de pontas, e eu não sou cheia de pontas. O desenho simplifica, mas também concentra. Aqui estou eu, lado a lado, mês a mês, e a cada traço das tuas treze lembranças sou mais simples e mais bonita — mas o fim, como eu já disse e você sabe, será uma página em branco. A menos que.

Por isso volto a subir a mesma escadaria tentando adivinhar no humor do meu dia quem é o Tato Simmone que, levíssimo, sem ocupar lugar no espaço, me acompanhou degraus acima. Às vezes, como agora, você está muito próximo, carne e osso, ao alcance da palma da minha mão, a palma da minha mão pequena no teu rosto, um gesto que nunca fiz. A ausência desse gesto naquele dia completo também é outro vazio da memória, que preencho agora, pura ideia. Deve ser bom tatear você. Às vezes, como há dois dias, quando eu bebo muito, você desaparece, restando apenas o pequeno delírio da minha solidão. Da minha última solidão. Dessa minha espécie de morte de que eu quero me livrar — e para isso me mantenho furiosamente agarrada nos traços que você me desenhou; que você me desenhou cada vez menos.

Adoro passar um dia num museu. Você gosta? Sim, eu gosto. Tanto, que não consigo mais sair dele. Para escapar da minha vida, que também se congela no tempo, todos os quadros à espera de uma restauração impossível, a própria arquitetura da minha vida precisando de um roteiro, para escapar me concentro na redoma do nosso dia único. Acompanho, de novo, cada minuto. Agora, por exemplo, perto das três horas (finalmente abandonamos o restaurante, para felicidade do garçom e dos fregueses em pé que dispararam para nossa mesa com brutal deselegância), subimos ao segundo andar e recomeçamos nossa varredura, agora em sentido contrário (era já quase uma brincadeira, nenhum espaço ficaria sem a passagem do nosso olhar, na verdade apenas um truque para que nós dois nos concentrássemos minuciosamente um no outro, para que cada centímetro fosse aproveitado como espaço da nossa convivência, como se assim, absurdamente, ganhássemos mais tempo do que o tempo que já teríamos em qualquer outro lugar, como se Einstein tivesse razão e o tempo fosse mesmo, no dia a dia, um valor relativo (ele é relativo? para mim o tempo é uma pedra concretíssima e absoluta); era um terror (mútuo, você não acha?) de que, terminado o museu, não houvesse mais motivo para ficarmos juntos — teríamos obrigatoriamente de nos despedir, para sempre. Assim, angustiados, cada quadro se transformava num capítulo das mil e uma noites, que jamais terminassem, não víamos nem Cézanne, nem Courbet, nem Gauguin, nem nada — víamos ilustrações de Doré, o fino traço de nanquim, página a página, nos sussurrando, belíssimas e sinistras: *o livro vai acabar*).

Onde eu estava? Subindo a escadaria mais uma vez. Como pode a lembrança de um único e mesmo dia, a cada momento que renasce na memória, ganhar uma dimensão diferente? Como são e onde estão as coisas que já aconteceram? Quem tem a chave desse depósito que guarda todas as fatias da vida, segundo a segundo, mil anos a fio? Que espaço se abarrota dessas imagens? Eu estava muito feliz — estou tentando ser realista —, eu estava muito feliz naquele sábado, há um ano, antes mesmo de você desembarcar daquele táxi, livrar-se daquela mãe e rodopiar em direção aos meus braços. Talvez só por estar feliz é que aceitei você tão completamente (as pessoas dizem que eu sou mal-humorada, o que aumenta meu mau humor), aceitei você de uma forma a transformá-lo (porque você também me aceitou, me aceitou a ponto de me desenhar com a suavidade de quem escreve uma carta de amor), a transformá-lo num talismã. Talvez alisando o teu rosto (um gesto que não fiz jamais, e me arrependo) assim por escrito, alguma magia fará o tempo voltar. Para melhor. Porque exatamente o que me fez feliz naquele fim de semana, hoje é a minha tristeza. Não vou falar de negócios — um pior que outro, e estou numa situação difícil, moralmente difícil, e talvez isso seja o pior de tudo — mas de amor. Porque a perspectiva de Domenico também me deixava feliz. Ou, mais provavelmente, era essa perspectiva que me deixava feliz. Eu não sei o que me deixa feliz.

Você ainda está me ouvindo? Não saia agora. Eu suplico: fique comigo. Eu estou muito bêbada. Dizem que não há nada mais horrível do que uma mulher bêbada. É verdade?

Os homens podem ficar bêbados. As mulheres não. (Mas o pior é que é verdade: as mulheres não sabem ficar bêbadas. Por isso elas preferem beber sozinhas.) A perspectiva de Domenico começou poucos dias depois de a rainha nua desembarcar pobre e plebeia nesta belíssima Roma da minha infância (quem sabe da tua também, tanta era a delicadeza interessada das tuas perguntas sobre o meu velho chão. E como você ama Fellini! Que belas lembranças — como se você já soubesse das minhas artes!).

A dança da aproximação entre um homem e uma mulher. Uma sensação bonita, você não acha? E engraçada, às vezes, como nas comédias e como nos degraus da tua escadaria (eu continuo subindo a escadaria, eu não quero chegar ao fim). Uma das sensações bonitas que nos restam, essa dança, principalmente a nós, mulheres, seres afetivamente de vida curta, cada vez mais curta, com toda essa guerra publicitária mundial (maior que as Cruzadas, maior que o proselitismo católico por dez séculos, maior que as campanhas de prevenção da aids, maior do que qualquer outro movimento da cultura em defesa do que quer que seja, basta ligar a televisão, ouvir o rádio, olhar os *outdoors*, basta pensar), essa guerra monumental na justa defesa das inigualáveis qualidades morais e estéticas da mulher que tem de 15 a 20 anos. Aos 21 começa nossa derrocada. Aos 22, estamos no médico, controlamos o peso, perdemos o sono. Pelos 25, já somos ruínas em potencial. Aos 30, nem Balzac mais rezará por nós. Aos 40, bem, aos 40 só nos sobrarão os filhos, se houver filhos; se não, quem sabe aquele artista com complexo de inferioridade, feio, cheio de problemas chatos (os nossos são tão interessantes!), que precisa da *mamma* que não teve quando era tempo. Ou então um ótimo marido covarde que precisa de alguém não para fazer amor, mas para confessar como ele detesta a mulher com quem vive há dezoito anos, mas de quem ele não pode se separar, compreenda, tem a questão dos filhos. E a pensão, como é que fica, ele ganhando essa merda que ele ganha? Ou restará apenas a solidão da arte? Ou, quem sabe, nos transformamos em homens, deixamos o bigode crescer e tentamos descobrir, afinal, o que a espécie masculina acha de tão interessante nessas meninas de 19 anos — nós éramos tão burrinhas naquele tempo!

Eu estou ficando completamente bêbada. Que belo vinho! (Uma vez conheci um brasileiro, estudante de artes em Florença, que detestava vinho. Pior: desprezava o vinho. Passava o dia bebendo cerveja, o que me lembrava a Bavária. Inchava de cerveja. Uma espécie de barbárie assumida. Todos os brasileiros são assim? Agora eu me lembro: você bebeu uma latinha de cerveja no restaurante! Ou — a única dúvida de um dia inteiro — estou enganada?) Bêbada. Mas acho que ainda consigo escrever mais um pouco essa noite. *Va bene?*

Torno aos 30 anos (acho que 30; eu perdi as contas) mais uma vez, nua e pobre na estação Termini de Roma. Eu estou sempre voltando para algum lugar. Pai, eu não tinha mais; a mãe, essa nunca entenderia o absurdo do meu gesto. Até o fim da vida trocamos só mais uma meia-dúzia de palavras. Cheguei a atravessar a rua correndo para não ter de esbarrar com ela e me ver obrigada a dizer alguma coisa. Sem remorso. Mas eu tinha uma legião de amigos (como hoje) — enfim, quase uma garota do neorrealismo, em preto e branco, dirigida por De Sica. (Mas estará mesmo você interessado nesse meu comovente desastre? Eu não vou mandar esta carta, portanto posso dizer o que quiser. Eu não vou ter coragem de mandar esta carta.)

Comecei em poucos dias a tecer a rede de sobrevivência que, no fim das contas, me sustenta, bem, até hoje. Críticas de arte e de literatura, produção de livros, uma ou outra tradução, alguns poemas (numa carta você me pediu poemas; não estão maduros ainda; como os teus quadros, não foi o que você disse?), e, não muitas vezes, mas com uma consistência economicamente interessante, comércio de arte. Bem, para ser honesta eu deveria começar a enumeração das minhas fontes por este item (mas eu quero esquecê-lo). É um trabalho tão difícil quanto comprar e vender carros usados, porém um pouco mais excitante. (A propósito, ou fora de propósito: eu não sei dirigir e detesto automóvel. E você?) Às vezes tenho lances de sorte, muita sorte: descobrir, por exemplo, que um velho vaso de cerâmica, praticamente intacto, herança dos avós, que eu usava para colocar sombrinhas molhadas, era na verdade uma peça etrusca do VII século antes de Cristo. (Nós vimos alguns da mesma família, no Metropolitan, lembra? Pouco depois daquele instante em que você realmente começou a se interessar por mim.) E alguns lances de azar, como aquele que me aconteceu em Nova York um dia antes de conhecer você. Então eu achava que era sorte. Agora eu sei que era azar. Isso me leva mais uma vez a Domenico. É dele que eu quero falar agora. Querer eu não quero, mas sou obrigada. Quer dizer, se eu quero realmente recuperar tudo. É difícil falar mal, muito mal, justificadamente mal, de quem se amou tanto durante tanto tempo. Ele já faz parte de mim — assim, é de mim que falo mal também, e isso azeda a vida.

Saímos do Cul-de-Sac aquela noite, há uma década, abraçados para o amor eterno, envoltos na exata névoa do vinho que tanto estimula o sexo como impede a sua execução, um cálculo sempre difícil, como sabia o porteiro de Macbeth. Mas Domenico sempre foi um calculista — não propriamente um homem mesquinho, mas alguém que gosta de fazer cálculos pequenos só pelo prazer de quem aposta um jogo com ele mesmo e ganha sempre. Como calcular o tempo que se leva caminhando da Piazza Indipendenza até a Via Chiavari, onde ele chegava suado e feliz por ter vencido a corrida, com a alegria simples e pura de uma criança. O cálculo não servia para nada, é claro, era apenas uma desculpa para caminhar bastante e assim compensar os males do MS, que ele fumava (acho que ainda fuma) moderadamente (meio maço por dia). Mas aqueles, digamos, trinta e dois minutos, ficariam na cabeça dele, ocultos e orgulhosos — até que ele se perguntasse, em outra quarta-feira: e que tal tentar *lungotevere*? Conseguiria ele a mesma marca?

Eu nunca soube interpretar exatamente o significado dessas pequenas idiotias compensatórias da, talvez, genialidade — Domenico tem algumas áreas do cérebro muito desenvolvidas, tão desenvolvidas que talvez o inchaço de umas áreas tenha esmagado outras áreas, não tão relevantes, porém mais úteis à sobrevivência afetiva das pessoas. Mas por que eu estou destilando esse ressentimento? A área afetiva esmagada foi a minha. A área esmagada dele foi a moral, mas isso de fato não conta, quando se contam os passos para chegar à Via Chiavari, onde a Mulher Libertada o esperava, dia sim, dia não, mas sempre soterrada de felicidade pela simples perspectiva de Domenico. Chega. Eu estou caindo de bêbada e o fantasma de Domenico já são dois, três, cinco... Você não tem nada com isso, eu sei. Parece que eu continuo bebendo o mesmo vinho que eu bebia para agredir meu Príncipe da Bavária. Logo eu, sempre irresistivelmente (compensatoriamente) atraída pelos *clowns*; a Alemanha que eu amava era a de Karl Valentin, não a das caçadas na Floresta Negra; o Domenico que eu amava era a criança-prodígio com quem eu aprendia, brincando, a dividir tarefas, sem que ninguém invadisse ninguém — não o ser indiferente que, como quem não se lembra, me engana. Um pequeno mentiroso de nariz comprido, o nosso eterno Pinocchio. Talvez nove anos seja tempo demasiado. São cento e oito meses de convivência. Nada sobrevive a isso sem se transformar em outra coisa. Em outra coisa pior. Mas poderia ser outra coisa um pouco melhor, não a mentira crua, deslavada, sem graça, estúpida, imoral, absurda, ofensiva, grotesca. Eu não vou nem falar daquela estátua. Aquilo eu até perdoo, embora eu tenha de carregá-la nas costas e pagar o preço da minha — eu tenho uma — reputação crítica. Como eu pude cair em tão ridícula armadilha? Isso depois do vexame nacional de 82, quando até Argan, o nosso grande Argan (e ele é mesmo grande, merecidamente), reconheceu aqueles arremedos do Fosso Reale de Livorno como legítiinos Modigliani. Bem, a *minha* cabeça era infinitamente melhor (se bem que eu devia desconfiar daqueles ombros falsos, puramente de apoio). Mas disso eu sei que não quero falar. Aquele filho da puta. Aos 40 anos, vejo-me vítima de uma chantagem. Não tem muita lógica. Não é apenas um simples "dá cá, toma lá" — é uma ameaça assustadora pelo que tem de nebulosa, incerta, vingativa, torpe. Enfim, alguém ameaça o francês de Nova York, que por sua vez me ameaça. Negócios escusos, como os de Domenico, são assim mesmo, tudo é subterrâneo. Eu não tenho o que dizer, nem provar, nem comprovar. Só espero. Quanto mais eu tentar resolver, mais eu me afundo nesse lixo. Mas, se é possível viajar ao outro lado dessa história, que é por acaso o outro lado do mundo, sou obrigada a reconhecer que o lado torpe é o meu, por mais bela que seja a minha *cabeça*. Mesmo sabendo que o cidadão francês imaginou que estava me enganando, por isso o negócio foi tão rápido. Um Modigliani com referência no diário de Torres Campalans não é todo dia que se encontra. Mas isso eu deixo para amanhã. Eu estou falando demais. Agora é diferente: eu preciso falar demais. E você nunca receberá esta carta, portanto estou livre para gritar o que eu quiser. Estou terrivelmente cansada.

Três recados, na verdade, quando subi as escadas sozinho e um tanto embriagado, a euforia de quem ouviu o que queria ouvir de alguém que se adaptou ao figurino imaginado, o do mestre, conselheiro e intermediário entre você e o mundo, o que é tudo que um artista precisa para se sentir seguro; e também alguém que, sem ser sua mãe, talvez pudesse abrir a picada internacional para o seu trabalho (e imediatamente quase me senti culpado por desejar o melhor para mim mesmo, uma sensação que esqueci antes mesmo de senti-la, ao corrigir, no espelho, a elegância do meu olho de pirata — era estranho, mas em nenhum momento Richard Constantin interessou-se pela origem do meu olho preto. Uma ideia engraçada: estaria ele envolvido?).

Sozinho, fui direto ao escritório e tentei ler mais algumas páginas da última carta da minha italiana como quem mergulha nas aventuras de Júlio Verne, viagem ao Metropolitan em trezentos dias, a entrega suicida de uma mulher da qual me restavam apenas poucos traços físicos, nenhuma fotografia, e cujas sombras ela mesma me ajudava a recuperar, o que me estimulava ao desenho; e retomei a paixão abstrata por esta mulher já quase sem rosto, por amor à entrega. A entrega é exigente, quem se entrega como ela, exige; as palavras dela me desafiam, na vida e na linguagem, mas é inútil — a língua italiana permanece uma criptografia falsamente acessível em que tropeço frase a frase. Cedo havia recebido outro telefonema de Maria Sella, um pedido excitado de autorização para exercer a "liberdade poética", o que, ela mesma disse, sorrindo, é estranho para uma tradutora juramentada, alguém que, por profissão, busca sempre a fidelidade literal dos tabelionatos: Vou conservar algumas expressões italianas típicas, como *Va bene*, porque... é tão bonito! Lembrei dos meus tempos de Roma! E é tão linda a história dela! Tem tanto sentimento! — e a professora, oculta numa risadinha tímida, parece que quer me arrancar uma confissão que não posso lhe dar: *Mas é literatura de ficção ou são cartas de amor de verdade?! Já tenho uma primeira parte pronta! Você não quer vir buscar?*

Que contraste a italiana fazia com a vampira! Alguém que tenta seduzir e não sabe que, mesmo imortal, jamais terá esse poder — os vampiros são seres fracassados e ressentidos. Já as cartas da minha amiga exigem minha palavra, transferem a mim o poder de lhe dar a vida, e nós nos movemos no corredor de um museu fantástico como figuras recortadas de telas que ainda não estão prontas, que mudam de cor e linha sob o sol e a espátula.

Sinto uma ponta de febre e, mais uma vez, como que vindo do nada, um desejo de chorar, a trava na garganta — e sobre ela o medo do ridículo, esse descompasso entre a intenção e a realidade, a dificuldade para desenhar de um traço só, o desespero de fixar o tempo. Amanhã vou buscar o primeiro texto traduzido e aceitar o chazinho da professora.

De novo na sala, eu via a secretária eletrônica piscando três vezes para mim, em sequências intermitentes. Apertar o botão e ouvir as mensagens seria voltar ao mundo real. Relutei em contaminar a viva lembrança de Richard Constantin olhando atentamente *Immobilis sapientia* e dizendo: *Você cortejou o* kitsch *de uma forma irresponsável e no entanto não chegou nele. Essa tela é um absurdo completo, mas não tem excessos. O menino parece um anjo de Rafael; a paisagem é chiriesca; as inscrições em latim* (— Você sabe latim? — Não, era o Marsotti que sabia; ele foi seminarista.) *estão ótimas, sobre esse perfeito mármore rachado; você também tem muita técnica, e isso é um perigo, tão cedo assim, porque estimula a soberba. É uma pintura desenraizada, que em cada linha parece imitação de alguma coisa, mas a coisa imitada não está imediatamente visível. Você compreende? É como se o mundo real não afetasse você. Você está fugindo; em qualquer outra arte, talvez, isso seria inaceitável; na pintura, não. E este quadro aqui, está inacabado?* — e ele puxou *Réquiem* para a luz.

Tudo que ele me dizia tinha consistência — e não apenas os elogios, que no fim de tudo se resumiram apenas à minha técnica e ao fato de eu não pintar quadros ostensivamente decorativos.

— Mas isso tem um preço, sabe? Quem, por exemplo — e os olhos dele corriam atrás de um exemplo, até acharem *A fuga*, mais sombrio ainda na sombra do ateliê —, quem compraria esse quadro para pendurar na sala? Na história tem sido assim: quem compraria um Munch antes que ele fosse um Munch? É como trazer a mais completa desesperança para dentro de casa. O inferno fica bem na Igreja, protegido diretamente pela mão de Deus, aquele pé-direito de quarenta metros, aquelas costas largas, aquelas ressurreições todas, todos os dias. Ou, didaticamente, no espaço público e leigo, como se os quadros dissessem, à Eliot, *Consider Phlebas, who was once handsome and tall as you*, tanto aquelas carcaças de Bosh como as procissões de Siqueiros, para chegar mais perto, já que Deus não existe mais. Mas dentro de casa?!

Parecia uma acusação; não era — logo vinha a mão no meu ombro e a voz mais baixa, iniludível sinal de relevância segundo o código do mestre:

— Mas, para quem quer pintar o mundo, e não a parede, é assim mesmo: trazer o inferno para dentro de casa. Eventualmente, viver dentro dele. Mesmo que o resultado — e um braço desanimado percorria meu ateliê e cortava minha alma em sete pedaços capitais, eu nunca vou pintar um quadro completo, Aníbal tinha razão —, mesmo que o resultado demore muito a aparecer. — Ele sorriu e iluminou-se, como quem se descobre subitamente convertido à fé: — Cristo estava certo, Tato: o melhor será sempre mais difícil, tortuoso, torturante e sofrido. Na arte, a vereda da salvação é exatamente aquela dos espinhos; é inútil cortar caminho. Os vendilhões terão todos vida curta.

E antes mesmo que eu pudesse absorver as palavras do meu pastor, tão verazes com aquela mão brasileira no meu ombro, ele explodiu uma gargalhada, o que me desconcertou, porque tanto a pregação quanto o riso pareciam igualmente sinceros. Mas o humor não destrói a aura; não há território mais resistente à dessacralização do que a arte (se queremos pintar o mundo, e não a parede, como diz meu mestre). Talvez por eu não ter achado graça de sua risada, ainda apreendendo o sentido das palavras, ele voltou a tocar o meu ombro:

— Não fique tão espantado com o que eu digo, com o meu tom, ou com a minha paródia, se preferir. Veja, Tato: alguma coisa grande terá de substituir a religião, se a gente não quiser mergulhar no misticismo barato dos pajés, das seitas analfabetas, que são horda, ou do cinismo prático dos comerciantes em geral. — Ele baixou ainda mais a voz, inclinando a cabeça, o aviso da Revelação Máxima do Novo Mestre: — Há um buraco imenso na vida de hoje; um vazio já quase insuportável; todas as seitas, dos comunistas aos santos dos últimos dias, todas as seitas se movem, inquietas, à espera do terceiro milênio, para conduzir a massa imensa dos carneiros civilizados, alimentados, nutridos, letrados; e sem alma. — A voz agora era um sussurro no meu ouvido: — A arte. Só a arte salva. Esqueça Jesus Cristo. Só a arte pode garantir a sobrevivência da civilização, como o melhor homem do século XX pós-guerra, o mais solitário e o mais bem-tratado de todos os tempos, a sobrevivência da civilização como este homem a concebe. A arte é a ética que nos resta; não adianta lamentar; é a única. Ou você quer a volta de Cristo com aquela procissão de profetas mal-humorados, ressentidos, autoritários, vingativos, cruéis, com a forca do inferno na mão direita e a coleira da obediência na esquerda? Ou, virando a moeda, você quer a felicidade perpétua do shopping center com um cartão de crédito na mão? — O sopro final, quase inaudível: — A arte. Só a arte.

Agora, ainda indeciso diante da secretária eletrônica, a visão de Constantin na minha cabeça — sim, ele falava como quem tem visões — parecia reduzir a arte a uma ética; será isso mesmo? Repeti a palavra em voz alta, para testá-la: ética. (*Então você compra mulheres?* — e Marsotti deu uma gargalhada, que eu acompanhei, bêbado. *Trepadas maravilhosas, Biba, maravilhosas! As pernas da morena para o alto, e eu caindo ali de boca!* Ainda hoje sinto a trava da estupidez dos meus surtos de viver em voz alta: fique quieto, Tato. Apenas viva. Nunca fale nada.) A arte não deixa de ser uma ética, embora não se confunda completamente com ela (pode ser um bom meio para salvar quem compra mulheres, eu poderia ter dito dois anos atrás); na verdade (e eu tentava de novo embarcar no ônibus da lógica, que anda sozinho e me justifica), na verdade (e era como se eu absorvesse instantaneamente o tom do meu pastor) a arte pressupõe uma ética. Em que sentido um quadro pode ser "ético"? Mas e o artista? — em defesa, retomei aflito os conselhos de Richard Constantin na manhã do enterro de Aníbal: o artista não tem escrúpulos; não pode tê-los; há um valor mais alto que...

E apertei o botão da secretária, para cortar a lembrança. Uma voz que era um ronco, não propriamente um ser humano:

— Isso foi só um aviso, Tato Simmone. Se avisar a polícia, será pior. Você sabe. Aguarde. *Pi-pi-pi-pi-pi.*

Uma onda de terror desceu sobre a minha alma. Que diabo era aquilo? Apalpei meu olho inchado: apenas um aviso? Mas quem está querendo o que de mim? Como saber? A invasão do apartamento, a invasão do ateliê, o soco. Mas o soco tinha sido um acidente; se eu não bloqueasse o caminho da fuga, não aconteceria nada. O que eles querem? Ou será apenas ele? *Eles*, com certeza. O vulto que me acertou parecia tão assustado quanto eu — estava lá a mando de alguém. Quem? Daqui não roubaram nada. Eles estão *procurando* alguma coisa. O quê? Eu não posso ir à polícia, eles sabem disso. Tenho já uma ficha — *Por acaso o senhor não é usuário de drogas? Encontramos aqui no seu prontuário uma acusação de tráfico, depois retirada. Hum, Tato Simmone, é o senhor, não? E... hum, Aníbal Marsotti, deixe-me ver em que pé isso está...* A minha palavra não valerá nada. *Aguarde*. Uma chantagem?

Cansaço. Muita coisa ao mesmo tempo — assim eu não poderia recomeçar nunca a minha vida. *Isso foi só um aviso, Tato Simmone*. Deitei no sofá, fechei o olho que me restava e cochilei por um bom tempo, assistindo a uma confusão de sonhos misturados; quando acordei, já anoitecia. Para esquecer a ameaça, me refugiei de novo na figura do professor

Constantin. Tentei revê-lo à distância, friamente, pesando os blocos de palavras que ele dizia, sempre elegante, enquanto eu lhe mostrava o meu trabalho. Mas os melhores elogios — ou os únicos — se destinavam aos meus desenhos. A pintura era incompleta, embora forte. Enfim um homem civilizado para comentar minha obra, sem a brutalidade presunçosa de Aníbal Marsotti. Num momento, ele sugeriu uma exposição; eu disse que ainda era cedo, que a primeira havia sido um fracasso; ele concordou, mas acrescentando que em alguns meses teríamos de falar novamente do assunto; que o meu conjunto de telas já estaria quase maduro para se apresentar ao mundo.

— Se você quiser — ele disse de passagem, casual, sem ênfase, como uma ideia que lhe ocorre —, posso patrociná-lo. Aliás, seria um prazer — e sorriu para mim.

São coisas simples como essa que realmente tocam o coração de um artista, desde sempre. Mas, inexplicavelmente, deixei a sugestão sem resposta, ou por timidez, quem sabe pudor — ou porque, como dona Isaura sempre repete, devemos ser difíceis. Pessoas fáceis anunciam em jornal; pessoas difíceis, não; são reencarnações tardias da nobreza, o nariz arrebitado, o queixo alto, a coluna inclinada para trás, a distância, principalmente a distância, sem esquecer, é claro, a discreta simpatia que só a legítima superioridade é capaz de irradiar. As pessoas normais, segundo dona Isaura, têm um senso infalível para reconhecer um homem nobre no meio de um rebanho. Esse universo esquisito que minha mãe criou e manipulou para mim talvez tenha me estragado irreversivelmente, pensei, melancólico, apalpando o olho inchado — mas agora é tarde. Estou bem assim, desde que me livre dessa ameaça (*Isso foi só um aviso, Tato Simmone*) —, e senti a ansiedade roendo o estômago. Como eu não respondi nada à sugestão casual do mestre, ele apontou imediatamente um quadro com a bengala imaginária:

— Ótima, essa cabeça. Agora, o azul carregado à esquerda desequilibra um pouco a tela, você não acha?

Nós dois, lado a lado, avaliamos o desequilíbrio. Ele tinha razão. Os meus quadros jamais serão uma bola de futebol saída da fábrica. Aníbal Marsotti, sentado num banquinho a dois metros de onde estávamos, fungando ainda um restinho de coca, sorriu para mim: *Eu não disse?* À despedida, Constantin relembrou o convite:

— Sábado voltamos a conversar. Quero que você veja minha coleção. É modesta, mas tenho algumas surpresas.

E, na calçada, esbarrando distraído num passante — Perdão! —, voltava-lhe a síndrome do automóvel, apalpando-se nervoso atrás da chave. Um homem transtornado:

— O carro? Onde deixei?! — e avançou a esmo sem olhar para trás, um gesto vago de braço como despedida.

Isso foi só um aviso, Tato Simmone. O olho doía, latejante — uma dor metódica, paciente, aguda. Fui à cozinha e tomei mais um comprimido com um copo de leite, de sabor já ligeiramente passado. A geladeira vazia.

— Preciso me organizar — eu disse em voz alta, o plano difuso de sempre para escapar das pequenas urgências.

Voltei à secretária eletrônica pensando sem muita lógica que talvez devesse novamente convidar minha vampira para jantar. Alguns momentos da vida são tão incompletos, ocupam um espaço tão desajeitado na memória que é preciso revisitá-los; é preciso repetir a mesma sequência de fatos, vozes e gestos, é preciso percorrer de novo aqueles corredores apertados pelos quais passamos de forma tão canhestra e desagradável, de modo a corrigir em detalhes todas as falhas, lapsos, arranhões e maus pensamentos que sofremos da primeira vez. É preciso passar a tela do tempo a limpo, até que os olhos deslizem pela memória das imagens sem se deter na mínima mancha, porque não pode haver manchas. Mestre Constantin tem razão: sou um pintor desequilibrado, e essa tendência gravitacional à queda, à inclinação arriscada, ao tombo mesmo, como a italiana me diz, a única que de fato me recolhe nos braços cada vez que, de novo, eu tropeço naquela mesma escadaria — essa tendência toca tudo o que eu toco.

— Oi, tudo bem? Sou a Débora. A "Débora Universitária". Lembra de mim? Daquela madrugada de domingo, faz duas semanas. — No respirar de uma pausa, uma certa decepção com o silêncio soturno da minha secretária eletrônica. — Eu acho que você não lembra. — Ouvi um risinho. — Só pra avisar que agora eu mudei de telefone. Anote. — Seguiu-se um número. — Se precisar de mim, me liga, tá? Não esqueci de você. Beijinho. *Pi-pi-pi-pi-pi.*

A Débora era loura ou morena? Esqueci, de acordo com a regra: jamais repetir uma mulher dos classificados. Mas forcei a memória, fechando o olho: morena. Hotel na esquina da Cruz Machado. Mulher não magra, sem ser gorda. Uma estampa bonita, com uma sombra de índia. Zigomas desenhados no rosto. Discreta ao lado da minha gravata-borboleta — no balcão da recepção, tudo combinava. De salto alto, ficava um palmo ideal abaixo de mim, que tenho um metro e setenta e seis. Lembrei de sua primeira pergunta, assim que fechamos a porta, no sétimo andar: Do que você gosta? Eu sorri: De demorar. Ela também sorriu, quase como quem dá corda a uma brincadeira, mas com um visível fio de tensão no rosto: Assim custa mais caro. Imediatamente respondi: Eu pago. A tensão dissolveu-se, ela ergueu os braços, feliz, e se virou para que eu puxasse o zíper de seu vestido negro. Enlacei-a carinhosamente por trás e beijei seu pescoço inclinado, que ressurgiu branco na minha memória, confundindo-se com a imagem da vampira — o que (neste instante) me esfriou. Mesmo assim, voltei a fita — *avisar que agora eu mudei de telefone* — e anotei o número, sem pensar. *Não crie vínculos.* Um dos conselhos — ou um dos mantras — da minha mãe, que passei os últimos anos tentando seguir à risca: *Não crie vínculos profundos com ninguém, meu filho; com ninguém. Não vale a pena. Nunca vale a pena. Você não precisa de ninguém. A vida é como aquele bolero cafona que o teu pai gostava de cantar quando enchia a cara, "ninguém é de ninguém, na vida tudo passa" — lembra?*

O terceiro recado era dela:

— Tato, cadê você?

E o telefone tocou no mesmo instante.

— Filho?! *Não te acho* É você? *mais em casa!* Alô!

— Sou eu, mãe...

— *Ligo pra você mais* Tato, é você?

Como se desliga essa merda?

— O que aconteceu? *Pi-pi-pi-pi-pi.*

Finalmente, com um gemido de dor — eu me estiquei sobre o sofá para alcançar o fio e arrancar o pino da tomada e bati o olho inchado na mesinha.

— Nada, mãe. Só essa secretária que desandou a falar.

— Ai que susto! Parecia que estavam estrangulando você. Você está bem?

Apalpo levemente meu olho: dói. Contaria?

— É claro que estou bem. E a senhora?

— Aqui também está tudo bem. — Uma ponta de ansiedade: — A Kelly está passando uns dias comigo. Quer falar com ela?

Abri a tampa da secretária: a fita era uma maçaroca encaracolada, um inchaço estufado de delicadeza plástica. Puxei um pedacinho e todo o resto veio junto. Senti um certo prazer nessa destruição.

— Manda um beijo pra ela, mãe.

O ar-condicionado estaria por perto? Preciso trocar a fita.

— A Kelly também está mandando um beijo pra você. — Duplo alívio: ninguém queria falar com ninguém. — O Danny deixou a Kelly aqui comigo só por uma semana e voltou para o Texas. Ele está abrindo uma filial da empresa.

— Ah, sei. Que bom.

— Como foi o jantar?

Ela não esquece nada, nunca.

— Jantar? Ah, com a vampira? Foi bom.

Um brevíssimo silêncio. O termômetro de minha mãe avaliou, num décimo de segundo, se aquele *bom* não apresentava nenhum sintoma perigoso. Ouvi um suspiro.

— Filho, agora vem o pior pedaço. Eu...

Tirei devagar o cassete, mas parte da fita estava engatada no cabeçote do gravador. Se eu puxasse com força, ficaria um pedaço preso no mecanismo.

— ...preciso muito de você. Um trabalho de detetive.

— Eu sei. Ontem a senhora falou a respeito.

— Está preparado? É importante.

A insistência dela me deu um pressentimento ruim.

— Estou.

— Eu quero que você descubra onde mora, aí em Curitiba, um cidadão chamado Ricardo Constant, ou Constantino. Alguma coisa assim.

Senti uma agulha gelada atravessando meu olho, uma dor lancinante. Sempre as piores intuições:

— Ricardo o quê?

— Ricardo, ou Richard. Ele tem muitos nomes. Depende do país onde ele está.

O bate-estacas recomeçou seu trabalho no meu cérebro. Comecei a suar.

— Sei. O que ele faz na vida?

— Ele vive de dar golpes.

— Mas... que tipo de golpes?

Ela pensou um pouco.

— Golpes artísticos, digamos assim. Esse detalhe não interessa.

Adivinhei: negócios internacionais com a minha mãe. Abandonei imediatamente o plano de falar a ela do meu novo amigo. Entrei no jogo:

— Sei. E como eu faço para encontrar esse homem?

— É fácil. Compre um jornal, pegue o caderno de cultura, descubra as vernissagens mais badaladas e vá em todas elas. Eu sei que você detesta vernissagem, mas faça isso pela tua mãe. Logo na primeira ele vai aparecer no teu lado, sondando quem é você. Provavelmente ele já conhece você. Puxe assunto. Ele é irresistível. Seja simpático você também. Seduza aquele crápula.

Aconteceu o previsto: puxei a fita com força, e ela arrebentou. Meus dedos, agora, não alcançavam a pontinha presa no mecanismo. Eu precisaria de uma pinça. Comecei a sentir um prazer secreto no meu papel de agente duplo:

— E como ele é?

— É um senhor de uns 50, 60 anos. Conservadão. Magro. Elegante. Tem um sotaque inglês, mas não é inglês. Eu não sei o que esse filho da puta é. Eu desconfio que ele é ucraniano. Parece que ele se achou aí em Curitiba. Ou se escondeu.

— Ele está devendo dinheiro para a senhora?

Um breve silêncio.

— Meu filho, se fosse só isso eu contratava a cobrança de um banco. Não ia incomodar você. Eu preciso é de um detetive. A coisa é bem mais complicada.

— E posso saber o que é?

Eu estava muito seco, talvez como alguém que contesta a autoridade materna e, de agora em diante, quer viver sua própria vida. Um erro de cálculo, no momento errado. Minha mãe percebeu. Abriu-se um espaço mais amplo de silêncio.

— É claro. É claro que você pode saber. — Outro silêncio, agora estratégico. Eu conheço cada detalhe da minha mãe. Conheço todos os passos de sua manipulação emocional. O mundo inteiro deve estar a seu serviço. O mundo inteiro é obrigado a estar a seu serviço. — Eu só imaginei que você poderia me ajudar. Mas se você acha que não pode ajudar a sua mãe, eu...

De fato, meus dedos não alcançavam a pontinha que sobrou da fita. E, como eu estava com as mãos suadas, o suor poderia escorrer para o cabeçote e enferrujar o mecanismo pela corrosão do sal. Mesmo assim, não desisti.

— É claro que eu posso ajudar você. — Corrigi: — É claro que eu posso ajudar a senhora.

A voz veio com um suspiro lancinante de carinho, súplica, desespero e alívio:

— Meu filho, querido, você pode mesmo tentar isso pra mim? Só tentar? Se você não conseguir, eu penso numa outra solução. A sua mãe tem um nome a zelar. É só por isso. Será o teu nome que de certa forma você estará também protegendo, meu querido.

Se as minhas unhas estivessem um pouco mais compridas, eu alcançaria o pedacinho enroscado de fita. Minhas unhas estavam curtas e sujas de tinta, como sempre.

— Sei. Então eu vou numa vernissagem, encontro esse Ricardo, puxo assunto, até que ele fique fascinado com a minha inteligência, o meu brilho, o meu talento.

Minha mãe deu uma risada de alívio. Como se nesse instante, só pelo tom da minha voz, ela tivesse percebido que eu já estava na sua mão.

— Bem, Tato, acho que você já sabe que essa parte é a mais fácil.

— Daí eu falo que sou seu filho?

Pânico:

— Não não não não, Tato, pelo amor de Deus não me faça isso! Você nunca ouviu falar de mim. Jamais.

Talvez com uma tampinha de caneta esferográfica eu conseguisse puxar o resto da fita.

— Tudo bem. Então eu só pergunto se ele quer fazer amor na minha casa ou na casa dele?

— Que horror, Tato! Ora se isso é coisa que se diga para a sua mãe!?

Um silêncio não tão breve, e num átimo lembrei a dúvida velada de dez anos antes sobre a minha *orientação afetiva*, foi o termo que ela usou jogando verde e passando os dedos inocentes nos meus cabelos — e eu, distraído, só tempos depois, com uma sensação de vertigem, minha primeira crise de labirinto, percebi o que ela de fato queria saber. Mas preferi não espicaçá-la; agora eu estava mesmo com uma curiosidade mortal para saber o que ela queria do meu amigo.

— Tudo bem, dona Isaura. Então não é para ser uma sedução completa? — e dei uma risadinha que desarmou os espíritos.

— Pare de dizer bobagem! Eu quero o seguinte: que você descubra onde ele guarda uma estátua de Modigliani que eu sei que está com ele. Uma cabeça de pedra de 1913. Uma linda cabeça, com linhas geométricas típicas da estatuária negra, mas afilada como um bronze do Brancusi. É uma peça pequena, de meio metro de altura. Tem o mesmo pescoço da pintura de Modigliani, longo, mas todo vertical, sem aquela típica inclinação de Madonna dos quadros dele.

Esqueci da secretária eletrônica e da fita arrebentada. A tarefa que ela me passava era fascinante.

— Filho! Você está me ouvindo?

— Estou. Continue.

— A face, a face é como uma lança, e a ponta está no queixo. Uma forma limpa e econômica. Um nariz comprido se divide, bem no alto, em dois pequenos olhos cegos e simétricos. A testa praticamente cai para trás, onde os cabelos se avolumam, de maneira um pouco tosca, talvez inacabados. Você continua me ouvindo?

— Sim, é claro que sim. Estou desenhando a cabeça na minha cabeça.

Minha mãe falava como quem lê um catálogo. Provavelmente estava com o catálogo nas mãos. Para ela, a descrição de uma peça de arte deve ter a precisão de uma escritura pública, mas de preferência com palavras que sustentem a mesma elegância plástica do objeto.

— Você está mesmo acompanhando? Você parece tão distante!

— Estou acompanhando, mãe. Pela sua descrição, é impossível confundir essa cabeça com qualquer outra. Posso fazer um retrato falado. Estou vendo na minha frente a cabeça de Modigliani.

Minha mãe afinal riu, feliz com a lisonja.

— Obrigada, meu filho. Bem, é muito difícil alguém ter duas peças de Modigliani em casa. E uma só será inconfundível, qualquer que seja a descrição.

Imaginei nítida a cabeça: uma peça de pedra que se concentra em poucas linhas, limpas, como um pássaro de Brancusi. Fantasiei um comentário de Constantin: esta economia de formas é uma das faces da estética do tempo, que é também a sua ética. A ética que nos resta, lembra? E relembrei, agora de fato, meu brevíssimo mestre, a quem em breve eu iria trair em nome da minha mãe: *Você nunca fez escultura? Seria um bom exercício de amadurecimento, mesmo que você logo descubra — como certamente vai descobrir — que ela não é a tua linguagem. Mas quem sabe? Até hoje há quem diga, por exemplo, que a verdadeira vocação de Modigliani era a escultura, não a pintura.*

— E para não restar nenhuma dúvida, tem um outro detalhe, também inconfundível — continuou minha mãe. — Na parte de trás há dois sinais cabalísticos: uma lua minguante e uma estrela de David. Basta correr o dedo pelo pescoço que você sente as marcas.

Feliz, imaginei o telefonema que eu daria à minha mãe depois da festa de Richard Constantin: *Dona Isaura, encontrei a escultura.* E ela diria: *Você é um anjo barroco, meu filho. Amo você.*

— Muito bem, mãe. Estou diante da estátua. Digamos que na sala desse tal Ricardo. Suponhamos que ele me convide para uma festa.

Sobressalto — a velha tem a intuição de um gato, pelos eriçados.

— Não me diga que você conhece ele?!

— Claro que não, mãe. Mas vou conhecer. A senhora só quer saber se ele tem mesmo esse Modigliani? E se tiver? O que eu faço?

De repente, tudo se esclarecia: minha mãe quer comprar a estátua e precisa dobrar um certo Mr. Richard Constantin, um cidadão manhoso, difícil, talvez intratável. Eu seria um bom relações-públicas. Mais alguns minutos e ela me ofereceria uma comissão gorda pelo agenciamento, depósito direto em conta.

— Eu quero que você pegue essa estátua e dê um sumiço nela.

Silêncio.

— Lembre-se: ela é pequena mas é um pouco pesada. É possível carregá-la sozinho, você é homem e não tem a perna frágil como eu, mas é pesadinha. Você é a única pessoa no mundo que pode fazer isso por mim.

Silêncio.

— Filho? Você está me ouvindo?

O choque de sentimentos disparatados me deu uma curta vertigem.

— Estou.

— Veja bem: é para dar um sumiço. Esta cabeça tem de desaparecer para todo o sempre, sem deixar rastro.

Silêncio.

— E então? Você consegue?

Voltei a atacar a secretária eletrônica, atrás daquele resto de fita engasgado no mecanismo. Expulso do paraíso, eu me imaginei atravessando Curitiba, à noite, fugindo com uma cabeça de Modigliani debaixo do braço. Eu poderia cobrar caríssimo por essa tarefa, um preço libertador. Passar enfim para um outro lado da vida.

— A senhora pode me explicar melhor essa história?

É uma agonia a simples ideia de entrar no carro da vampira, mas eu precisava especialmente dela, desta vez; de alguém que não gostasse do meu amigo Constantin, no caso de alguma emergência. E haverá emergência: desde a morte de Aníbal as coisas estavam dando inapelavelmente erradas, um cruzamento atropelado de fatos desagradáveis, dos telefonemas do meu pai ao soco no olho. Eu já havia esquecido do olho inchado — quanto ao meu pai, ele é inesquecível, e voltará a ligar atrás do automóvel que devo arrancar de dona Isaura e repassar a ele —, até abrir a porta do carro às nove da noite e em vez de cumprimento ouvir uma risada demolidora:

— Mas... mas então a história do tapa-olho é verdadeira?!

Tateei pelo cinto de segurança, para disfarçar — ela ria com gosto da minha face, e eu, ainda sério diante da perspectiva horrenda dessa festa, um encontro agradável que minha mãe transformou num inferno, me perturbei com o que me parecia uma nova bofetada. Mais uma vez surpreso com a vampira, descubro que ela ri com facilidade, e com um toque de escárnio, um riso que passa rápido para o outro lado do humor, o desagradável. Talvez tivesse sido mais sensato convidar Dora, mas Dora dirige terrivelmente mal e eu com certeza vou precisar de um carro e de uma boa motorista;

e, pior, Dora é uma mulher honesta, correta e equilibrada, e eu vou precisar — se precisar de fato, espero que não — de alguém que seja o contrário disso, de uma mulher desonesta, incorreta, desequilibrada, e a extensão aguda daquele riso que me recebia passava a ser a prova de que a vampira, nessa noite, era mesmo a mulher ideal, a musa possível de uma noite difícil. Assim, passei a rir com ela e encarnei o *clown* da italiana:

— Você acha que ficou bom?

Era uma pergunta sincera — o meu humor estava bem oculto atrás do olho fechado. Ela ajeitou meu rosto com as duas mãos (talvez só uma desculpa para me tocar, fantasiei), agora sob um sorriso arrependido e conciliador (alguém buzinou atrás — o carro estava parado em fila dupla no meio da rua, imprudente — mas ela não se apressava), e decidiu, aprovativa:

— Huhum. — Com a sua palma sempre fria, pegou a minha mão, que continuava sem achar a ponta do cinto de segurança. — Desculpe a minha risada, mas você ficou mesmo *engraçado*... — Olhou de novo, bem no meu olho: — E continua charmoso.

Isso foi mesmo inesperado. Nervoso, engatei enfim o cinto. Buzinaram de novo, com mais impaciência — um carro desviou, e alguém lançou um grito furibundo contra a vampira, cantando pneus numa arrancada; nas sombras vi o punho erguido de algum vingador do trânsito. Ela engrenou a marcha e arrancou, para meu alívio.

— Onde que é?

— É... — e apalpei meu bolso, um gesto inútil: — Esqueci o endereço. Encoste um minutinho, eu já pego.

Quase na esquina ela achou uma vaga milagrosa. Fui correndo até em casa, subi as escadas de dois em dois degraus, abri a porta com a minha pesada tetrachave e vi no canto da mesa — onde eu tinha colocado justo para não esquecer — o cartão amassado de *Mr. Richard Constantin, Ph.D. Representações*. Ao me voltar, a irresistível luzinha piscando na secretária, já inaugurando uma fita nova. Meu pai? Minha mãe? Dora, perguntando da festa na casa do meu novo amigo? *Clact!*

— Vamos buscar o pacote. Deixe debaixo da escada, dentro da lata. A brincadeira acabou. *Pi-pi-pi-pi-pi.*

Senti minha velha vertigem, a angústia de vento que atravessa a alma e se aloja no estômago. Fica ali, aninhada, um ratinho respirando fundo.

— Vamos buscar o pacote. Deixe debaixo da escada, dentro da lata. A brincadeira acabou. *Pi-pi-pi-pi-pi.*

Tentando não pensar em nada, voltei para a porta, lento e torto. O olho tornou a doer. Já do lado de fora, porta trancada, lembrei: esqueci de novo o cartão na mesa. Talvez eu não deva mesmo sair de casa — são avisos que devem ser obedecidos. Senti um desejo enorme, transbordante, esmagador, irrecusável, de comprar uma passagem para Roma e desaparecer no tempo e no espaço, um projeto que me pareceu verossímil, me fez sorrir e me relaxou por alguns segundos. Por que não? Dora certamente conhece um agente de viagens que vai providenciar tudo para mim. Abri a porta, peguei finalmente o maldito cartão (sem olhar mais para a secretária), fechei de novo a casa, já com a pressa do desespero: *eles vêm buscar o pacote*. Que pacote? Que porra de pacote? De dólares? De cocaína? De barras de ouro? De títulos do Tesouro Nacional? De munição para um 38? De apostas do jogo do bicho? Com quem estão me confundindo?

Tentei me acalmar: quem sabe fosse o caso de eu conversar? Um mal-entendido. A situação corriqueira, simples, realmente simples, de um mal-entendido. Eles estão atrás de uma Simone, ou um Simon. Eu nem faria perguntas: que é isso, tudo bem, obrigado, até logo, boa sorte. Só nos filmes ou nas comédias um mal-entendido pode ser realmente ameaçador ou mudar a ordem natural das coisas. Há uma ordem natural das coisas, e eu faço parte dela. É só ir vivendo. Basta conversar e a ordem natural das coisas se recupera, volta a ser o que era no silêncio tranquilo do tempo. Na noite do soco não houve espaço para conversa e, pensando bem, eu fui ríspido, gritando para o menino, que ficou assustado, é claro — e eu ajeitei o tapa-olho sobre o olho que, agora suado, parecia continuar inchando cada vez mais. *Vá a um médico*, aconselhou Dora, como se a real opção que me restasse fosse o médico ou a festa de Mr. Constantin.

Dei três passos escada abaixo — e parei, fantasiando a fuga espetacular de criança que imediatamente se desdobrou em quadrinhos: alguma corda cairia do céu, eu me agarraria nela como um herói, me lançaria no terreno dos fundos, pularia uma sucessão de muros, atravessaria mil ruas tortas, escuras e ameaçadoras até repousar tranquilo sobre um gramado amarelo, uma colina que se estenderia até o horizonte, plena de liberdade. Não. Eu tenho de manter a calma. O ratinho da angústia ressonava encolhido, quase tranquilo no meu estômago. Desci os últimos degraus e fui conferir, tentando voltar ao mundo objetivo: que lata? Sim, havia de fato uma lata velha — descobri pelo tato, agachado na escuridão do ângulo agudo sob a escada, entre teias grudentas, escondida no mato. Devo colocar o pacote aqui. Que pacote? *A brincadeira acabou*. Eu me ergui, esfregando com força as mãos para me livrar das teias invisíveis, a gosma do mato, e era como se assim eu me livrasse da memória: *vou esquecer*. Sim, uma decisão, afinal: *vou esquecer*. Foda-se.

Ao levantar a cabeça, o rosto da vampira — o exato rosto da minha obsessão, a pele branca, luminosa no escuro, emoldurada de negro — estava a um metro do meu olho, ao alcance da minha mão. Tentei transformar o susto brutal em surpresa agradável:

— Você?! Eu... — mágico canhestro, revelei o chaveiro que tirei do bolso, olhei para o alto da escada, depois para o chão, de novo para o chaveiro, agora simulando um triângulo de tempo e de espaço que ocultasse a mentira, e foi tão clara a pantomima que ela praticamente via a chave voar do alto da minha mão distraída e eu mesmo me via procurando-a agachado, ainda com a memória do barulhinho abafado de um molho de chaves que bate no chão de terra.

— Já achou?! Eu fiquei preocupada, você disparou correndo e estava demorando — e ela, mimética, me mostrava o chaveiro, o do carro, como se também ela mentisse.

Ela chegou mais perto, quase tocando meu rosto, uma perigosa intimidade que se escancara apenas no olhar e no esboço de um sorriso que se interrompe, e a face agora tem a seriedade tensa de alguma coisa próxima do desejo, o início do desejo, o instante em que a ave se apronta para um voo do qual não voltará nunca mais ao ponto de origem — e o ratinho sobressaltou-se agoniado no meu estômago, uma tensão de quem tenta avaliar o que está acontecendo assim tão rápido. Segurei a mão da minha amiga, quase como quem protege alguém do frio, e o que parecia se encaminhar para um beijo se transformou de comum impulso num abraço de mútua proteção, seu rosto aninhado por um segundo no meu pescoço, um corpo procurando a fronteira do outro, o afeto tímido; vivi a sensação, rara e perigosa, de uma ideia que se realiza plena na pele, exato o prazer imaginado — e isso como que me desarmou, aquele abraço não tinha sentido.

— O ratinho desapareceu.

Um fragmento de humor — eu teria de explicar a metáfora da minha angustiante regressão infantil (*Tem um ratinho aqui*, minha avó dizia, fazendo cócegas na minha barriga), o que daria curso à conversa — que ela não ouviu. Puxou minha mão:

— Vamos? Parece que vai esfriar — uma observação que era outro absurdo.

Na calçada, em público, nos desconcertamos, dois atores despreparados — até as mãos não sabiam mais se deviam continuar se segurando, sem a proteção do escuro. (*Você só consegue amar quem você paga*, uma quase namorada me disse, cinco anos antes, ao me flagrar com uma garota de programa.) Talvez a vampira tenha interpretado mal o meu desajeito, quando eu voltei ao meu labirinto de ansiedades. Deveria contar a ela o que estava acontecendo? O recado na secretária? Não. Ainda não, concedi. Afinal acertei o cinto de segurança.

— Imagino que o endereço você não esqueceu dessa vez?

— Ahn?

Ela sorria — e, casta, tocou a mão fria no meu joelho:

— Tato, acorde! Terra chamando Lua! O endereço. Lembra? Você subiu para pegar o endereço — e ela riu, mais relaxada — desse canalha do doutor Richard Constantin. Daí você perdeu a chave. Daí nós nos abraçamos no escurinho. Daí você ficou com medo de mim porque eu sou uma vampira. E agora você nem está me ouvindo; você está com a cabeça a dez mil quilômetros de distância.

Acompanhei a risada e segurei sua mão, sempre fria. Olhei para ela: descobria enfim como era bonita a minha vampira! Mas ela tinha razão: eu continuava de fato a dez mil quilômetros de distância, descendo no aeroporto Fiumicino, em

Roma. Descendo várias vezes: a minha imagem avançando em direção à saída, empurrando um carrinho com pouquíssima bagagem, só uma cabeça de Modigliani; depois, novamente, como num filme circular, avançando em direção à saída — eu jamais passava o limite; ao transpor a porta automática, de novo me via no início empurrando o carrinho com a mesma cabeça de pedra. Afinal li o cartão:

— Suba a João Gualberto. E não é doutor Richard. É *mister* Richard Constantin.

Rimos.

— Hum!... Como você está herético, ironizando assim o seu amigo.

E rimos de novo. Eu precisava me acostumar com a ideia ainda difícil de que talvez o meu amigo para sempre de ontem se tornasse hoje o meu inimigo eterno. Além disso, a qualquer momento o teto da minha casa cairia sobre a minha cabeça, sob a ordem de telefonemas anônimos e sinistros. Eu não posso ir à polícia. Eu sou uma pessoa suspeita. Eles já têm uma ficha minha, o meu dedão, a minha fotografia dupla, de perfil e de frente, com uns números tortos pendurados no peito como uma colagem cubista. Eu e Aníbal fomos indiciados por tráfico (qual a distância entre um usuário e um traficante?, o advogado perguntou), num processo que misteriosamente não foi adiante, graças ao dinheiro da minha mãe — mas o Biba, por sorte, já está no arquivo morto. *Por que a senhora não leva o seu filho para os Estados Unidos?*, alguém perguntou. *Ele adora os avós*, e minha mãe abriu o seu sorriso feliz. Bem, talvez agora alguém esteja pensando que eu sou o Aníbal. Mas eu não posso ficar o resto da minha vida me escondendo em silêncio. Procurar a polícia está fora de cogitação. Haverá alguém com quem eu possa falar, sem me colocar em risco?

A vampira fez uma conversão proibida na esquina do Colégio Estadual, com arte, perícia e engenho.

— Só me diga uma coisa, Tato — e a voz dela foi como uma pedra espatifando um telhado de vidro depois de uma longa temporada de silêncio. — Por que você me convidou para essa festa, sabendo que eu detesto o Constantin? Depois de tudo que eu falei dele a você?

Agora ela parou no sinal vermelho.

Em algum momento eu vou ter de pedir ajuda, mas não agora. Ela parece uma mulher impulsiva — devo aproveitar essa qualidade em meu favor, no momento certo, ao final de uma sequência exata de lances de xadrez, cuja peça a ser movida é uma cabeça de pedra; minha mãe estará salva da vergonha pública, minha italiana jamais será novamente assombrada pela estupidez de Domenico, eu supostamente terei um automóvel virtual (tarefa cumprida, eu merecerei um automóvel) que antes mesmo de existir se transformará num depósito em dinheiro para o meu pai necessitado (é quase certo que minha mãe perceberá; talvez, mesmo assim, ela finja que não sabe; se ela realmente me ama, ela fingirá que não sabe). Tudo resolvido — exceto eu, e meus perseguidores do além. O que eu vou encontrar em casa quando voltar? E apalpei meu olho inchado.

— Inverto a tua pergunta: por que você aceitou?

O sinal abriu.

— Porque eu estou interessada em você.

Uma resposta fria, técnica e provavelmente mentirosa.

— Vire à direita. Depois, a segunda à esquerda. Acho que é nessa rua.

Não foi difícil achar o número: em frente, uma fila de carros estacionados sobre a calçada, em fila dupla e na entrada da garagem, de onde saía uma via curva e graciosa em direção a uma casa de brinquedo, um pequeno castelo iluminado com uma torre circular, uma bela varanda, grades elegantes de ferro e vitrais *art nouveau* em todas as aberturas, duas águas agudas para o alto, como se nevasse em Curitiba — o tipo de residência com os dias contados: em pouco tempo estaria transformada em imobiliária, escritório de contabilidade, loja de computadores, clínica médica, até ser posta abaixo para dar lugar a um prédio de vinte andares; como uma premonição, já havia um esqueleto sombrio erguendo-se à direita e um terreno vago, cercado de um tapume ameaçador, à esquerda. Um bando de meninos de rua discutia aos gritos quem cuidaria do nosso carro, que a vampira, hábil, encaixou num espaço estreito da calçada entre uma árvore seca e um para-choque importado. Desatei o cinto — o coração disparado, a minha vida inteira parecia se decidir hoje — e abri a porta cuidadoso, para não encostá-la no carro vizinho, esgueirando-me para fora com a habilidade longilínea de um fantasma, sem tocar em nada.

— Viva! Você ainda não tem barriga! — elogiou ela, estendendo o braço e apertando o chaveiro, que disparou o guincho lancinante e sufocado do alarme.

Os meninos esqueceram o carro para me admirar, e como não tomei conhecimento deles, logo veio o primeiro grito:

— Olha o pirata!

— Pirata da perna de pau!

Gritavam, mas não corriam em seguida para longe, como seria o comum; era uma pequena e insistente revoada no labirinto dos carros.

— Aí, pirata! Quer que cuide do carro?

A vampira achava graça, segurando meu braço como se fôssemos casados há treze anos, enquanto eu me apressava puxando a perna, simulando um Capitão Gancho, num humor defensivo: comecei a sentir medo, mais medo, quando a residência iluminada de Mr. Richard Constantin se abriu diante de nós regurgitando convidados. Minha cúmplice cochichou:

— Não parece a festa do Grande Gatsby? Só falta aparecer o Robert Redford.

Eu estava atento à vigilância: apenas um guardião discreto na entrada, uniformizado, parecia controlar os limites da propriedade, ao mesmo tempo em que, por fora, ajudava também ele a velar os carros, o mundo está cheio de ladrões:

— Pode deixar que eu dou uma olhadinha.

Avançamos pela via de paralelepípedos até a escadaria da varanda lateral, a entrada da casa, com as duas belas folhas de vidro da porta de correr escancaradas. Algumas pessoas já formavam pequenos grupos tímidos por ali mesmo, em voz baixa e ainda sem bebida; era cedo. Recebemos uma fuzilaria de olhares durante dois ou três segundos, seguidos de uma indiferença polida. Apenas o braço de um conhecido longínquo se ergueu, que retribuí com um sorriso, até suspeitar que o aceno se destinava à vampira, não a mim. Todos nós estávamos de preto, percebi, como num novo enterro, agora festivo. Súbito, a imagem realmente fulgurante do anfitrião, inteiro de branco, uma bela gravata-borboleta negra, abriu os braços para mim na também bela e também escancarada porta oval que dava acesso ao salão:

— Grande Tato Simmone, que prazer!

Um cumprimento exagerado, dramático, ostensivo, teatral — que, pela importância do ator, silenciou a plateia. Inibido, meu único olho procurava discretamente a vampira, que desapareceu no mesmo instante, enquanto Richard Constantin me puxava pelo braço:

— Venha aqui, que eu quero te mostrar uma coisa. Que bom que você veio!

Tudo soava artificial, mas pleno de afeto — ele realmente parecia feliz. No caminho, mudou o rumo, sempre sem largar minha mão, como o pai a um filho.

— Deixa antes eu te apresentar minha família. Sara, esse é o Eduardo Tato, o do quadro das crianças que eu comprei.

Dona Sara era uma senhora de uma simpatia tranquila e medida:

— Como vai o senhor? Eu adoro aquele quadro, e...

— E essas são minhas filhas — interrompeu meu amigo.

Cumprimentei quatro moças iguais, mas de roupas e alturas diferentes, cujos nomes variavam de Ária a Ariane, com idades que iam dos 20 e tantos, uma figura idêntica à mãe, do timbre ao gesto, a uns 9 ou 10, uma emburradinha magra, mascando chicletes, que se afastou imediatamente após a apresentação, recusando minha mão.

— Machucou o olho?! — perguntou uma delas, horrorizada, ao lado de um garoto inseguro dentro de um terno, talvez seu namorado, que me estendeu a mão sem dizer nada.

— Sim, eu...

— Então, Eduardo, quando será a próxima exposição? — interrompeu dona Sara, disposta a me salvar rapidamente da horrível indiscrição da filha. — O Constantin adora os seus quadros! Ele gostou muito da sua exposição! Foi em São Paulo, não?

Meu amigo não estava mais ali para me salvar — abriu os braços para mais alguém que chegava e desapareceu — e passei a concordar com tudo, de modo que em poucos minutos eu já estava transformado em outra pessoa, um pintor conhecido, de sucesso, rico e talentoso, cuja simples presença naquela festa era visivelmente uma honra para todos eles, afirmação implícita que eu tentava descartar com a timidez encantadora dos verdadeiros artistas, *ele é tão simples, tão modesto!* Comecei a suar — não me ocorria nada que pudesse me tirar dali — até que uma das filhas, a única cujos olhos pareciam brilhar na tentativa de descobrir, de fato, quem eu era, me puxou pelo braço:

— Mas Tato, você quer beber alguma coisa, não?

Gostei de ser chamado pelo apelido.

— Sim, obrigado, eu...

Ela me arrastou para diante de um garçom que, corpo inclinado, mão esquerda nas costas, me apresentava uma bandeja sortida de copos de cores diferentes, do vinho à água, como quem oferece um tabuleiro de xadrez à espera do meu lance. Ariadne, o nome dela, aguardava minha decisão — escolhi o uísque, disposto a ficar logo bêbado e vencer o incômodo metafísico, inevitável, que aquela simpatia me provocava, a simpatia de alguém que (talvez ainda essa noite) seria roubada por mim. Ela escolheu um refrigerante ao acaso e imediatamente puxou assunto, segurando meu braço com a leveza de uma adolescente:

— Você é curitibano mesmo?

— Sim, eu...

— Uma *avis rara*, então! Em Curitiba parece que ninguém é daqui!

Achei graça:

— Eu nunca tinha pensado nisso. E você?

— De São Paulo. Mas, vivendo com o meu pai, você conhece ele, não?, pois vivendo com meu pai nunca sei onde vou estar no próximo ano... — e ela deu uma risada saborosa de quem está achando tudo muito divertido.

— Então viajam muito?

— Ah, sim. Parece até que sou filha de militar. Meu pai sempre sai na frente, como um batedor. Depois, vêm as cinco mulheres da casa... e em pouco tempo, quando a gente começa a se acostumar, temos de viajar de novo...

Mais gente chegava, aumentando o volume do salão. De relance, reconheci uma figura pública famosa, deputado federal, ao qual o meu mestre dedicou uma atenção especialmente histriônica — abraçavam-se como dois cantores de ópera, velhíssimos amigos, sob um coro de risadas. Voltei a cabeça para Ariadne, que, me fitando atenta, perguntou, baixando a voz, como o pai o faria:

— Tato, desculpe perguntar... mas o que houve com o teu olho?

— Nada de grave — e também eu baixei a voz, abrindo o território da cumplicidade. — Uma briga. Logo fica bom.

Ela parecia favoravelmente impressionada.

— Uma luta?! É mesmo?

— Huhum... mas já passou. — Mudei o rumo: — E você? É pintora também?

Um susto:

— Eu?! Pintora? Não não não! Não sei fazer um risco no papel sem tremer... Eu estudo línguas. Quer dizer, oficialmente, Letras. Quero ser tradutora. Mas não consegui transferência esse ano, a vida do meu pai não tem sossego! Assim, estou estudando por conta própria até o ano que vem. Você gosta de literatura?

Pensei um pouco.

— Sim, muito. Num certo sentido, mais do que da pintura.

— É mesmo? É estranho. Para mim são coisas tão completamente diferentes! Quer outro uísque? Ei, moço! — e antes que eu dissesse qualquer coisa ela já trocava meu copo vazio por outro cheio arrancado da bandeja do garçom. — Pode beber sem medo que não é paraguaio. Eu mesmo vi o meu pai conferindo as caixas na cozinha.

Rimos. Ariadne: que nome bonito, eu pensei, sentindo minha cabeça cada vez mais esmagada contra uma parede de coisa nenhuma. *Come se fa?* — perguntaria a italiana.

— Então você quer ser tradutora... de que língua?

— Inglês eu sei bem. Moramos três anos em Londres. Francês, um pouco. — Corrigiu a própria modéstia, como quem quer apenas dar uma informação exata: — Bem, para fins de tradução, sei bastante. — E animou-se, só se lembrava agora: — Ah, e estou aprendendo italiano! *Va bene?* — e ela riu novamente aquele riso saboroso.

— *Molto bene* — brinquei, pensando nas escadarias de Nova York.

Olhei em volta, admirado da extensão, do volume, da consistência daquela festa. Mr. Richard Constantin convidou a cidade inteira. Mais gente chegava, mais grupos se formavam, mais pessoas ocupavam os espaços vazios, de modo que só agora começava realmente a privacidade dos convidados, desaparecidos uns entre os outros. Recomecei a pensar objetivamente na minha tarefa.

— Procurando sua namorada, Tato?

Desconcertado:

— Minha...?!

— Desculpe. A moça que chegou com você. Eu...

— Ah, sim — e quase eu disse: *a vampira.* — Não não. É só uma amiga. Eu... eu estava admirando a sua casa. Muito bonita.

Ariadne voltava a ser Ariadne, recuperando a meada da minha atenção:

— Quisera fosse nossa, Tato! É alugada. Passei minha vida vivendo de passagem!

— Bem, não é uma vida tão longa ainda...

— Vinte anos! Faço em setembro. Sou de Libra, sabia? — completou, partilhando um segredo.

Quase disse meu signo, mas mordi a língua, esforçando-me para manter distância desta inimiga potencial. Era difícil.

— Então você tem equilíbrio, sensatez, delicadeza e senso de justiça. Acertei?

A minha inimiga riu de novo o seu riso saboroso:

— Errou em tudo. Minha mãe diz que eu sou desequilibrada; meu pai, que eu sou insensata; e minhas três irmãs, que eu sou indelicada. *Todos* dizem que eu sou injusta.

A simpatia de Ariadne — e mais o fato importantíssimo de que ela, por assim dizer, me ocultava nessa festa (sem sua presença ao meu lado eu estaria exposto à sanha dos desconhecidos, um olho só é pouco para a sobrevivência, ainda mais sozinho) —, a simpatia como que me contaminava.

— Não acredite no que ela está dizendo, Eduardo! — era a senhora Constantin, de passagem. — A Adne é a nossa adolescente perpétua. E como fala! Puxou o pai dela! Não está aborrecendo o senhor, não?

— De modo algum, dona... — esqueci o nome dela. Gaguejei com a discrição possível: — A... a senhora tem uma família muito bonita. Aliás, vocês são todas parecidas... é... é a mesma fôrma!... — e senti meu rosto queimar de inconveniência, a observação decididamente inadequada.

— Filha, por que você não deixa o senhor Eduardo à vontade? Ele ainda mal entrou no salão!...

Resposta instantânea:

— Mas, mãe, agorinha mesmo eu prometi mostrar os quadros para ele!

Irresponsável, aproveitei a deixa:

— Eu gostaria muito. O seu marido me contou que...

Ela ergueu os braços como numa prece, um gesto muito semelhante ao de Mr. Richard:

— Ah, ótimo! Então faça isso, filha! E preste atenção no senhor Eduardo, para aprender um pouco. — Baixou a voz, só para mim agora, num sinal de relevância do assunto; a família inteira tinha o mesmo código para o volume de voz: — Essa menina é uma gênia em línguas, fala inglês, francês, espanhol, italiano, aprende tudo. Agora está no alemão. Mas não entende nada de pintura. Não tem paciência, para desgosto do Constantin.

Furiosa:

— Mãe! *Por favor!*

A mãe se divertia:

— Se você perguntar, ela acha Pollock um lixo, Mondrian um empulhador. Não distingue Miró de Dalí e acha que o pai faria melhor investindo em imóveis! — e a velha senhora deu uma risada muito semelhante à da própria filha, ao mesmo tempo em que abraçava uma Ariadne momentaneamente emburrada. E, antes de se afastar, cochichou alto para mim:

— Cuidado com a opinião dela... não pergunte o que ela acha do seu quadro!...

Assim que a mãe saiu, Ariadne segurou meu braço:

— Sabe por que eles me tratam mal assim? Porque eu nasci mulher. Sou a terceira frustração da família, um erro ao cubo! Queriam um filho homem, é claro. Nasceu a Ária. Queriam um irmão. Nasceu a Áurea. Tudo bem — ela demonstrava a sequência dos desastres na ponta dos dedos. — O caçula seria homem. Nasci eu. Nem deram muita importância. Dez anos depois, dona Sara — *Sara!* O nome! Não podia esquecer mais. Sara. Sara. Sara. — aconteceu de esperar outro filho. *Filho*: homem, é claro. Nasceu a Ariane. Bem, pelo menos ela é a caçula. Eu não sou absolutamente nada. Você viu como minha mãe fala comigo, não? Você é testemunha.

Exatamente como o pai e como a mãe — eu nunca sabia a fronteira entre o humor e a zanga. E como quem está condenada:

— Mas vamos ver os quadros! Agora não tenho saída, já prometi!

Ao me voltar, descobri o espelho imenso do *hall* onde estávamos — era ele que dava essa ilusão de espaço, para onde avancei quase batendo em mim mesmo, o tapa-olho torto na face. Ajeitei-o com a discrição possível, olhando a ponta do sapato, e senti de novo a agulha da dor.

— O teu inimigo não está aqui, está?

Olhei Ariadne nos olhos com meu único olho aberto, tentando decifrar aquela inesperada ambiguidade. Um frio no estômago, o ratinho se moveu:

— Inimigo? Que inimigo?

— O sujeito que deixou teu olho assim. Ou foi uma mulher? — e agora ela ria, sentindo o prazer de quem inventa uma boa piada no impulso do acaso.

Também achei graça.

— Não. Foi mesmo um homem. — Olhei em torno, pensando já seriamente no que dizia: — Mas não acho que ele esteja aqui. Ou estará?

— E se ele estiver, o que você vai fazer? Corre, ou deixa o olho dele preto também?

Comecei a dar razão à dona Sara; Ariadne já estava grandinha para agir assim. Baixei a voz, soturno:

— O problema é que eu não sei quem é o meu inimigo. Estava escuro, e eu desmaiei. — Dei alguns segundos para ela se impressionar com a minha aventura. — Vamos então ver os quadros?

Fomos pedindo licença através de uma massa compacta e ainda tímida de convidados naquele início de festa, todos os olhares se desesperando discretos atrás de um conhecido e tentando não prestar atenção de forma ostensiva naquela estranha fantasia de pirata que atravessava muito seriamente o horizonte próximo. Mais alguns passos e uma sala maior se abriu atrás de um outro vitral e meu olho descansou em meio a paredes coloridas, depois da claridade nua e branca do *hall*.

— Fique aqui. Eu vou buscar outro uísque para você. — Olhou o copo contra a luz, fechando um olho, o que me lembrou o chaveiro no alto da escada diagnosticando a fechadura assaltada contra o sol, e concluiu, com uma ponta de admiração: — Mas como você bebe rápido, Tato! Só tem gelo aqui. É sempre assim?

Que resposta se dá a uma criança?

— Você não viu nada ainda.

Agora só, e exposto, virei-me indefeso para me esconder na parede e contemplei um Dala Stella, *Flores no campo azul*, como estava escrito no canto do painel de dois metros; dei três passos atrás, esbarrando numa velha senhora — *Desculpe!* —, e admirei aquele trabalho perfeitamente realizado, tudo equilibrando tudo e ao mesmo tempo prestes a desabar. Caules delicados de flores e de cabeças num espaço de massas sem perspectiva, que me lembraram inexplicavelmente (eu tentava me refugiar no esquecimento, mas não podia) Modigliani, e de novo meu coração disparou de ansiedade. Minha mãe é uma mulher completamente louca — e essa é a hipótese boa. Uma louca desonesta — ou terá sido tudo ideia daquele francês? Não, minha mãe não é ingênua — desonesta, é a difícil palavra, e a única pessoa do mundo capaz de salvá-la sou eu. A chantagem maternal é pesada como a mão de Deus: faça o que eu digo, ou você estará emocionalmente morto, porque você me matará. Só você pode me salvar — o fio judeu da minha linhagem irrompe implacável: você acha que pode viver sozinho? Vã ilusão, soberba de vidro. Lembre-se: só você pode me salvar, ela disse. Ninguém mais, em lugar nenhum. Ela não pode contratar capangas. Mas ela pode me pedir — sou o seu filho. Posso salvá-la, é claro. Mas do quê? Ninguém pode salvar minha mãe. Como ninguém pode salvar minha italiana do homem que ela perdeu. As pessoas vão todas — e eu vi Aníbal descendo à terra — simplesmente se perdendo pelo caminho. Isso é tão comum que não deveria nem comover nem surpreender nem preocupar ninguém. Toque a vida e esqueça o resto. É por isso que eu me vejo obrigado a abdicar do meu novo mestre, em nome de um valor mais alto, quando nem chegamos a começar. Ele, por certo, não terá coragem de — por exemplo — me matar, depois de tudo consumado. Ficará o incidente encerrado em si mesmo, sonhei. Uma memória fugaz que perderá cor ao longo dos anos. O discípulo sujo. O traidor. Para mim, uma pequena vergonha. Mas eu também vou me esquecer.

Senti a mão cobrindo meu único olho:

— Quem é?

Outro susto:

— Dora?!

— Então era essa a festa? E nem me falou nada!

Trocamos beijinhos — e ela segurou meus ombros com as duas mãos, apreciando a obra:

— Ficou bom, Tato. E tão engraçado!

Eu ri, sem graça. Havia alguém ao lado de Dora, à espera, uma moça tímida, imóvel, tensa, bonita.

— Você está sozinho? — e antes que eu respondesse: — Por que não telefonou, Tato? Eu vinha com você! Ah, deixa eu te apresentar a minha amiga Tânia. Ela faz artes plásticas.

Aliás, ela que é a convidada aqui, eu vim de simples adendo — e Dora riu. — Acho que a noite hoje é só dos artistas.

Tânia e eu nos cumprimentamos, sem beijinhos. A mão esquerda dela segurava o braço de Dora. Sem nenhuma razão, fantasiei que ela já estava bêbada, mas a voz firme desmentia:

— Gostei muito do seu quadro, exposto ali adiante.

— Ah, sim? Obrigado. Eu... eu nem vi ainda. E... o Constantin tem algum trabalho seu aqui?

— Não, não, quem me dera! Eu ainda sou amadora!

Dora protestou:

— Amadora! Ora se tem sentido isso, Tânia! Vou levar o Tato pra ver teus quadros. Tato, ela é ó-ti-ma! — e antes que eu tivesse tempo de concordar, Dora ajeitou meu tapa-olho, com o orgulho da autoria:

— Você foi ao médico? Está tão feio esse olho, Tato. Parece que inchou mais.

— Amanhã eu vou. Eu...

— O seu uísque, Tato Simmone! — Ariadne, sorridente, me estendeu um copo cheio. Ela já conhecia Tânia, o que facilitou as apresentações. Mesmo assim, olhares cruzados, Dora e Ariadne detestaram-se à primeira vista para todo o sempre. — Com licença, mas devo ciceronear o meu artista convidado!

E Ariadne, puxando minha mão como a uma criança, me fez desaparecer através de um grupo de convidados. Em outra parede, vi meu quadro fazendo companhia a dois abstratos de prestígio, um deles uma geometria branca de Sol Lewitt, ou pelo menos ao modo dele; o outro parecia um Manabu Mabe. Aquilo me espantou. Richard Constantin, de fato, revelava-se um colecionador de peso, o que acordou mais uma vez a minha angústia. E o medo: o que eu estava fazendo ali, assaltante, a essa altura da minha vida? *Mãe, desculpe. Eu não consegui.*

— Gostou de se ver? Você até ficou pálido, se admirando! Então todo artista é mesmo um poço de vaidade?

— Não, eu... eu só estava pensando...

— No quê?

— Em nada.

Dei um gole fundo de uísque, de queimar a garganta. Detestei meu próprio quadro. Estava claro que ele só estava ali por gentileza de Mr. Richard. Tudo nele estava fora de lugar. A própria cor, aquele cinza dominante e desinteressante. Um equívoco. O amarelo exagerado à direita não tinha contrapartida à esquerda. Todo esse descompasso selvagem justo ao lado da elegância equilibrada, pura ideia, de um Sol Lewitt. As minhas formas eram figuras descompensadas. Nenhuma unidade. Nenhum conceito, principalmente. Uma sequência anedótica de figuras em torno do carro esmagado. Dei dois passos para trás, esbarrando em alguém — *Desculpe!* —; talvez, à distância, ele ficasse melhor. Talvez — mas as pessoas, já que eu dera espaço, começaram a atravessar a minha frente. Percebi num relance que Ariadne mais uma vez olhava para mim com detalhada atenção, como se fosse eu a tela a ser contemplada. Aieitei o tapa-olho no rosto suado e dei mais um gole de uísque, que começava a fazer efeito. De novo próximo ao quadro, conferi o trabalho de Aníbal Marsotti ocultando a óleo minha dedicatória. Simplesmente perfeito. Só um raio X diria que ali houvera uma dedicatória.

— Tato... você parece em transe!...

Um fiapo de vertigem balançou minha cabeça, o salão se moveu, e, para não cair, abracei Ariadne, absurdo e inadequado — mas ela, talvez sem perceber minha tontura, compreendeu a natureza gratuita do meu afeto, correspondendo ao abraço com um sorriso de curiosidade e o olhar atento de sempre. Em seguida, afastou meu braço com delicadeza e, sem largar minha mão livre — a outra sacudia o gelo no copo —, preocupou-se:

— Você está bem?

— Sim, eu... — Desisti de explicar. — Você gosta desse quadro?

— Huhum. Eu só não gosto dessas palavras que você põe em cima. Parece história em quadrinhos.

Lembrei de Aníbal Marsotti: *mural de presidiário.* O fantasma dele em toda parte.

— Já ouviu falar de Lichtenstein?

Ela não se incomodou com o meu tom defensivo de superioridade.

— Sim, já ouvi falar dele. E não gostei. — Ela agora parecia avaliar, em dois segundos, quem tinha sido mais ríspido, ela ou eu. Voz mais suave: — Mas não vamos brigar por causa disso, não? É claro que o seu quadro é bonito. Ele parece... desenhado! — Eu pensava em outra coisa, mas ela talvez ponderasse que a observação fosse inadequada. Abriu a última carta: — Bem, meu pai disse que, além de bonito, ele é bom, e o velho conhece arte. Pelo menos isso ele deve saber!

Achei engraçada a distinção que Ariadne fazia entre *bom* e *bonito.*

— É claro que não vamos brigar por causa disso, Ariadne.

Meu pai disse que ele é bom. Talvez, mas não ao lado de um Sol Lewitt. Comecei imediatamente a desenvolver uma teoria conspiratória: Richard Constantin sabe que eu sou filho de dona Isaura e se aproximou de mim com a intenção de me fazer parte da chantagem, de algum modo que eu não conseguia descobrir. *Mas por que a senhora não devolveu o dinheiro e pegou a maldita cabeça de volta?* Ele não quer o dinheiro que ele pagou. Ele quer muito mais que isso. Ele quer uma indenização, a forma mais sofisticada de extorsão — e num processo em um tribunal americano, não brasileiro. Você sabe o que isso significa? *Bem, mas a senhora sabia que a cabeça era falsa?* É claro que não! Como você pode pensar uma coisa dessas da sua mãe? Há o testemunho expresso de Torres Campalans, citado por Max Aub! Além disso, depois do vexame mundial de Livorno, com aquelas cabeças horríveis jogadas por brincalhões no fosso da cidade para corresponder à lenda de que Modigliani teria arremessado esculturas na água ao se definir pela pintura, quem iria se aventurar a falsificá-lo novamente? *Bem, talvez justamente por isso. É um álibi e tanto.* Mas é uma bela cabeça! É um trabalho de gênio! Nem se compara com aquela palhaçada de Livorno. Veja e comprove!

Eu não posso perguntar a Ariadne onde está esta cabeça. Mas eu sei — e isso me dá uma sensação infantil de conquista e de aventura, como se eu realmente fosse pirata —, eu sei que Ariadne me levará até ela, quadro a quadro. Subitamente o som de um trio de jazz — Saul Trumpet — explodiu no salão, sob aplausos.

Dois dias sem tocar neste meu testamento. Fiquei com esperança de que chegasse algum retrato seu, mais um. Calculei os dias — quarenta e dois, do último desenho, aquele em que já começo a entrar no terreno da completa abstração — e pensei que seria tempo de você me enviar mais um, talvez o último, a folha em branco. Você deveria saber que há uma responsabilidade tremenda em quem é capaz, pela gentileza do desenho e pela suavidade do traço, de criar tamanha dependência emocional. Eu sei: em carne e osso somos muito mais difíceis; isso que se chama realidade, tudo que nos toca a pele e ocupa espaço, o breve espaço entre cor e sombra que deveria ser nosso, é sempre um estorvo — as coisas e as pessoas, sem distinção, nos empurram contra a parede, não é assim? (Você usou uma expressão parecida, que em inglês soou engraçada e que me lembrou pelotão de fuzilamento.) Talvez nada disso faça sentido para você, que nunca viveu durante anos com a mesma pessoa. Mas o que eu sei de você? Nada. (Não. Eu sei, sim. Não há dúvida: você nunca viveu um só dia com uma mulher, ou não teria uma mãe te preparando tão carinhosa e pragmaticamente para te largar, sozinho, na escadaria do Metropolitan, como a um pião — e você rodopiou, esvaziado de memória, para os meus braços.) Eu vivi anos com um homem, o que afinal é o sonho atávico de toda mulher. Será também o de todo homem, ou não haveria tantos casais no mundo, você não acha?

Estou sóbria, mas continuo perdida. Chove em Roma, um dia cinzento e monótono que atravessa a minha janela. Já deveria ter entregado há uma semana a tradução e a diagramação de uma coletânea de textos sobre Bacon — o pintor, não o filósofo. Aquela pasta de tinta deformando as pessoas. Para melhor revelá-las, vamos dizer assim. Só o nosso século produziu belezas tão medonhas e inescapáveis. (Ontem, por acaso, descendo do 64 na Piazza Argentina resolvi passar na galeria Doria Pamphili, para rever o retrato de Inocêncio X, de Velásquez, a matriz das reproduções de Bacon, que Milan Kundera (você leu?) considera incrivelmente "semelhantes" ao original. O fato de que Bacon, deformando, mantém intacta a origem. Lá está Velásquez: pasta de tinta deformando Inocêncio X. Refaço meu lugar-comum: todos os séculos produzem belezas medonhas e inescapáveis.)

A melancolia que a chuva me dá chega a ser um descanso, a tristeza tem sempre um ar de repouso, até mesmo alívio, quando não nos movemos muito. Esse desejo da imobilidade absoluta — já me disseram que isso se chama depressão, e a química vulgar de um comprimido pode resolver em minutos o que parece o desespero metafísico da consciência.

Resisto. Como sou da geração dos anos 60, essa curiosidade já obsoleta, a última utopia, ainda acredito que não devemos nos envenenar de química industrial. A bebida — a bebida, o bom e milenar vinho, isso sim, é salvação. No máximo a *cannabis*, você não acha? Até a cocaína me parece corrosiva — e como as pessoas amam cocaína! Não sei por que proíbem. Deveriam vender em farmácias, aos interessados. Nesse ponto, o chamado "Primeiro Mundo" é idêntico ao terceiro, quarto, quinto: a mesma lógica da repressão fomentando o comércio mais lucrativo do mundo. E apodrecendo tudo que toca, em Washington, em Berlim, no Rio de Janeiro, em Tóquio. E aí em Curitiba, as pessoas cheiram muito?

O pátio da intimidade — este sim é o verdadeiro pátio dos milagres! Nós dois subindo os degraus em direção a uma intimidade que só acontece, de fato, a dez mil quilômetros de distância. Ou no altar, como antigamente? Perdi mais uma vez o rumo do que eu queria dizer, talvez a última parte do meu testamento. Já não tenho tanta certeza do que quero fazer.

Era da responsabilidade que eu falava, a responsabilidade de quem cria dependência emocional, que é exatamente o meu estado de espírito: dependente. Estou viciada na tua memória. É um tipo de psicose: as pessoas não conseguem se livrar de uma sequência de imagens, como uma fita cujo fim se emenda com o começo e que gira ininterrupta. Talvez — é o que estou tentando dizer, e não consigo, porque tenho medo de que seja verdade — essa dependência exista justamente pelo fato de não conhecer você; de não ter passado além da badalada das doze horas ao teu lado. Assim, nesse espaço de sonho — que você alimentou com o teu traço numa sequência de espelhos em que fui vendo minha própria face se perder na neblina, era como se você me avisasse do perigo, o naufrágio ali adiante, cuidado! — ainda não nos contaminamos de realidade (e ela será sempre insuportável, como queria o poeta, da bomba atômica ao novo vizinho). Por que não nasci eu uma napolitana? Eu seria mais alegre e mais prática — a acreditar nos nossos próprios estereótipos, tantas faces ao mesmo tempo! A Itália é uma nação cubista!

Depois da visita a Inocêncio X, passeei sozinha na Piazza del Quirinale, que eu considero um dos espaços mais bonitos daqui, porque nos dá a exata visão dos horizontes de Roma.

Ao mesmo tempo, uma espécie descansada de onipotência — que os reis deveriam sentir no tempo em que viviam no Palácio (aliás, sufocante de história; eu estou um pouco cansada de história). Era esse o meu desejo, para sair da minha depressão — alcançar espaços, respirar, enxergar algum horizonte. É a cabeça que me deixa assim. A minha, a de Modigliani, esta sensação de que a minha vida se transformou num rio cujo fim é não o mar, mas a morte. Tato: você não precisa ouvir isso que eu estou falando. Não é nem uma questão de cabeça. Foi simplesmente a viagem que fiz a Bolonha. Talvez eu esteja mesmo o tempo todo apenas querendo ocultar a verdade pura e simples, o fato de que neste momento eu sou uma mulher ferida e o ferimento dói insuportavelmente. Por isso volto para você com todas as forças da minha memória. Por isso subo mil vezes aquela escadaria, contando os degraus, como o personagem de Beckett, para ser arremessada de volta ao início assim que chego ao alto. Por isso eu fecho os olhos, com força, e me concentro em cada passo que demos naquele museu passado, como se pela simples força da memória eu pudesse me deslocar, de fato, do espaço deste tempo para aquele outro espaço daquele outro tempo já perfeitamente terminado e seguro, sempre igual, e de onde não poderíamos mais sair, subindo interminavelmente os degraus, contemplando os mesmos quadros novamente, na mesma sequência, porque não haveria nada para se refazer: um dia pronto. Enfim, poderíamos sorver um dia inteiro sem a angústia de vivê-lo, sob a proteção perene do que já está acabado, e acabado com perfeição. Repetiríamos até mesmo o gesto que você fez logo que subimos ao segundo piso, chamando a minha atenção para Andrea de Sarto, quando eu insistia em ver o *Retrato de um jovem*, de Bronzino, às três horas e vinte minutos, que agora, mais do que então, é o único retrato que me resta de você, porque você tem a exata face da figura retratada, ainda que ela não seja a do *clown*; mas, no quadro, tudo é bizarro, e até o estrabismo da figura parece representar o que em você é elegantemente desequilibrado. Era como se o tempo todo eu sentisse o impulso de segurar você, porque você está a cada minuto prestes a cair — e agora descubro que eu estava enganada, que sou eu que devo cair, não você; e você está muito longe para segurar meu braço.

As viagens a Bolonha precipitaram essa minha espécie de fim — um outro fim, já sem a perspectiva de renascimento que estava implícita na primeira vez em que me vi só, a rigor pela primeira vez na vida, anos atrás, na estação Termini, depois de desistir do meu príncipe encantado. Domenico nunca foi um príncipe, e era isso que nos aproximava tanto: o ideal da igualdade também era um valor da minha geração. (Eu acho que estou aborrecendo você. Que terá a ver você, leve como uma borboleta despencando em torno de si mesmo naquela manhã de sol, com as confissões de um velha mulher cansada? Não importa. Eu estou muito triste, e a pessoa que me desenhou tão carinhosamente terá paciência de me ouvir. E eu preciso repetir sempre para mim mesma: uma última carta tem de ser a nossa liberdade, você não acha? Não há nada mais ali adiante — apenas a forma vaga do desejo.)

Bolonha. Subitamente me ocorreu que eu deveria encontrar Domenico em Bolonha. Não foi uma ideia toda inocente, é claro. Havia já a fímbria de uma corrosão que eu ainda não sabia qual era, mas confessar a mim mesma que eu estava pegando o trem para Bolonha porque eu desconfiava do meu amigo — desconfiava do quê? *Va bene*, de nada. Ora! Uma suprema vergonha perseguir o homem que se ama. Em pé, na estação Termini, eu conferia os horários para Bolonha. Poderia ter telefonado antes, para não perder tempo, mas é como se assim, saindo imediatamente de casa, eu perdesse menos tempo ainda. Um desejo de sair de casa — recuperar, quem sabe, um antigo, belo, carinhoso Domenico, a quem devo o renascimento da minha vida depois da minha primeira grande queda. Tão banal! O lugar-comum da banalidade, banal, banalidade, banal banal banal, a banalidade completa de todas as coisas. É enfadonho: tudo se repete, tudo se esvazia, tudo rigorosamente se banaliza. O amor, então, é de uma banalidade tanto estúpida quanto ridícula — o surpreendente é que as pessoas ainda se incomodam com ele. Mas quem gosta de viver sozinho?

Eu poderia ter telefonado antes, é claro, o que significaria *tocar* o telefone, me aproximar de novo da secretária eletrônica, cujo botão apertei. *Domenico, vieni mercoledì?* Você vem nessa quarta? Sim, a voz era da professora de Bolonha, Vera, esse nome raro, com quem Domenico, já há quase um ano, desenvolvia uma tese sobre as necrópoles etruscas. Um trabalho de fôlego, para o qual ele recebia (deve receber ainda) uma bolsa substancial — era o que ele dizia, talvez para justificar o carro novo, que máquina! Eu precisava tomar a pulso uma espécie de operação mãos limpas. Mas é tão difícil desgostar de uma pessoa que se ama! Essa dependência gosmenta que liga as pessoas que se amam! Elas grudam! E quando acontece numa direção só, até o nosso rosto se deforma, na ânsia de semelhança com o ser amado. *Domenico, vieni mercoledì?* Uma voz a um tempo aflita e carinhosa. Mas desligou, visivelmente no meio de uma sequência de pensamentos — ela queria continuar, e, súbito, percebeu que tinha ligado para o outro número, isto é, o meu, o número tabu. Imagino o que Domenico deve ter dito para ela, aquele meticuloso senso de organização: *Esse é o número dela. Telefone apenas em caso de emergência. Comece se identificando como professora da*

Universidade de Bolonha. Em seguida, faça referência ao nosso projeto. Só então pergunte por mim. Seja fria, técnica, distante — mas simpática também. Bem, ela trocou os números — isso acontece —, começou a falar (*Domenico, vieni mercoledì?*), nem fria, nem técnica, nem distante, com a ansiedade simples das pessoas que sentem falta de amor, que já estão começando a ficar desesperadas porque o objeto amado não está à palma da mão e imediatamente imaginam uma tragédia menor (o carro capotou, ele morreu) ou maior (ele não me quer mais; confessou tudo à mulher; vão recomeçar a vida, e já escolheram Bolonha como o palco de uma nova lua de mel). *Domenico, você vem nessa quarta?* Tão nervosa que errou o número.

Mas há uma outra hipótese. Ela telefonou simulando que errou o número. A verdadeira intenção é forçar as coisas, dar um empurrão no destino, limpar o horizonte. Enfim: *o seu namorado está tendo um caso de amor comigo.* Como Domenico não toma uma decisão — o tal projeto já vai para três anos de vida —, como ele detesta tomar uma decisão, logo comigo, a pessoa com quem ele teve tão duradoura relação afetiva e tão intenso amor, Deus é testemunha, é preciso que ela, por enquanto *a outra*, meta o pé na porta para mudar essa situação, afinal constrangedora, até humilhante. Todos sabem do caso, exceto eu. A professora teve piedade de mim — errando o número, discretamente ela manda uma indicação de que está havendo alguma coisa. Como eu sou inteligente, perceberei no mesmo instante.

Esmagado contra a parede (como diz você) por uma mulher louca de ciúme (como eu), Domenico preferirá a mulher nova, é claro. O telefonema, assim, foi uma operação de risco calculado. As mulheres — dez mil anos de treinamento — sabem quando podem e quando não podem meter o pé na porta. Enfim — nenhuma tragédia. Eu deveria me portar — logo eu, que já chutei um príncipe bávaro — com a dignidade que se espera das pessoas civilizadas. O calor de Nápoles, a elegância de Roma, a distância de Florença, o exotismo de Veneza, a frieza de Estocolmo, tudo ao mesmo tempo. E, afinal, por que eu quereria continuar com um filho da puta como Domenico? Prefiro a minha escadaria mental, tendo você ao meu lado.

Um ano de lento afastamento: desde aquele dia em que ele não me esperava no aeroporto. E que espécie de loucura me levou a escrever o que escrevi no meu caderno (pensando em você), para rasgar depois, e esquecer completamente assim que pus os pés no chão? Agora, quando confiro o horário dos trens para Bolonha, nada disso me passa pela cabeça. Nem mesmo o telefonema: eu tentava esquecer aquela voz, eu fingia não ouvir. Fazer uma surpresa, no bom sentido — essa era a ideia. Há tanto tempo não venho a Bolonha! Eu até tentei falar com você ao telefone, avisar do meu passeio, mas foi tão de repente o desejo! E o que eu queria mesmo era a surpresa! Assim, quando peguei o telefone e disquei uma vez e não deu certo, eu desisti; há coisas que precisam ser feitas imediatamente! Mentir: é impressionante como eu, sentada num camarote de segunda classe junto com dois napolitanos que iam trabalhar como padeiros em Bolonha, e com uma (provavelmente) florentina que estudava um tratado do Código Penal sem jamais levantar os olhos para ninguém, como eu articulava detalhadas, minuciosas mentiras para explicar minha surpresa. Quilômetro a quilômetro, fui percebendo a extensão da dependência afetiva e como ela vai nos consumindo de medo. É incrível: eu estava com medo daquele vagabundo. Como se eu tivesse de explicar o meu desejo de vê-lo. Como se ele tivesse explicado, alguma vez, o desejo de me ver. Como se a nossa relação não fosse, desde sempre, simétrica. Mas a questão é: a nossa relação não era mais simétrica há muito tempo, e eu simplesmente estava com medo de ficar, de novo, sozinha, e esse medo foi corroendo a minha limpidez.

Domenico, vieni mercoledì? Eu tentava estupidamente me convencer de que não era por isso que eu estava naquele trem. Era pela cabeça de Modigliani, talvez. Isso seria uma boa razão. Era para lhe fazer uma surpresa, uma boa surpresa — compensar, de minha parte, a vez em que ele não me esperou, inesperado, no aeroporto, há um ano, quando de fato eu precisava muito dele. Isso seria uma razão melhor ainda. Era para ficar frente a frente com ele — com a clareza, com a limpeza, com a bela transparência de dois namorados que se amam; ou com a irrecuperável simplicidade com que nós dois passamos um dia em Nova York. Deve haver algum momento em que essa dádiva é concedida uma segunda vez; talvez até mesmo de forma duradoura. Por que não morrer por ela, ou com ela, se a graça é boa e verdadeira?

Mas o trem atrasou. O trem atrasou duas horas e meia numa parada inexplicável no meio do caminho. Eu estava desarmada, sequer um jornal para ler, apenas com aquelas piores ideias queimando minha cabeça e já sentindo ataques de culpa; pior, de sensação de ridículo. Eu deveria entender o recado: *Domenico, você vem quarta-feira?* Sim, ele foi. Que vá para sempre. Eu não preciso ficar aqui remoendo essa miudeza. Eu não preciso de absolutamente nada dele. Ele é que precisa me explicar melhor aquela cabeça. A rispidez com que me falou dela! *Ameaçando você? Que história é essa?* Não é exatamente ameaçando. Você não entendeu. (O medo, sempre apaziguador.) *Mas então, qual é o problema?* O problema é que ele alega que a cabeça é falsa. A cabeça é falsa?

— Você gosta de jazz?

— Muito. E se não fosse pintor, gostaria de ser músico.

— Mas há pouco você disse que gosta mais de literatura que da pintura?!

— Eu disse "talvez". Mas não disse que gostaria de ser escritor. Muito melhor ser apenas leitor. Do mesmo modo como na pintura é muito melhor apenas olhar os quadros. Olhar uma tela é um prazer completo e descompromissado. Se a pintura é boa, é uma dádiva. É a felicidade em estado puro.

Contemplávamos agora um Volpi, com suas perfeitas bandeirinhas equilibradas num espaço total. Mas Ariadne só olhava para mim, a curiosidade da adolescente tardia:

— Dádiva?

— Sim. Nada demonstra de maneira mais cristalina que o mundo pode ser melhorado quanto uma pintura plenamente realizada. Você não concorda?

— Eu nunca pensei nisso. Mas pelo menos é uma teoria edificante — e ela sorriu. Para não me magoar com a ironia que lhe escapara, tocou meu braço: — E quanto a escrever e ler? Eu me sinto muito mais à vontade falando de literatura.

— É a mesma coisa. Ler um livro é muito melhor do que escrevê-lo.

— Não, estou falando de outra coisa. Eu digo que ler é melhor do que ver. Eu acho.

— Ler é ver.

— Não é. Os cegos leem um livro, mas não veem um quadro.

Uma discussão idiota de dois adolescentes — Ariadne parecia competir comigo; ela tem o espírito da emulação, o desejo de criar caso, o prazer de contestar. Uma coisa chata. E eu continuava deprimido pelo meu próprio quadro. Vez por outra olhava para trás — quem sabe agora, dois minutos depois, ele estivesse melhor? Não. Um objeto sem lugar naquele espaço. Inescapavelmente inadequado. Cinza. Feio. As pessoas passam a dez centímetros dele e não percebem que ele existe. Por que dona Isaura, que também entende de pintura e é páreo para Mr. Richard, jamais se deteve mais que dois minutos diante de um quadro meu? Deve haver alguma razão — uma razão simples, provavelmente: eles não são bons. Por que Marsotti chegou ao ponto de apagar a dedicatória? Quando fiz minha ridícula primeira exposição, eu não sabia o que estava fazendo. Chega de pintar. Basta. (O que é uma forma discreta, sorrateira, de eu abdicar também, e principalmente, da tarefa da minha mãe — não tenho nada a ver com nada disso.)

Voltei ao início:

— Ver um quadro é muito melhor que pintar.

— Um pintor dizendo isso?!

Mostrei meus dedos — senti um certo prazer em me entregar, dramático, ao meu próprio fim, como quem testa o que vai dizer para avaliar se as próprias palavras fazem sentido:

— Olhe: essas unhas estão sempre sujas. Não há como limpá-las. Por quê? Nunca ninguém me pediu para pintar um quadro. Ao contrário de uma casa, que já existe completa e acolhedora antes mesmo do primeiro tijolo, antes mesmo do terreno onde vai se erguer, eu nunca tenho a mais remota ideia de qual será o resultado do meu trabalho. Por princípio, eu sou a única pessoa do mundo que deseja o meu quadro, ou, antes ainda, que deseja que exista um quadro meu. Sou, portanto, inteiramente, completamente livre; ao mesmo tempo, inteiramente, completamente solitário. Você não acha muito melhor passear por uma galeria, ou por um museu, e contemplar o que já deu certo?

Naquela caminhada cega, à deriva, um olhando para o outro atentamente e dando passos laterais e esbarrões ao acaso, estávamos agora mais próximos dos músicos, que tocavam uma bela variação de "New York, New York", e era difícil conversar — tive de repetir, quase aos gritos, minha última frase, uma repetição tão exata que parecia ensaiada. Para responder, ela usou uma tática mais eficiente: aproximou o rosto do meu ouvido, e protegeu a voz com as mãos em concha, como quem conta um segredo. E era mesmo um segredo:

— É por isso que a literatura é mais bonita, mais intensa, mais exigente. Na literatura, o lixo é imediatamente reconhecível. Não há como confundir Sidney Sheldon com Shakespeare. Já uma sopa Campbell's, com um catálogo competente e olhada de um certo jeito, parece Botticelli. São mil exemplos: um falso Vermeer correu mundo até que o próprio falsário, van Meegeren, se denunciou, para se defender da acusação de nazismo — você sabia dessa história? É maravilhosa! Uma estátua forjada de Modigliani, aliás horrorosa, enganou os melhores críticos da Itália. Agora, experimente falsificar Cervantes!

Senti o corpo gelar: então ela sabe? Tateei:

— Para quem não entende nada de pintura, segundo a tua mãe, o que você diz...

Ela riu, faceira:

— Ora, Tato! A pintura é o único assunto do meu pai! Pintura e dinheiro! Eu estou só repetindo o que ouço, não se impressione tanto — e ela deu a sua risada saborosa. À espera: — Então? O que você acha da minha teoria?

A referência a Modigliani obliterava minha cabeça. *Pintura e dinheiro*. Consegui achar graça da provocação: ela brilha os olhos claros quando alfineta, quando alfineta o próprio pai — o prazer gratuito, quase biológico, de dizer o contrário. *Mas se eu não pintar mais, o que eu faço dos próximos cinquenta anos da minha vida?* Fiquei na literatura, cauteloso:

— O que você disse faz sentido, talvez, para quem lê. Para quem escreve, o desespero é o mesmo.

— Provavelmente maior.

Afinal, de que lado ela está?

— Por quê?

— Pela exigência. A literatura precisa ser verossímil, as coisas têm de ter pé e cabeça. A pintura, não. Na pintura, você pode botar chifre em cabeça de cavalo, que fica bonito. Pode botar o cavalo com chifre em cima de um banquinho de três pernas, feitas de vidro. E equilibra o banquinho no nariz comprido de um mágico com cinco cabeças, sendo cada uma delas uma carta de baralho. O mágico pode estar sentado no telhado de uma choupana, que repousa numa nuvem, que chove canivete — e ela ria, fascinada pela própria sequência de imagens. — E a chuva...

Os sofismas começaram a me irritar:

— Mas a boa literatura não faz outra coisa senão botar chifre em cabeça de cavalo!

— Nunca literalmente. — Ela não resistia a uma frase de efeito: — Por ser o território da mentira, a literatura é muito mais difícil.

Agora eu poderia esmagá-la, cheguei a erguer o dedo, a sacudi-lo diante dela, preparando-a para a preleção; mas um garçom providencial trocou meu copo vazio por um cheio; e a angelical Ariadne escolheu um refrigerante — *É diet?* — com um sorriso. Para escapar da música demasiado próxima, belos agudos de trompete, de comum e silencioso acordo atravessamos uma porta que dava num corredor largo e escuro onde, a três metros de nós, oculto nas sombras, um casal se beijava furtivamente. Fingimos não vê-los, mas eu vi (era Dora e, sem dúvida, sua amiga Tânia). Quando voltei a cabeça, para crer, não havia mais ninguém. Concentrei meu olhar nos olhos de Ariadne, tentando retomar o fio de alguma meada, sentindo-me mais uma vez idiota: como que eu nunca suspeitei?!

— E... e por que a literatura, como você diz, é o território da mentira?

Indefeso, eu tentava simular uma discreta superioridade, como quem lida com uma criança travessa porém simpática, que merece a nossa atenção indulgente.

— Porque precisa ser verossímil.

Pelo álcool, pela noite, por Dora, pelos sustos, pela cabeça de Modigliani e por mim mesmo eu estava muito confuso — e nunca tive mesmo uma cabeça lógica. Eu não sei pensar. Tentei entrar naquele ônibus de causa e efeito que às vezes me acontecia, que avança limpamente numa estrada sem caroços, mas agora ele não parava no meu ponto. Ariadne me reduzia a nada. Eu não sabia por que continuava aquela discussão idiota. Um envolvimento desnecessário e incômodo, com toques afetivos — olhei para trás, tentando tirar a teima, mas Dora e a amiga desapareceram. Faço tudo ao contrário. Livrar-me dela. Entrar no ônibus: há uma cabeça a ser roubada. Onde está? A mãe de Ariadne nos acenou de longe, entrando por uma porta e saindo por outra. Como eu me recusava a falar, Ariadne tocou o meu braço e baixou a voz:

— A verossimilhança é um álibi, a arma da mentira. Você não acha?

Meu resto adolescente insistiu em contestar. *Era mesmo a Dora?*

— Não. Eu não acho.

Ariadne tinha paciência. Percebendo a vitória, diminuiu o tom agressivo — eu já estava mesmo no chão, não havia necessidade de me esmagar. Na fuga, meu olhar descobriu surpreendido um pequeno quadro na parede, com uma plaqueta indicativa: *Velocidade III*. Era de Balla?!

— Veja: as coincidências existem, mas não são verossímeis.

Sim, de fato era um quadro de Balla, Giacomo Balla, o futurista italiano. A desvairada ilusão da velocidade, em traços que não têm descanso, como o ônibus que eu perdia. Mr. Richard Constantin era mesmo proprietário de um acervo respeitável. Nunca tinha visto nada igual em Curitiba. Ariadne levantou a voz, quase irritada pela minha desatenção:

— Já o amor, que não existe, é verossímil. Sabe por quê? — e ela de novo segurava meu braço, que eu não fugisse, saboreando sua bela frase de efeito. Estaria eu impressionado?

— Não, não sei.

Onde estaria a cabeça?

— Porque as pessoas querem acreditar nele. É o nosso desejo de ordem que cria a verossimilhança. Há um único lugar do mundo em que o mundo tem lógica e ordem: a literatura. — Parou um instante e sorriu para mim: uma perfeita menina orgulhosa de sua exibição. — Não estou certa?

Assumi, escancarado, o tom paternal da superioridade.

— Eu acho que você é muito nova para achar que o amor não existe. Você deve primeiro achar que ele existe, então decepcionar-se até as lágrimas, para finalmente descobrir que ele não existe. Cada coisa no seu tempo.

Ela sorriu, lendo minhas entrelinhas e se divertindo com elas. Eu tive a sensação de que era ela que bebia uísque, e eu, refrigerante *diet*. Uma simpatia assustadora (mas, para mim, misteriosamente assexuada — *Você só consegue amar quando paga*) brincando de adolescente.

— Viu? Isso que você falou é literatura, como eu queria demonstrar. Cada coisa no seu tempo. A vida real não é assim. Nem a pintura. — E nós nos afastamos para dar passagem a um senhor barbudo, uma mudança de posições que revelou, no fundo do corredor, uma estátua de ferro. Arrastei Ariadne para lá:

— Mas isso é Giacometti?!

Uma figura esguia de um metro de altura, abrindo duas pernas finíssimas, longas como caules, sobre uma pequena base quadrada. Seria Richard Constantin italiano? Ariadne passou lentamente a mão pela figura áspera, como quem afaga, a palma branquíssima sobre o escuro do ferro, uma imagem de segundos que eu acompanhei com a sensação insegura de quem surpreende uma cena erótica. Ela disse:

— Lindo, não? Mas é só uma cópia. O original, que é um pouco maior, está em Washington.

O que me levou, escapista, a Roma. Uma italiana no trem para Bolonha. Ela vai matar Domenico? Amanhã tomarei chá com a professora Maria Sella, que, encantada, me passará mais um capítulo daquela carta interminável.

— Muito bonito. Nenhuma diferença, parece, entre o original e a cópia.

— Nenhuma, exceto a escala. E mais uma vez — de novo a palma branca no meu braço — a literatura se antecipou. O livro pode ser reproduzido aos milhões, mas o texto é sempre infalsificável. Já nas artes plásticas... Veja — e ela pôs a mão de novo no corpo de Giacometti —, é lindo, mas é uma cópia, o que muda tudo. O meu pai não é um colecionador muito criterioso nesse aspecto. O meu pai parece meio burro, às vezes

Uma revelação brutalmente sincera — só uma filha diria isso. Eu estava suando, e o meu olho recomeçou a doer. Olhei em volta, tanto à procura de um banheiro quanto de Modigliani, inseguro do rumo a tomar. Passei um lenço sob o tapa-olho, operação que Ariadne acompanhou com uma atenção quase sádica, lábios entreabertos, mordendo a ponta da língua:

— Meu Deus, como isso está inchado! Não dói?

— Um pouco.

Eu precisava ficar sozinho, mas não conseguia achar algo convincente e delicado para dizer à minha anfitriã. Difícil olhar para ela; Ariadne era uma transparência só, uma mulher toda clara; aquele meu único olho, culpado, não conseguia ficar quieto no seu rosto. Ela interpretou minha agonia com quase inocência:

— Você está procurando a sua namorada?

— Não! Eu...

— Venha! Vamos dançar — e empurrou a porta do salão com a mão esquerda (a música despencou metálica sobre nós como um corpo) enquanto a direita me puxava delicadamente. — A última vez que eu vi sua namorada...

— Ela não é minha namorada. Ela... eu não sei dançar muito bem, eu...

— A sua amiga — e Ariadne tirou o copo da minha mão, largando-o numa bandeja que passava. — Ela estava lá fora. Aqui do salão você pode vê-la, se ela voltou.

Havia meia-dúzia de casais dançando à moda antiga, todos mais velhos — e a nossa chegada (a beleza etérea de Ariadne, a minha feiura de pirata, nós dois em preto e branco) quase que parou a pequena roda no centro do salão, que nos sorria; afinal, era a Princesa da casa, e num relance vi Mr. Richard Constantin, braço estendido, apontando-nos para alguém e sorrindo. Nervoso, comecei a enlaçar a Princesa, antevendo o desastre (além de tudo, eu me pressentia perigosamente bêbado, muito breve), quando alguém abriu os braços para ela:

— Ariadne, tudo bem? — e trocaram beijinhos.

Era um jovem simpático e correto, que me cumprimentou efusivo:

— Você é o Tato, não? Muito prazer.

Ao seu lado, uma morena mais alta que ele — e eu senti um nó na garganta. Ela sorriu ambígua, com algum desconforto — talvez apenas por achar graça do meu tapa-olho:

— Prazer, Sueli.

Comigo — eu quase me lembrava do número do telefone anotado, nítida fechando a porta do sétimo andar — tinha sido Débora. Afastaram-se sorrindo.

— Quem são eles?

— Maurinho. Conhecido do meu pai. Ela, não tenho ideia.

Afinal enlacei a cintura da Princesa, lembrando da minha romana — só uma vez nos agarramos, em queda, e ela me salvou. Hoje eu seria salvo? Os músicos se adaptavam ao número crescente de casais convencionais dançando, de modo que agora os metais se comportavam, também eles, à Glenn Miller, no ritmo mais lento de quem dava os primeiros passos, como eu, diante de uma madura Ariadne. Compensei minha falta de jeito com elogios paródicos de alguma festa de garagem:

— Mas então até dançar você sabe?

— E mais — e ela riu, divertindo-se —, sei bordar também! Sou uma moça muito prendada, como diria minha avó! Já posso casar! — e agora ela jogou a cabeça para trás numa gargalhada, que eu não concluísse da afirmação nada além de uma brincadeira.

A cintura dela na minha mão era de uma magreza elegante e fugidia — inteira uma aura de calor, e eu senti um breve momento de fraqueza e quase de desejo, como quem se entrega antes do tempo. *Onde está a cabeça de Modigliani?* — e eu rodando procurava outra cabeça, a da vampira, no centro daquela multidão alegre e loquaz. Esquecemo-nos alguns minutos girando, um que outro desencontro de pés, mas nada trágico — e ela aproximou a cabeça do meu ombro, até roçar e afinal encostar, em suave repouso, provavelmente de olhos fechados, exalando um perfume discreto e bom. Talvez ela me provocasse; talvez apenas se sentisse bem. De algum lugar, distantes, percebi os olhos da mãe, suspensos, certamente preocupados com o que viam — um pintor nunca dá um bom marido. Um esbarrão violento:

— Vai namorar o pirata?

E a irmãzinha desapareceu no meio das outras pernas. Fiz um sorriso compreensivo, crianças, crianças (o meu quadro anônimo na parede do salão), enquanto Ariadne falava sozinha:

— Idiota! Como é idiota essa minha irmã! Você tem irmã menor?

— Eu...

— São todas idiotas, não têm cérebro na cabeça, eu ainda vou pegar de jeito essa pestinha... Ai, que ódio! Até me machucou o joelho!...

Nós dois parados, de mãos dadas, olhando para baixo: eu não podia fazer nada com o joelho dela.

— Bem, não foi tão grave assim. É só uma criança em dia de festa.

— É só uma criança imbecil. Para outras coisas é bem grandinha!

Ela não largava minha mão, com uma naturalidade completa. Um bom momento para sair dali:

— Vamos ver mais quadros? Você me prometeu!

— Tudo bem. Depois a gente dança mais — e ela foi me levando através das pessoas como quem arrasta um troféu. — Olhe! A tua amiga!

E imediatamente Ariadne bordejou à esquerda, abrindo caminho diretamente para a vampira, que, sozinha, contemplava a festa de braços cruzados, ao lado de uma bela abstração em branco. Ariadne postou-se feliz diante da vampira, com a curiosidade de quem avalia uma exótica obra de arte.

— Olá!

Tentei apresentá-la, balbuciante — mas como se chama a minha amiga? Diante da menina que me arrastava, ela sorriu, um pouco seca — o que talvez levou Ariadne a largar minha mão, pressentindo a atmosfera subitamente mais densa. Trocamos monossílabos e gestos de cabeça, simulando simpatia. Ariadne sentiu o peso do ar, a aura desagradável, e murchou o sorriso. Ignorou a vampira:

– Vou circular um pouco, Tato. Depois a gente conversa.

E se afastou sem olhar para trás.

— O pirata pode me dizer por que me trouxe aqui? — Ela ergueu a voz: — Tudo é falso nessa casa! Está vendo essa merda? — e ela passou o dedo na superfície da abstração, o gesto mais herético dentre os vandalismos possíveis das artes plásticas. — Essa bosta...

Senti o ratinho roendo nervoso o meu estômago, depois de um bom tempo em sossego, e quase cobri o quadro com meu próprio corpo para que ninguém visse o gesto indesculpável da vampira, a marca de cinza de cigarro atravessando o branco de formas geométricas enxutas (*Malevich?!* Não pode ser). Praticamente arrastei a vampira para longe dali. Afinal ao ar livre, respirei fundo.

— O que está acontecendo?

— Nada. Eu é que quero saber. Foi você que me convidou. Não sei o que estou fazendo aqui. Vamos embora?

Ela não gritava; mesmo assim, duas ou três pessoas na varanda olharam em nossa direção. Desci os degraus para o gramado — eu precisava conhecer aquele terreno. Não era grande.

— Eu preciso de você. Você me ajuda?

Ela colocou as mãos na cintura. Ríspida:

— Se você me disser o que é, fica mais fácil.

— Eu digo. Calma.

Ela emburrada, eu pensando, caminhamos devagar, em silêncio, para os fundos da casa — mais exatamente para o lado, porque a varanda da entrada era perpendicular à rua. Estava escuro ali, um lugar desprotegido. Com poucos passos cheguei até o muro, não muito alto, com uma proteção de arame farpado no topo. Não era intransponível, mas eu precisaria de um apoio para ver o outro lado. Procurei inutilmente algo em que me apoiar. E a vampira, onde está agora? Na parede da casa, oculta nas sombras — ao me aproximar, percebi que ela cheirava pó. Então era isso, e me deu um desânimo fundo. Sem olhar para mim, estendeu um papel:

— Vai?

— Não.

Se ela continuasse com aquilo, e bebendo, logo não iria me servir para mais nada. Ela guardou alguma coisa na bolsa, apoiou as costas contra a parede, alguém que parece se proteger abertamente de uma tempestade, e fechou os olhos. Senti como se rompêssemos uma relação que, de fato, nunca existiu. Uma sombra na sombra — mas o branco da face, o meu fascínio, continuava bonito. Ao lado dela, também apoiei as costas contra a parede, pensando vagamente em como pular o muro adiante com uma cabeça de pedra imaginária debaixo do braço. Escondidos no escuro, podíamos ouvir o metal do jazz e risadas distantes, como se houvesse apenas uma parede espessa de vidro entre nós e a festa. Ela sussurrou:

— Você é careta?

— Sou.

Enfim ela olhou para mim, incrédula, um risinho inseguro nos lábios. Quase comecei a contar a história da minha vida, mas felizmente desisti, tentando de novo embarcar no ônibus da lógica. Eu teria de trazer a maldita estátua, aquela merda daquela cabeça, para esse escuro, de modo a salvar a minha mãe e a minha romana, e ao mesmo tempo, com a recompensa, a ajudar meu pai, e assim, de uma vez só, me livrar de todos os fantasmas. Eu teria de fazer tudo isso também para me livrar do ratinho roendo meu estômago. Poderia então respirar sossegado, até o próximo telefonema.

Mas antes teria de traçar algum plano. Afastei-me dois passos da parede para vê-la melhor, como se faz com os quadros. Dez metros à esquerda havia uma porta e uma janela sem luz. No alto, consegui adivinhar uma única janelinha quadrada, também de luz apagada. Dos fundos da casa, no lado oposto ao da varanda, para onde avancei cauteloso, vinha barulho de louças, latas, risadas — o movimento da cozinha —, e uma claridade difusa iluminava um espaço de árvores também sem contorno. Um vulto apareceu e sumiu nas sombras do quintal; reapareceu alguns minutos depois fechando a braguilha, e desapareceu na casa. Voltei para a vampira. O ponto de fuga seria aqui, nessa faixa escura. O único possível. Mas o que há atrás do muro e do arame farpado? A vampira falava sozinha:

— Eu sei o que eu quero de você, mister Tato. É por isso que eu estou aqui. Mas não sei ainda o que você quer de mim.

Dei dois passos ao acaso, pensando em que direção tomar. Eu precisava de um apoio qualquer para olhar por cima do muro. Simplesmente seguir meu plano; uma coisa de cada vez. Se minha mãe está certa, e ela sempre está certa, a cabeça falsa de Modigliani está nesta casa.

— Aonde você vai? Vai deixar a tua vampira sozinha nessa escuridão?

— Espere um pouco. Já venho.

Fiz o caminho de volta até a cozinha e achei uma tábua encostada, com salpicos de cimento, ao lado de tijolos e de uma lata de areia. Sinais de algum reparo de pedreiro em algum lugar dali. Senti que alguém me viu, arrastando uma lata de lixo para fora, mas não deu importância, talvez porque só podia ver meu olho bom — eu fingia investigar atentamente a Via Láctea, como um bêbado discreto e treinado que sabe a hora de sair da fumaça do salão, tomar um vento, dar uma volta em torno da casa, quem sabe uma mijada no escuro, e respirar fundo, antes de voltar à luta. Eu ouvia o falatório animado da cozinha, em meio ao som de talheres, portas abrindo e fechando, risos, pratos, gritos — meu amigo Constantin não economizou na sua grande festa, aquilo iria longe. Num instante rápido, peguei a tábua (grossa, mais pesada do que eu pensava) e dobrei imediatamente a quina da casa, sumindo no escuro. A vampira continuava no mesmo lugar, protegendo-se contra a mesma tempestade.

— Que tábua é essa? Vai me enterrar? Eu sou imortal. É inútil você me matar.

Tentei me lembrar em que exato momento nossa convivência, até então sutil e impressionista, mudara tão brutalmente de rumo.

— Você está bem?

Toquei o rosto dela: gelado. Tentei achar o pulso, mas ela puxou o braço, irritada.

— Eu estou bem, sim. Não vou morrer. Caralho.

Relaxei com a ideia de uma vampira que súbita se revela, caninos avançando horrendos sobre lábios em sangue. Coloquei meu ouvido no peito dela, que estava quente, e fui bem recebido — atento, ouvi o que me pareceu uma ligeira taquicardia. Ela entendeu o meu gesto de outro modo e me apertou com alguma força, entre o carinho e a simples tensão. Talvez ela me desejasse. Me entreguei alguns segundos àquele abraço de erros, para me esquecer um pouco. Ela enterrou os dedos gelados nos meus cabelos, e o aperto comprimiu o meu olho cego, que latejou em pontadas. Eu me afastei com delicadeza, sempre com a sensação intranquila de que tudo avançava em direção ao pior. Mas precisava ir adiante, para, afinal, me livrar de todas as pessoas do modo mais rápido possível.

— Piratinha... eu preciso confessar uma coisa. Estou me sentindo culpada, pirata pirado. Você é completamente maluco. Eu que cheiro pó, você que fica a mil. — Eu investigava dali, tábua na mão, qual seria a parte mais escura do muro, a mais oculta. — Aonde você vai com essa prancha de surfe?

— Vou ver o que tem do outro lado do muro.

— Ei, eu também quero ver! — e ela deu dois passos.

— Fique aqui, por favor. Não dê bandeira! — e eu empurrei-a, com suavidade mas com firmeza, de volta contra a parede. Ela segurou minha mão com suas mãos geladas. Cochichei: — Minha vampira, eu vou precisar de você daqui a pouco. Você me ajuda?

— Ajudo. Tudo bem. Mas eu tenho também um pedido a fazer. Eu preciso confessar um pecado.

— Depois você confessa.

Um grupo de três rapazes, acompanhados de três risadas prolongadas, apareceu da varanda com copos na mão — ao nos verem, dois volumes negros namorando na sombra, quem sabe mais do que apenas isso, eles pararam, e o riso esmoreceu. Ouvimos um pouco mais de conversa, até que se voltaram e desapareceram. Um bom momento. Carreguei a tábua ao longo da linha de sombra que a torre da casa fazia transversalmente no gramado — uma casa imensa, com aquele quintal modesto, como uma propriedade retalhada por dívidas ao longo das décadas. Tudo era sombra daquele lado, mas naquela faixa a sombra era mais intensa e escura. Coloquei a tábua inclinada contra o muro — seria fácil subir por ali. Olhei para trás: a casa, com a torre, com as duas águas em ponta, com o avanço da varanda, com o telhado dos fundos, tudo contra as luzes da rua, era o perfeito recorte em negro de um pequeno castelo da infância. No segundo andar, a pequena janela agora estava iluminada, de onde vinha uma faixa nítida de luz, como sobre um palco de teatro

— e um rosto. De mulher? Ariadne? Alguém me via de lá. Ou via apenas uma sombra se movendo contra o muro. A luz se apagou. Agachado, subi rápido pela tábua, de um impulso, até me segurar no arame farpado — e uma ponta de aço se enterrou inteira na minha mão direita. Doeu. Era um terreno baldio, como eu suspeitava, com frente para a rua de trás. Meu plano, de uma simplicidade absurda, completou-se instantaneamente. Com a ajuda da vampira seria ainda mais fácil, mas era até possível fazer tudo sozinho, e a pé. Um único problema: onde está a cabeça? Supondo — e coloquei a palma da mão na minha boca, sugando o sangue que começava a escorrer — supondo que ela esteja aqui.

Deixei a tábua no lugar e voltei para a vampira, que agora fumava um cigarro — eu via aquele toco de luz vermelha se movendo no centro de uma pequena névoa. Agachei-me ao lado dela e fiquei um tempo em silêncio. O corte doía, e vivi um sentimento momentâneo de perda — como se a vampira não fosse mais o desenho de um quadro, a figura enigmática que eu projetara, a bela face brilhando no escuro. O corte na mão era outro aviso. Súbito estávamos estragados, sem mistério nem futuro — essa sensação esquisita de queda que às vezes me esbofeteia.

— O que tem lá do outro lado?

— Nada.

Ela jogou longe o toco do cigarro.

— E isso é bom?

— É ótimo.

O sangue não parava de correr. Ela percebeu o ferimento.

— O que foi isso na tua mão?

— Espetei no arame.

Ela tateou minha palma com os dedos:

— Ui, está sangrando! Seria bom passar uma água!

Estendi a mão para ela:

— Quer? Podemos fazer um pacto.

Era para ser uma brincadeira, mas ela segurou minha mão com a delicadeza de quem recebe uma oferenda e, louca, sugou meu sangue. Fechei o olho e me entreguei àquele prazer à flor da pele, o toque dos lábios — ela me beijava, lenta —, a ponta da língua no centro da minha mão. Agarrei os cabelos dela e aproximei minha cabeça, o coração disparatado, e nos beijamos um beijo demorado. Minha mão esquerda sentia o pescoço agora quente da minha amiga, e a direita se afastou, suja de sangue. Afinal nossos lábios se largaram, vagarosos, respirantes — e de novo senti a vertigem breve da queda. Ela sussurrou:

— Agora você também é um vampiro.

— Acho que sim.

— Eu preciso confessar uma coisa a você. É incrível, mas sinto vergonha.

— Todos nós sentimos vergonha. Não há nada de errado nisso.

— Não. Eu sinto vergonha do que eu vou confessar. Eu não sinto, simplesmente, vergonha. Não, não é isso.

Rimos daquele jogo de palavras. Eu disse:

— Preciso da tua ajuda essa noite.

— O que você pedir.

Por onde começar? Com a mão esquerda, tentei tirar o lenço do bolso direito, enquanto o sangue, pegajoso, grudava meus dedos. Teria pingado na roupa? Ela me ajudou.

— Eu tiro o lenço. Sente aí um pouquinho. Assim — e a vampira amarrou o lenço na minha mão. Ficou um pouco frouxo, mas resolveu. — Era essa a ajuda? Só isso? Você pode fazer três pedidos. Tem mais dois. Depois eu confesso minha vergonha.

Rimos de novo. Eu estava nervoso. Melhor dizer tudo de uma vez:

— Eu quero roubar uma cabeça de Modigliani, uma estátua de pedra, da casa do Constantin. Eu nem sei se ela está de fato aí. Preciso descobrir. Minha ideia é trazer a cabeça para cá, daqui levar até o muro e jogar naquele terreno. Levar a cabeça pela entrada da frente é impossível. Por aqui é difícil, mas com sorte dá. Se eu conseguir passar pela cozinha, por exemplo. Em seguida, vamos de carro até a outra rua, eu desço, atravesso o terreno, pego a estátua, e nós fugimos. Que tal?

A vampira olhou para mim durante alguns segundos espantados — e disparou uma gargalhada. Tapei sua boca imediatamente, com a minha mão boa. Eu não devia ter falado nada. Ela não vai me levar a sério. Afinal libertei sua voz, aos poucos — e ela entendeu que devia sussurrar:

— Tato Simmone, você é absolutamente louco. Lou-co! Você é um perigo! Você parece tão inocente!

Fui adiante:

— Você topa? Eu vou precisar do carro.

— Será que eu entendi? Você quer roubar uma cabeça de Modigliani, de pedra, da casa de Richard Constantin, na noite de grande festa que ele oferece à cidade de Curitiba?

— É um bom momento. Quanto antes, melhor para mim. Não faça mais perguntas. Você me ajuda?

— Só mais uma pergunta, a única: você sabe que isso dá cadeia?

— Pode até dar cadeia, se ele for à polícia. Mas ele vai ficar quieto.

— Por quê?

— Porque a cabeça é falsa.

— Como você sabe?

— Eu prometi responder a uma só pergunta. Você já está na terceira.

Ficamos um tempo em silêncio. Por alguns segundos tentei de novo embarcar no ônibus da lógica, mas ele escapava; inútil correr atrás; melhor não pensar coisa alguma. O ratinho se moveu no meu estômago, aflito. Olhei para a vampira; naquele escuro ela parecia triste, mas por alguma outra razão, talvez, como quem se lembra de algo que preferia esquecer. Senti a mesma sensação difusa de perda. Tentei rever minha amiga no centro do meu novo quadro, mas ela já era outra face, uma outra mulher, mais dura, mais distante — não mais a menina de xale arremessando uma flor no espaço. Seria preciso fechar os olhos e me concentrar na memória, até que ela renascesse, intacta no meu desenho.

— Qual o teu plano? É impossível tirar uma estátua de lá sem ser notado.

— Nesse momento, sim. — Comecei a desanimar. — Talvez eu tenha de me esconder dentro da casa, depois da festa acabar.

— Isso vai levar meses.

— Não. Leva uma noite só, se der certo. Preciso da tua paciência.

Parecia simples como um diagrama em que eu, seguindo as setas, traria a estátua exatamente para o lugar onde eu estava agora. Daqui ao muro, dali ao terreno, enfim a liberdade. Mas eu não sabia nem onde a cabeça estava.

— Só não entendo por que diabos você quer uma estátua falsa.

Pensei na minha mãe, na minha romana, no carro fantasma do meu pai. Três boas razões. Pensei também na minha liberdade — e não pensei em mais nada, o ônibus sempre a dois metros da minha mão estendida, inalcançável. O ratinho roía. Outra pequena vertigem. A mão dói, o olho cego lateja. Talvez fosse o caso de desistir. *Dona Isaura, acho que a senhora vai ter mesmo de pagar a chantagem.*

Levantei — e percebi que estava mais tonto do que imaginava, o uísque caindo em seco. A vampira ficou onde estava, queixo enterrado nos braços, que se apoiavam nos joelhos dobrados, ela inteira negra na sombra. Era engraçado: o pacto parece que nos esfriava — novamente, dois estranhos. Estabeleci um roteiro objetivo para me reerguer:

— Vou cuidar da minha mão e procurar a estátua. Você vem comigo?

— Não. Fico aqui. — Puxou com força minha mão boa, e eu quase caio sobre ela. Olhou fundo no meu olho. — Acho que nós dois estamos tristes.

— É.

Beijamo-nos — mas agora sem eletricidade, ambos pensando longe. Ela me investigava:

— Você é a pessoa mais distante que eu jamais conheci.

Outra pequena queda — e eu dei um passo em falso:

— O que você quer que eu diga? "Eu te amo"?

Ela largou imediatamente minha mão e olhou para o muro adiante.

— Não. Não diga porra nenhuma. Saia daqui.

— Desculpe.

Os olhos dela pareciam brilhar no escuro. Estava chorando, ou seria apenas o efeito do pó?

— Você tem razão: eu sou mesmo uma vampira. A minha tarefa é sugar o sangue dos outros. E você é um pequeno escorpião. Me deixe sozinha, por favor. Saia. Suma. Desapareça.

Levantei súbito — e me apoiei, tonto, na parede. Como se só agora a tensão da noite fizesse efeito, de uma vez só. Ajeitei o tapa-olho, atravessado na face como um lanho de espada, e me afastei. Um certo alívio por sair dali; em casos assim, o melhor é dar tempo ao tempo. Ouvi a vampira abrindo o zíper de sua bolsa. Talvez ela ficasse ali me esperando. Ela tinha algo a me confessar, mas ainda lhe faltava a necessária coragem. O que seria? Uma declaração de amor? — não, isso é inverossímil. Eu não sei como funciona a cabeça da vampira. Se ela fosse embora, eu daria um jeito sozinho mesmo, como sempre. Lutei contra a sensação azeda: ainda não está tudo estragado nesta noite.

Ao subir os degraus da varanda, pisquei meu único olho para me adaptar ao clarão da luz, depois de um bom tempo nas trevas. Fui abrindo caminho através do volume a cada passo mais alto da música, do vozerio solto e ridente das pessoas mais e mais relaxadas — um copo se quebrou em algum lugar — e escondi minha ferida no bolso. Por onde recomeçar?

Vejo-me agora sentada no camarote de um trem parado, quando a única coisa a ler num raio de cento e cinquenta metros era o Código Penal na mão de uma florentina antipática que não ergueu os olhos uma única vez daquele texto esotérico em que certamente haverá uma descrição detalhada do que vai acontecer comigo se levarem aquela cabeça adiante; mas o pior é a vergonha. Não. O pior de tudo é ficar sem o homem que se tem. Não ainda; é não contar com o homem que se tem — é vê-lo da noite para o dia transformado num inimigo. O pior é ficar sozinha, trem parado entre nada e coisa nenhuma, numa lógica que estaciona, uma memória que se apaga — e resta nada.

E lá vou eu subir as escadarias de novo. Como andará o meu retrato nas tuas mãos? Os teus traços ainda me reconhecem? Você é uma delicada peça de porcelana na minha memória — toco você com cuidado, com o cuidado (e a força) com que eu segurei teu braço para que você não caísse. É sempre naquele tango ao contrário que eu me refugio quando preciso esquecer. Estou mais calma agora, sem beber, ainda que minhas frases não consigam chegar ao fim, esta minha gagueira sintática, esta minha gagueira existencial, de quem não consegue avançar. Ou de quem não quer chegar ao esquecimento, e por isso se imobiliza na memória. Não chegar ao fim: eis a minha metáfora. O trem parado, sem restaurante, sem jornal, sem livro, sem o micro para escrever qualquer coisa (talvez recuperar o diário erótico que escrevi em tua homenagem, há um ano, e do qual não sobrou nada exceto o desejo), sem nada; tenho apenas dois napolitanos felizes porque serão em breve assistentes de padeiro, e uma florentina recitando, severa, o Código Penal — um pesadelo de Kafka.

Fiel a mim mesma, volto ao começo. Esta era para ser a última carta da minha vida — e o fato de eu me dirigir a alguém que é pura imagem e vive a dez mil quilômetros de distância num paraíso selvagem chamado Brasil (a definição é sua!) daria a máxima segurança ao meu fim. Uma carta de despedida — como se, na sequência dos teus desenhos, em que meus traços desaparecem página a página, eu mesma me encarregasse da última fotografia, agora totalmente em branco: uma despedida. É fácil morrer assim — morrer por alguém. É uma questão de perspectiva: não há absolutamente nada na vida, até mesmo o último dos absurdos, que em algum momento não nos apareça como exemplo da mais cristalina lógica. Não construíram, certa vez, câmaras de gás para suprimir os judeus da face da terra? E milhões de pessoas acreditaram que isso era possível. Mais: que era lógico, justo, bom, verdadeiro, saudável. Enfim: simplesmente aquilo que deveria ser feito. Depois disso, que erro haverá no suicídio? Você já pensou em suicídio? Eu já. Porque matei alguém? porque não gostava da minha mãe? porque estava infinitamente triste? porque Deus não existe? Não. De pura vergonha. Porque vendi uma cabeça falsa e porque meu homem me abandonou, nessa ordem. Como há uma relação entre uma coisa e outra, a segunda parte é ainda mais difícil.

E continuo pensando nele — no suicídio — como o espião que em território inimigo traz no bolso a cápsula de veneno para ser usada em caso de emergência última, quando não dá mais para ir adiante. É sempre bom tê-la à mão — ficamos atentos. Bem, agora estou um pouco mais aliviada, você terá percebido. Eu sei: tudo é química. Para o depressivo, um único detalhe, o mais insignificante (ele não olhou para mim), pode se transformar num ciclone medonho, com tal brutalidade que o destino nos puxará pelos cabelos com a frieza metálica de um guindaste. Sem remissão. Na cegueira circular desse furacão que nos violenta, ficamos reduzidos à força estúpida de um único sentimento, e ele nos leva pela mão, carinhoso, à ideia da morte. Que, na lógica do avesso, passa a ser um alívio. Pura química, já me disseram. Sim, eu sei. Mas Deus também obedece às leis da química. Ele deve sentir depressões terríveis na vastidão escura do seu universo que é tudo e nada.

Depois, mais covardes ou mais sensatas, depende do jardim onde descansamos, talvez seja apenas o caso também absurdo de escrever não a última carta da vida, mas a última carta a você. Que pelo menos algum gesto reste definitivo: talvez antecipando em defesa própria a separação de um encontro que sequer existiu, mas que, se existir, não dará certo. Como você vê, sou uma romana com a dimensão trágica da eternidade. As coisas devem ser necessariamente para sempre, como as ruínas do Império e o chão da Via Apia. E você me dizia, diante de uma moderníssima jarra iraniana de cinco mil anos de idade, com uma tristeza que, essa sim, só pode ser fruto da ignorância, que você, brasileiro, era tão novo: quinhentos anos! Que se pode fazer com a infância, senão amá-la?

Enfim o trem se moveu e os mecanismos rangentes da lógica foram acionados com os mesmos solavancos da máquina. Os napolitanos riram felizes — por pouco não se abraçaram, como se o empurrão que estavam dando no mundo fosse obra deles — e correram à janela do corredor para se certificar de que, de fato, aquilo andava, ou pelo menos o cenário recuava, a ilusão que sentimos tão nítida quando o trem ao lado começa a se mover; é como se anjos silenciosos nos escorregassem para a frente, e só fechando os olhos acreditamos na nossa imobilidade. A florentina ergueu os olhos do Código Penal em direção à janela e voltou ao livro, como quem não vê o que olha; apenas pensa: cinco anos e três meses de detenção? com ou sem direito a *sursis*? — e ela virou a página, intrigada, como quem lê (com a sofreguidão moderada do verdadeiro amante das narrativas), não *O processo* de Kafka, mas *Viagem ao centro da terra* ou *A ilha do tesouro*. Um dos napolitanos, agora, ponderou — ou apenas levantou a hipótese — que deviam requerer devolução do dinheiro pago, já que houve um atraso significativo e eles tinham reservado a passagem com antecedência. Além disso — aqui a chave! — tratava-se de um trem rápido! Sim! Nenhuma dúvida! Há direito ao reembolso! Foi uma descoberta feliz, as liras já brilhavam diante deles, indiscutíveis, claríssimas, honestas, quase inverossímeis — não, na verdade a *devolução* era inverossímil. Os trens não devolvem dinheiro com tal facilidade, e eles se angustiaram entre a clareza do direito e o absurdo do fato: é *inverossímil* — jamais eles conseguiriam o dinheiro de volta só porque o trem atrasou duas horas mesmo que isso estivesse escrito em algum lugar. No momento seguinte, como nem a florentina erguia os olhos do Código e nem eu me despregava da janela, tentando reorganizar o meu futuro imediato, entalada no centro de uma viagem inútil, o que fazer em Bolonha?, eles reafirmaram muitas vezes a nitidez do direito; o trem atrasou *mais* de duas horas! *E mesmo que fossem apenas trinta minutos!* — dizia o outro, ambos preparados para uma batalha judicial no guichê da estação; seria preciso prever todas as variáveis, preencher todos os papéis, o poder está do lado de lá, não no nosso! Sim, e eu acompanhava o cenário difuso deslizando desesperado velocíssimo pela janela, bem próximo de mim, enquanto o horizonte permanecia imóvel, como a demonstrar, solene, a tese de Zenão de que o movimento não passa de uma metáfora, já quase sentindo falta do trem parado, daquela imobilidade que nos suspendia a todos — nada a fazer e nenhuma culpa, o trem não anda. Agora andava, muito rápido, em direção a Bolonha. Sim, o poder estava do lado de lá; eu faria companhia aos três brigadistas injustiçados de Pisa — Sofri, Bompressi e Pietrostefani —, a quem, à falta de Deus, ou de vergonha, eu pedia uma espécie de amparo para justificar a pequena mancha da minha moralidade burguesa. *Eu nunca soube que a cabeça era falsa* — e isso é verdade, qualquer um pode comprovar. Não, ninguém pode comprovar nada. Não há testemunha, o negócio inteiro é subterrâneo; e mesmo que houvesse, ela diria: *Então a senhora contrabandeou uma cabeça de Modigliani, supostamente verdadeira, para Nova York. Nenhuma declaração de venda em papel algum?* Sim, mas. *Domenico.* Posso me transformar numa *pentita*; em troca do perdão, coloco Domenico na cadeia e esqueço essa história inteira. Mais um pequeno renascimento — chego a sorrir com a ideia de que estou fazendo justiça.

Já não fazia sentido agora, uma hora da tarde, ir procurar Domenico no seu gabinete. Ele estaria... onde? Súbito, me dei conta de que não sei onde Domenico vive em Bolonha. Há alguns meses era um hotel. Qual? Depois... depois, não me lembro. Eram viagens tão rápidas! Além disso, quase nunca ficamos juntos, já há algum tempo. E, conosco, nunca ninguém precisou vigiar a vida de ninguém — uma igualdade tranquila. Controlei meu sentimento de vergonha, essa sensação sorrateira que vai percorrendo a pele até que nos sufoca — eu posso *ver* o riso das pessoas em minha direção, uma cabeça falsa, um homem que trai, um corno na cabeça, um passo em falso bem debaixo da luz, e as pessoas gargalham — mas eu controlei a sensação a tempo, trocando-a habilmente pela metafísica da inutilidade. Eu estava simplesmente esperneando porque havia perdido o homem com quem vivera dez anos; tentei a autoestima: ele que me perdeu. Sim, aquele estúpido me perdeu. Eu nem preciso falar com ele. Eu não vou falar com ele.

E o que fazia eu na estação de Bolonha sem nada nas mãos? Era como uma reedição, ao avesso, da estação Termini de anos antes — sequer um endereço para fechar mais este ciclo. Haverá mesmo ciclos predeterminados para tudo, que vamos cumprindo por bem ou por mal? Mas eu pensava em coisas mais miúdas: ir à universidade? Não; Domenico só trabalha pela manhã. À tarde, ele provavelmente conversa sobre o que fez na manhã com a professora Vera, esse nome incomum e como que intrinsecamente falso — uma conversa relaxada, uma conversa... Não — evitei a autoironia. Senti, sem destino, uma fome imensa, compensatória, definitiva. Vou engordar — eis um projeto. Entrei num táxi. O motorista me olhava: mas onde quer ir essa mulher, afinal, que não diz nada? Pensei no Diana, mas, ao abrir a boca para enfim acalmar o homem, mudei o rumo: Il Battibecco me pareceu um lugar mais apropriado para eu discutir comigo mesma; lá eu me sentiria mais à vontade. *Domenico, vieni mercoledì?* Agora, escrevendo a você já num estado de espírito completamente diferente — ou pelo menos distante —, está claríssimo que eu fui lá para encontrá-lo; se ele fosse a algum restaurante em Bolonha, naquele dia, seria Il Battibecco. Não é sequer intuição; é apenas o trem da lógica, que, depois de uma longa parada (os napolitanos tinham razão: devemos pedir o dinheiro de volta sempre que nos usurpam alguma coisa, o tempo, o espaço, a paixão, o desejo, a memória), voltava a se mover. Eu não tenho sequer o número do telefone dele, porque jamais liguei para ele de Roma. Sou uma Cabíria, mas sem a suavidade do riso de Fellini. Nunca tive o dom da simplicidade. (É assim que começo a me definir: pelas negativas, pela ausência, pelo que não está, pelo que não é, pelos espaços vazios entre um gesto e outro — mas essa tristeza é de agora, é a ressaca do suicídio que não houve, deste derramamento a alguém que me desenha; mais: essa entrega.) Eu me perdi novamente. Não; ele me perdeu. Assim que devo dizer, escoteira da esperança: ele que me perdeu. Viu? Começo a ter humor.

Já à mesa onde me sentei, solitária, compensei a sensação de estupidez que ataca quem vai para Bolonha com o mesmo impulso de ir à esquina comprar cigarro e percebe tarde demais que fez tudo errado, tentei compensar a certeza da própria idiotia com a fome, a entrega à fome, ao prazer da comida e do vinho. A determinação da fome e do crime: *mangiare!* É uma fama justíssima, essa dos romanos: esqueçam o Império, se quiserem; mas lembrem-se da mesa. Foi, por assim dizer, por patriotismo que me entreguei à massa e ao vinho. Os meus olhos, é claro, continuavam inquietos, mas eu fingia que não era por mim que eles se moviam. Dali eles podiam ver a entrada do restaurante, um olhar não propriamente deliberado, mas natural — era só levantar os olhos do prato para respirar e pensar na vida, para imaginar tranquila o meu retorno a Roma, uma outra mulher agora, era erguer os olhos e eu sabia quem entrava no restaurante. Naturalmente. Não havia modo de *não* ver quem entrava ali. Eu ainda sentia um pouco de vergonha por correr atrás do meu homem tão despudoradamente, como uma espiã. Uma vergonha esquisita, pior do que a vergonha normal, a de quem, por exemplo, escorrega na chuva e provoca o riso, ou rodopia na escadaria, pior porque minha cabeça falsa a todo instante arquitetava mentiras para simular a inocente surpresa da visita da mulher amada. Em última instância, faria como os napolitanos: exigir reparações — a cabeça de Modigliani está caindo sobre a minha cabeça, e a responsabilidade é sua, Domenico. *Vieni mercoledì?*, sussurra-me a voz da memória, para demolir a arquitetura das minhas simulações. Saboreio minha massa, o que me leva a um esquecimento milimétrico — e ao erguer os olhos.

Domenico está com a sua Vera. É difícil recortar a cena, que não durou mais do que... quatro segundos. Conferi no ponteirinho do meu relógio, agora: quatro segundos foi o tempo. Um milésimo mais, *va bene*: cinco segundos. Como demoram! (Estou lembrando a cena do *Poderoso chefão*, de Coppola. Súbito, Al Pacino mata todo mundo no restaurante. Aquilo não passou de três segundos. Se me lembro bem, o homem cai com a cabeça no molho de tomate. Mas aqui — ou ali (onde estou?) — a situação era inversa.) As pessoas culpadas fazem sempre tudo errado! Nisso, no funcionamento da culpa, eu acho que há lógica. A lógica do mundo talvez se concentre nela: na culpa. Tão cedo — poucos milênios — não há como se livrar da memória da serpente. A maçã é uma metáfora magnífica, a mais bela da história do homem. É também estúpida, mas isso não vem ao caso; continua magnífica, como todas as grandes imagens da Bíblia. Foi assim, de fato, que o mundo começou: grande e tosco. Quem não comeria a maçã? Mas deliro; devo voltar aos quatro segundos e meio que me levaram primeiro ao suicídio, segundo a escrever a você para relatar o suicídio, terceiro para, sem querer, esquecer o suicídio, quarto para desistir de você, que está tão longe! E, afinal, não existe! Para que serve um homem que não existe? Quinto, para terminar esta carta, suspirar, colar os selos e despachar o envelope como quem preenche o vazio da Revolução Universal que não houve nos anos 60 com uma utopia afetiva trinta anos depois, que terá sempre o toque selvagem e primitivo (não do teu desenho, que é inteiro europeu — ou quase, há nele ainda a paixão pela figura, não apenas a figura, mas a paixão também, a paixão de imitar o objeto — mas eu não sei mais, eu me perdi; depois da cabeça de Modigliani que caiu sobre a minha cabeça, é como se eu não fosse mais uma crítica de arte, como se eu não tivesse mais o direito de opinar, como o árbitro de futebol que é afastado do trabalho por aceitar suborno; no meu caso, é ainda pior: eu não sabia. O que também é grave: eu deveria saber mesmo que não me dissessem — olhar objetos de arte é o meu trabalho, tem sido o meu trabalho há mais de vinte anos; eu estava ofuscada pela paixão; não, eu estava ofuscada pela alegria de escrever um bom poema em Nova York e ofuscada pelo projeto de algum renascimento em que você aparecia como — como é a palavra mesmo? — *talismã*, você me disse, *portafortuna*, como você disse, diante do que era de fato um bebê mexicano (*Olmec*, não era?) de mil anos antes de Cristo, e eu disse, *mas não se leva um talismã no bolso?* O bebê chupando o dedo tinha uns quarenta centímetros, e você respondeu, sério, *mas não havia bolso naquele tempo, no pockets*, e nós rimos — o engraçado é que você só achou graça *depois*, a afirmação sobre os bolsos surgiu como uma descrição dos fatos, não como um golpe de humor), que terá sempre o toque primitivo, a Utopia afetiva de que eu falava antes de me perder neste suicídio literário, o toque das selvas de Rousseau

— de um ou de outro, o pintor ou o filósofo, com aqueles bichos imóveis numa floresta que não existe.

Respiro. Eu ia despachar esta carta, afinal viva, saudável, inteira, renascida. Depois, a sexta e última etapa, passearei no Quirinale para contemplar minha Roma do alto, aquela vista que me redime. Sou uma romana antiga. Uma romana triste, é fato. Estou triste porque um homem me traiu. É um bom motivo para ficar triste. Finalmente descubro a minha chave: a traição deve nos deixar tristes e apenas tristes. Ela é um fim de viagem. Eu não preciso matar aquele homem. Também talvez não seja caso de suicídio. E isso me leva a outro desvio da memória: é Vera que eu devo matar naqueles quatro segundos. A mulher que sequer me viu: como se, na proteção do nosso homem, ele, de fato, não importasse, por algum atavismo biológico. Mentira: é por ele importar que desviamos o foco do nosso ódio para quem, bonita, jovem, sorridente, ofereceu-lhe a maçã. Devemos salvá-lo! Ele precisa ser salvo daquela... daquela... daquela puta, vagabunda, daquela... Mas isso é ridículo, Tato Simmone! Você me perdoará agora, porque na verdade estou só repartindo o que passou na minha cabeça durante quatro segundos. Quatro segundos e meio. Algumas horas. Uma semana. O tempo deste testamento. (Isto não é testamento; isto é uma carta. Também não é exatamente uma carta. É um convite.) Ela, Vera, não é nada disso. Ela é só uma mulher jovem, bonita, atraente, ainda não tocada pelo dom do tédio e da velhice. E nem da maturidade, esse segundo rito de passagem (quantos haverá, até o fim?).

Ergui os olhos da minha fome e encontrei Domenico. Ele entrou à frente, procurando um tantinho ansioso uma mesa vazia (é típico dele, o exato Domenico, ficar nervoso à simples ideia de não encontrar um lugar vazio num restaurante

— como se o traíssem, como se o dia ou a noite estivessem prestes a desabar, ele não suporta a frustração de não conseguir imediatamente o seu espaço privado); e ela vinha logo atrás. Nada denunciava um crime. Nem as mãos se tocavam — dois parceiros de trabalho que vão almoçar juntos. Ele estava simplesmente ansioso, naquele primeiro pedaço de segundo em que ainda não sabia se havia ou não uma mesa vaga, para então o sistema nervoso ir adiante e explodir um conjunto complicadíssimo de ordens silenciosas que poderiam levar a um sorriso de satisfação ou a um suspiro decepcionado, já irritado, talvez empurrando Vera de volta à rua, que procurassem um lugar mais vazio. Mas naquele primeiro segundo ele estava simplesmente sério — a seriedade também típica da timidez de quem invade um espaço público e se vê, pelo simples fato de estar ali, em pé, procurando um espaço íntimo, vítima de olhares cruzados ao acaso; *insomma*, de quem se vê público também. Como quem entra por engano numa sala de espelhos e se assusta. Domenico sempre foi um homem muito tímido.

No momento seguinte ele me vê. E vê o meu sorriso (que me desarma, *malgré moi*), vê a covardia afetiva do meu sorriso (talvez esteja nesse segundo segundo a raiz do meu suicídio, o orgulho dói — esta entrega indigna ao homem que trai, o oferecimento quase obsceno, só porque pensamos: *eu não quero ficar só*). Construí naquele segundo uma catedral inteira de desejos, cujo desenho apagava todas as fontes da minha angústia. Assim: ele me vê; a surpresa se transforma em sorriso; toca no ombro de Vera, que procura lugar vago na direção errada; ela volta o seu rosto bonito, ele diz uma palavra e aponta na minha direção; ela me vê, finalmente, e nela também a surpresa se transforma em sorriso, um sorriso amplo e alegre. Os dois se movem imediatamente em minha direção, ele na frente — e me abraça e me dá um beijo tímido, porque ele jamais conseguiu me beijar, livremente, em público; mas é uma timidez carinhosa e transbordante. Falamos ao mesmo tempo, desencontrados e livres, todos em volta da mesa. Digo do acidente do trem, da demora; Vera fica consternada; falamos da coincidência do restaurante, e rimos; Domenico assume o comando da mesa, sentamo-nos (ele ao meu lado), e ele me diz: *Uma boa notícia, amore mio, para afinal você ficar tranquila: tenho em mãos o original do diário de Torres Campalans, descrevendo a cabeça de pedra que ele ganhou do próprio Modigliani em 1912. Uma outra cabeça, muito semelhante (ele fez duas versões) está hoje em Londres, na Tate Gallery. Tenho todos os dados, e já autenticados; sei até mesmo que Brancusi, que tinha sido apresentado a ele por Paul Alexandre, detestou a cabeça com ombros, que era a nossa, enquanto Campalans, que era um barroco, amou-a.* Sinto um alívio imenso, como quem, cansada, mergulha na água tépida de olhos fechados. Estou nua. *Já mandei a documentação a Nova York. E para festejar a surpresa da tua visita...* — e ele pediria a carta de vinhos com a mão direita, enquanto a esquerda apertaria meu ombro delicadamente, repetidamente, numa cumplicidade sugestiva. Diante de nós, o belo rosto de Vera, apoiado sobre as mãos delicadas, sorriria — um anjo protegendo fraternalmente o nosso amor, talvez até com uma ponta carinhosa de inveja. Eu ainda diria, com o espanto feliz dos que são resgatados do purgatório: *Você disse o original de Torres Campalans? Não apenas a referência de Max Aub?* Olhos nos meus olhos: *O original.* E beijaria minha boca, tímido e transbordante, como sempre, diante de uma Vera embevecida.

Foi isso que eu senti, o que a alma sentiu, uma espécie de sopro que me envolveu, a força delirante do desejo. Os detalhes da catedral, esses fui desenhando ao acaso da perfeição — na cabeça, todo desenho é perfeito, não é assim? Era como se eu desenhasse com a tua mão. Tão nítido o meu desejo de salvação que o meu medo instantâneo também se transformou num sorriso. O resto da cena era a parte de Domenico; bastava ele estender o braço esquerdo enquanto nascia o sorriso, e a mão direita toca o ombro de Vera para me mostrar. Ela viraria a cabeça, ainda incerta do que ele diz, e me vê, quando então também ela sorri. Uma perfeita sincronia de gestos: ao ritmo deles, eu já começava a me erguer da cadeira para abraçá-los. Como pode o que não acontece ocupar mais espaço no espaço do que o que aconteceu? De fato, comecei a me erguer, no impulso do desejo — Domenico me viu; Vera olhava para o outro lado, à procura de um lugar no espaço; ele começa mesmo — eu vi — a levantar o braço esquerdo em minha direção; o braço descolou-se lento do corpo, um, dois, três palmos; e parou. Então ele se volta para Vera — para chamá-la, talvez; é possível que naquele instante ele ainda tivesse em mente a ideia de chamá-la (como tinha sido exatamente esse o desejo quando começou a erguer o braço em minha direção), mas uma sucessão insuportável de complicações, uma sucessão milimétrica mas verdadeiramente insuportável — apenas os fatos, a cabeça é falsa, eu enganei você, durmo com Vera há mais de um ano, nossa história morreu faz tempo, saia da minha vida, você está velha, eu não gosto mais do modo como você olha para mim, eu não sinto desejo, você não percebe, nem isso você percebe? Eu pensei que não seria preciso dizer, que você perceberia sozinha, porque você é muito mais inteligente do que eu, e eu preciso de mulheres inteligentes ao meu lado, como Vera, que, você pode ver, tem quinze anos a menos que nós e é capaz de escrever uma introdução à cultura da morte dos etruscos que dá um sentido completo às minhas pesquisas; você sabe, eu sou um ótimo arqueólogo das ideias, eu junto pedaços, mas eu nunca soube fazer corretamente a ligação entre eles; cada um tem um tipo de cabeça e a minha é assim, fragmentada. Eu não tenho sequência — por isso contava os passos para chegar à Via Chiavari, porque de outra forma eu perderia o rumo. Pois quase que eu fui distraído em tua direção neste restaurante! Essa mecânica da memória — ela nos empurra aos desatinos!

Uma sucessão insuportável de complicações era o que eu lia no rosto dele: por que eu não fiquei em Roma, que é a minha cidade? Por que transpor os limites da normalidade, a tranquilizadora normalidade de todos os dias? E a voz dele me soprava: Por que não esperar por mim? O que você veio fazer aqui, no meu território, no espaço do meu futuro — por que ameaçar tão brutalmente a transformação que eu estou vivendo? A tua presença aqui é uma ameaça? Assim devo entendê-la? Eu *iria* falar com você, talvez nesta semana mesmo, é claro. Esqueça aquela maldita cabeça: não há prova de nada, de coisa alguma — no máximo alguns boatos, logo esquecidos. Do pagamento você gostou, não? Um bom dinheiro. E eles, que agora reclamam, ganharam mais ainda. Esqueça. E me esqueça, também — nove anos é muita coisa. Nove anos de convivência ultrapassam os limites do suportável. Quem não sabe disso? E nem filhos temos, para justificar essa dependência pegajosa. *Insomma*: o que você veio fazer aqui? o que você quer? me ameaçar?

Então o gesto de chamar Vera para me apontar, feliz — Achamos um lugar vago e uma companhia, que boa surpresa! —, se transforma, no terceiro segundo (enfim, a despedida, o rompimento, eu poderia ouvir os cabos arrebentando, pontas soltas no ar, desmoronando a catedral do meu desejo, desenhada com os teus traços, não restaria um só fio da memória), na proteção feroz do próprio futuro (ou talvez — as pessoas são substancialmente boas — a proteção da vergonha; ele sente vergonha de mim, e a sucessão de complicações sob a vergonha é decididamente insuportável. Nada a fazer, senão fugir). Quando Vera se volta, Domenico me protege do seu olhar — e antes que ela entenda o que se passa, aquele rosto súbito fechado, ele a conduz trôpega para a rua, de volta ao sol, à luz e à liberdade. O quarto segundo. O quinto segundo é duplo: Vera ainda olha para trás, à procura de alguém (ele teria dito que se tratava de Maria? Não, certamente não. Domenico disse — são nove anos de experiência — *Vamos embora. Tem alguém aí que eu não quero encontrar*, e não há tempo para nada, ele cobre o olhar de Vera e praticamente a empurra para a liberdade), e ela olha para trás, para nada, porque não me vê; mas eu a vejo, chapada de sol, e a face tem a clareza tranquila de uma figura renascentista. Tudo é verdadeiro no seu rosto, que também é bonito — e no entanto, era a ela, naquele átimo antes do sol e da rua, que eu queria matar, e não a ele. A outra ponta do instante é o garçom que presto se aproxima deles, sorridente, a carta na mão, o braço estendido mostrando o caminho, *mesa para dois?* — e assusta-se com o recuo súbito, como se fosse ele o responsável pela fuga; súbito sério, procura a origem da desistência do velho freguês, primeiro franzindo a testa — teria sido exagerado seu gesto de boas-vindas? Não, pois sempre o recebeu assim. Intrigado, volta a cabeça (*Cherchez la femme!*, diria o detetive) e me vê com os olhos fixos na cena — num centésimo de segundo, desfaz-se o novelo da intriga e eu resto como a vilã. Sob o olhar inquisitivo, meu corpo inteiro continua em queda.

Uma refeição envenenada. Perdi a fome.

De modo que, para dizer as coisas de uma vez, para mim mesma, o homem com quem vivi nove anos entrou no restaurante, me viu, fez meia-volta e saiu correndo com sua namorada. Não havia necessidade de fugir. Se a simulação era o jogo, ele poderia continuar simulando. Nada era comprometedor na sua chegada com Vera. Não havia mãos dadas nem abraços nem beijos. Por que não continuaram simulando, se ela também sabe da minha existência? Eu teria suportado bravamente o teatro. Mais: estaria pronta a acreditar nele, fechar a cortina e preparar outro ato. Fico imaginando se ele fugiu porque sentiu culpa — a minha teoria quando comecei a redesenhar o que aconteceu, a lógica da culpa de que eu falava — e a culpa o levou a sentir vergonha, o que se desdobra em duas partes, vergonha de estar com uma namorada à luz do dia diante de mim sem aviso prévio, vergonha de me ter feito emprestar o meu prestígio (ele não tem nenhum nessa área; ele, de fato, para ser justa, não tem prestígio nenhum em área alguma — ele precisa se prender, vampiro, no pescoço das mulheres; talvez eu deva, um dia, lembrar Vera dos perigos que ela corre), emprestar o meu prestígio para vender uma cabeça falsa de Modigliani no mercado de Nova York, talvez ambas as vergonhas, e a vergonha é o mais corrosivo, destruidor, mortal dos sentimentos. Vergonha de não ter nada a me dizer. Ou então não é nada disso: ele simplesmente não pode mais me ver e faltam-lhe coragem, disposição, determinação de me dizer as coisas de uma vez. Seria simples: *Meu amor, você não é mais o meu amor. Lamento muito. Estou de saída. Espero que continuemos amigos*. Ou é apenas desprezo, ódio... mas aqui minha autoestima recua, e sem pensar vejo-me mais uma vez disparando meu revólver não contra ele, mas contra ela. E —

Basta. Voltei para a estação — onde encontrei os dois napolitanos discutindo ardorosamente no guichê em busca do reembolso, brandindo um formulário em três vias diante do tédio de um funcionário — e, pouco tempo depois, sem exatamente tristeza nem acidentes de percurso, apenas a depressão da inocência, vivi o *déjà-vu*, na estação Termini, começando de novo uma vida que insistia em não acontecer. O suicídio me pareceu uma boa resposta — mas era preciso que houvesse, pelo menos, uma pergunta. A quem dirigir minha palavra sem correr o risco medonho de receber tapinhas nas costas, chavões de pêsames, o lugar-comum da vagabundagem masculina, o reconhecimento do erro, isso quando já fomos longe demais? Todos os meus amigos me diriam exatamente as mesmas frases, ainda que verdadeiramente sentidas. Eu queria alguém que não pudesse me responder; que apenas ouvisse. Quando cheguei em casa, vi a série de desenhos: você. Você já sabia do meu desaparecimento, já foi me subtraindo mês a mês; nas tuas mãos, me vi um belo e verdadeiro objeto. O último desenho faria eu mesma. Só depois de mortos estamos completos, podemos nos ver por inteiro, e o olhar que vê está fora, completamente fora: você.

Pronto: sinto-me esvaziada como num fim de chuva.

Esta carta, para dizer algo bonito, agora que eu falei tanto tempo em voz alta com quem não pode me ouvir, esta carta acabará não com uma explosão, como eu pensava, mas com um suspiro, imitando o poeta em outra direção.

Vou passear no Quirinale. Roma amanheceu belíssima hoje.

Dei três passos salão adentro, sem saber o que fazer — talvez voltar para casa, esquecer Modigliani, a vampira, Ariadne, minha mãe, meu pai e minha amiga romana, e tentar conversar com aquela voz sinistra que me ameaçava na secretária eletrônica —, e o velho Constantin surgiu do nada e me abraçou com uma familiaridade que já me soava excessiva. Um homem feliz, orgulhoso de sua festa:

— Tato! Você desapareceu?! Até minha filha perguntou de você! Está tudo bem?

Eu me encolhi sob seu abraço:

— Sim, eu...

E ele me arrastou:

— É claro que eu gostaria de dar mais atenção a você. Mas hoje é impossível conversar sossegado! E tem tanta gente que eu gostaria que você conhecesse! Mais que isso: que seria muito bom você conhecer! Garçom! Aqui, por favor!

Diante da bandeja solícita, escolhi outro uísque com a mão esquerda, que a direita, arruinada, eu escondia no bolso. Mr. Richard não precisava saber desse meu novo ferimento. Mas eu tinha de dizer alguma coisa — ele continuava me esmagando com seu abraço alegre.

— A sua festa está maravilhosa! Parabéns!

O som alto da música obrigou-o a aproximar a cabeça:

— Como?

— Eu disse parabéns! — Quase gritei: — A sua festa, está ótima! E a sua filha Ariadne, ela é muito inteligente!

Afinal ele escutou:

— Ah, a minha filha! Como você deve ter percebido, sou um homem esmagado pelas mulheres! Eu não mando nada aqui. Elas fazem o que querem de mim. — Acenou para alguém: — Como vai, deputado? — O deputado respondeu sorridente alguma coisa que não ouvimos, mas Richard fez sim com a cabeça: — É claro, fique à vontade! — Baixou a voz, agora quase um sussurro, palavra a palavra, diretamente no meu ouvido, o que revelava a mais alta importância do que ele contava: — Estou prestes a fechar um convênio cultural. De certa forma, fiz esta festa para me apresentar à cidade. Nisso não pode haver economia, é preciso investir. Você sabe como essas coisas funcionam.

Final de música, palmas, fez-se um breve intervalo de silêncio. A minha voz ganhou uma estranha autonomia naquele inesperado vazio:

— Para falar a verdade, eu não sei como essas coisas funcionam. Minha única experiência com pintura... — mas calei-me, ao perceber que Richard não parecia satisfeito com minha resposta, como se ele precisasse decidir se ela tinha sido irônica, ingênua, agressiva ou simplesmente engraçada. Talvez nada disso?

Decidiu pela ingenuidade:

— É claro, é claro. A pintura é a mais intuitiva das artes, depois da música. Enfim, nós, os marchands, é que temos de cuidar para que a tragédia de Van Gogh não se repita nunca mais na face da terra!

A contragosto, não achei graça daquela grandiloquência postiça; eu lutava por desgostar do velho mestre, tentava quase desprezá-lo, como o pistoleiro contratado que por força de ofício adquire técnicas para odiar os desconhecidos simpáticos que serão mortos por ele. Mas em segundos o bom Mr. Richard pareceu se incomodar com a minha inesperada frieza; eu percebia nele o toque de ansiedade das pessoas que precisam se sentir permanentemente admiradas para sobreviver. Resolveu brincar com a própria pose:

— Ora se tem sentido, em plenos anos 90, um artista cortar a orelha! Seria uma performance de mau gosto!

Acompanhei enfim a risada que ele deu, o que o deixou feliz. Agora tocou o meu ombro e abaixou a cabeça, reassumindo o papel do marchand protetor:

— Está vendo aquele homem lá no outro lado?

Um senhor magro contava alguma anedota, rindo e gesticulando, para um círculo de ouvintes atentos, todos de terno e gravata.

— Estou.

— É o Secretário. O único que parece distinguir um Renoir de um Picasso desta burralhada toda. Mas eu acho que só parece — e Mr. Richard sorriu, baixando a voz. — A questão é que o convênio depende dele. E se o contrato sair — agora ele apertou forte o meu ombro, o carinho ambíguo de Fausto me oferecendo as vantagens de pintar o mundo, e não apenas a parede, destruindo com um gesto e um sorriso a imagem sólida daquela manhã ensolarada em que enterrávamos o velho Marsotti, quando eu me imaginei na antessala de Nietzsche, não do Salão Curitibano —, e se sair — repetia ele, sacudindo o dedo — você será o primeiro da fila. Acho que está na hora de as pessoas descobrirem a pintura que você faz. Vamos levar você para cinco capitais, a começar pelo Rio de Janeiro. — Procurou com o olhar as minhas crianças, ocultas sob a multidão da festa. — Veja, lá está o seu quadro! Você já tinha visto aqui? Ficou bonito, não?

— Um pouco imaturo, talvez.

Ele olhou para mim, como quem, mais uma vez, tenta descobrir quem é afinal a pessoa que está diante dele.

— Sim. Mas tem talento, como eu já disse a você. Das virtudes de Apollinaire, pureza, unidade, verdade, você tem —

Mudei súbito de assunto:

— O seu acervo é realmente fantástico!

— Ah, sim? — e, após a surpresa momentânea pelo meu corte abrupto, ele revelou-se agora verdadeiramente feliz. — Meus quadros? Muito obrigado. De fato, tenho algumas peças boas e raras. Ainda bem que há alguém aqui capaz de valorizá-las!

— Os quadros são todos seus?

A música alta, o trompete equilibrando-se agudo nas alturas de um belo improviso, ele fez sinal que não me ouvia e me conduziu alguns passos para trás em busca de um refúgio ali impossível:

— Como?

— Os quadros! São seus?

— Ah, sim, a maior parte! É tudo que eu tenho! Aquele Volpi é meu, por exemplo; os brasileiros são todos meus, como um Rogério Dias ali adiante, que não dá para ver daqui, venha aqui — e ele rodava o braço, apontando, até parar nas *Crianças* — ...e o Tato Simmone, é claro! Você conhece? — e sorriu.

Como eu poderia assaltar esse homem? Não me envolvendo emocionalmente. É simples, diria minha mãe. Seria bom ouvir mais alguns elogios à minha técnica, mas, carrancudo, permaneci em silêncio. Ele me arrastou adiante:

— Algumas telas estão só de passagem. Afinal, eu sou esta figura odiada no mundo inteiro, o intermediário, o explorador dos artistas, o Shylock das artes, ahah! Muitas libras de carne para montar um bom acervo! Mas tenho algumas preciosidades, é verdade. Esse pequeno quadro, por exemplo — e ele me mostrou uma bailarina a poucos metros do suposto Malevich atravessado pelo dedo negro da vampira, o que me encheu de vergonha —, é de Rouault, o grande Georges Rouault. Um traço inconfundível. Comprei em Malta (na verdade, troquei, mas isso é outra história) do próprio Kennedy Toomey, o romancista (Você já leu? É ótimo!), que por sua vez havia comprado por um bom preço do célebre Keynes, o economista. Esse, sim, tinha um acervo maravilhoso. Uma longa história, e engraçada!

Pensei em lhe perguntar o óbvio, sobre a segurança: como ele deixava todos esses quadros tão ostensivamente à mostra, entre copos, cigarros, esbarrões, ao alcance dos dedos de qualquer vândalo? Fiquei quieto; isso chamaria a atenção sobre mim mesmo, e principalmente sobre o que eu tinha a intenção de fazer. Mas ele pareceu adivinhar, respondendo, com um suspiro, à pergunta que não houve:

— E veja: as pessoas passam por aqui como se esse Rouault tivesse sido comprado na feirinha de artesanato da praça Garibaldi. O que me deixa tranquilo, ahah!

Eu precisava fazer alguma coisa a respeito da minha mão direita, enterrada no bolso — sentia a umidade incômoda do lenço, talvez o sangue continuasse escorrendo na calça, e girei discreto atrás de um espelho.

— Gostei muito daquele Giacometti no corredor. — A minha ideia era ir para lá e entrar em algum banheiro.

— Ah, Giacometti! Ele é maravilhoso! A Adne te mostrou? Peça a ela para ver as obras guardadas no segundo andar!

— O senhor tem mais?!

Ele aproximou a voz do meu ouvido, o sinal das grandes revelações:

— Sim, sim, algumas pequenas preciosidades. Entre outras obras, tenho uma cabeça de Modigliani absolutamente especial que recebi faz pouco tempo.

Apertei minha mão no bolso — aquele sangue estava mesmo vazando ou era apenas a ilusão do lenço úmido? Simulei um espanto justo:

— O senhor... o senhor tem uma tela de Modigliani?!

— Não. Tenho uma cabeça de pedra. Lindíssima. A Adne pode — mas alguém atraiu irresistivelmente a atenção de Mr. Richard. — Espere um momento, Tato. Preciso falar com aquele sujeito. Fique à vontade.

E desapareceu. Uma cabeça de pedra — ou duas, a de Modigliani e a minha, sobre o meu pescoço. Como queria demonstrar. Senti um arrepio — talvez a minha tarefa estivesse próxima do fim. Isso: eu deveria me concentrar mecanicamente na tarefa. Se tudo corresse bem, em vinte e quatro horas eu estaria idêntico ao que era uma semana antes, sem mais Aníbal Marsotti no horizonte da minha lembrança. Para compensá-lo, uma romana renascida — e inteira traduzida pelo talento apaixonado de Maria Sella — para eu desenhar. Com sorte, eu teria até mesmo uma vampira domesticada. Minha mãe ficaria feliz; meu pai também. Todos ficaríamos felizes. Eu seria um homem um pouco mais livre. E o comovente, o grande Amadeo Modigliani, também ele ficaria livre de uma fraude, mais uma de sua atormentada vida.

Dei alguns passos procurando um banheiro, invadido agora por algum senso objetivo de realidade: como se furta uma cabeça de pedra de uma festa? Eu havia começado pelo fim.

O fundamental era o começo: pôr as mãos nela. Revi os passos da minha fantasia, na ponta dos dedos: eu teria de levá-la até onde estava a vampira (se é que ela ainda estaria lá); depois, jogá-la no terreno vizinho, subindo pela tábua já instalada. Feito isso, o resto era muito fácil. Cheguei ao mesmo corredor onde estive com Ariadne e admirei mais uma vez o falso Giacometti, enquanto apalpava minha mão ferida embrulhada no lenço, como a um objeto, agora fora do bolso, e senti alívio — felizmente não estava empapada de sangue.

— O que foi isso, Tato?

— Dora!?

Era ela com a amiga Tânia, sorridentes e um pouco incertas, talvez bêbadas, a esta altura — o suposto beijo das duas amantes que eu entrevi nas sombras ainda me perseguia como uma acusação: sou um homem que não conhece ninguém. E no entanto era a mesma Dora:

— Me dê aqui essa mão! — e, enfermeira, abriu o lenço imundo já grudando na pele com o sangue ressecado. A amiga também aproximou a cabeça, duas ciganas lendo minha sorte, ambas com a mesma careta de horror diante do estrago da palma da minha mão, o corte parecendo maior do que era, a mancha negra de sangue — teria eu algum futuro?

— O que foi isso, Tato? Você nem lavou a ferida? Olhe, que barbaridade! — ela segurava o lenço com a ponta enojada dos dedos. — Venha aqui!

E Dora me puxou porta adentro para outro corredor e outra porta (acabaríamos na cozinha, imaginei, momentaneamente perdido na geografia da casa mas prestando atenção: talvez por aqui eu possa levar a cabeça). Tânia vinha atrás, até que, sempre segurando minha mão, Dora determinasse:

— Espere aqui, Tânia. Eu vou cuidar disso.

Num segundo, eu estava trancado com Dora num ba nheiro estreito. Dora jogou o lenço no lixo e enfiou minha mão debaixo da torneira com a objetividade feroz de uma boa mãe.

— Mas olha só o tamanho do talho! Isso aqui vai infeccionar!

Gemi a dor lancinante do sabonete esfregado no corte, sentindo o corpo involuntário da minha amiga me empurrando contra o azulejo no espaço curto; e comprovei, tão de perto, que ela estava mesmo bêbada — mas era ainda a Dora de sempre, só um pouco fora de equilíbrio, sobre um fio emocional de arame, a voz pastosa e trêmula. Sempre me espanta esta minha incapacidade de conhecer e reconhecer pessoas, todas elas me escapam, transformadas em outras; agora ela agia com a determinação automática de quem pensa insistentemente em outra coisa, mas não se entrega:

— Deixa eu ver se tem mercúrio, ou mertiolate, ou álcool aqui — e ela abriu o armarinho.

Era mesmo o que eu tinha visto no golpe do espelho que abre e some?! Quando ela fechou (e voltou súbita à vista) — *Isso aqui serve!* — percebi as lágrimas na sua face. Mas ela resistia bravamente; na verdade, ignorava o choro; era como um puro vazamento lacrimal lhe acontecendo por conta própria sobre a pele fria. Talvez fosse isso mesmo: um grão de areia.

— Abra a mão. Vai doer.

Doeu. Gemi. Ela esfregava aquela espátula ardida com força na minha pele, como de propósito.

— De que jeito você se feriu assim? Isso aqui pode infeccionar.

Afinal o choro chegou à alma e ela interrompeu a voz, com um soluço — nos abraçamos, eu com a mão esticada, latejante. Eu precisava dizer alguma coisa, mas não disse; fiquei à espera, tenso, sem perguntar; a minha mão doía. Coisas demais ao mesmo tempo. Em um minuto ela voltou teimosa a ser o que sempre foi, e retomou os cuidados com o ferimento, sem me olhar nos olhos.

— Semana que vem eu vou para São Paulo, Tato. — Abriu de novo o armarinho e nossas faces foram arremessadas violenta e silenciosamente pelo espelho em direção a lugar nenhum. — Será que tem um esparadrapo aqui?

— O que você vai fazer?

— Fechar esse corte.

— Não. Em São Paulo.

— Viver com a Tânia. Tomamos a decisão.

E eu, idiota, achando que ela me amasse. Egoísta. Estúpido. Insensível. Ela continuava procurando um esparadrapo que não existia, de modo que não podíamos nos encontrar no espelho aberto do armário. Eu mantinha a minha palma aberta, como uma oferenda. Dora deixou cair um vidrinho, que rodopiou na pia.

— O que você acha? — e ela olhava o vidrinho agora entre os dedos, contra a luz, concentradamente, como a um tambor de fechadura que deu defeito. Colocou-o de volta no armário. — Isso deve ser acetona.

Uma nova gota de sangue começou a brotar no corte limpo da minha mão branca. Ela colocou minha mão imediatamente debaixo d'água, com um toque de rispidez (pelo meu silêncio, imaginei; amigos devem conversar), fechou a torneira, secou o corte com papel, voltou a passar mertiolate, e de novo senti dor. Não trocamos palavra nesse minuto corrido. Ela prensou o papel dobrado sobre o corte.

— Fique assim. Tem de esperar secar — e continuou segurando minha mão.

— Por que você estava chorando?

Ela ajeitou meu tapa-olho com a mão livre. A voz rouca, mas de novo segura:

— Porque não é fácil.

Mantive quieto meu silêncio. Dora levantou cuidadosa o papel da palma da minha mão, como quem não quer deixar um pássaro fugir, conferiu o corte e voltou a pressionar, agora com mais suavidade. Enfim sorriu para mim um sorriso quase tranquilo.

— Faz muito tempo que eu queria conversar sobre isso com você. Que é meu grande amigo em Curitiba. Mas você... você é um homem... distante! Acho que essa é a palavra: distante.

Talvez eu deva fazer disso uma qualidade, pensei, me lembrando da pintura, que só à distância ganha nitidez. *De perto ninguém é normal*, sussurrei, e, num instante de relaxamento, assobiei a música de Caetano: *Dona das divinas tetas, derrama o leite bom na minha cara e o leite mau na cara dos caretas.* Beijei sua testa, exata à altura dos meus lábios. E disse, já sorridente:

— Eu adoro minha Dora. — Algum afeto começou a transbordar, e eu me defendi imediatamente com uma brincadeira desviante: — Ninguém faz um tapa-olho como você. Um sucesso!

Ela ajeitou de novo o meu rosto.

— Ficou bonitinho, não?

— Está ótimo.

— Em qualquer outra pessoa esse tapa-olho provocaria uma gargalhada. Em você, não. Não é engraçado?

Achei graça:

— Não, não é. Se fosse, as pessoas dariam gargalhadas. Você que disse!

É assim: três ou quatro frases bem trocadas no momento certo, e toda a tensão do mundo se esvai — ficamos leves. Ela conferiu uma última vez o meu corte, como quem lê minha mão, mas agora para saber o próprio destino:

— O que você acha da Tânia?

— Muito simpática.

Ela jogou fora o penso improvisado de papel.

— Já está bom, Tato. Secou. Chegando em casa, lave de novo e ponha um bandeide. — E antes de abrir a porta, como se estivesse em busca de ganchos que nos prendessem ali: — Por que você anda se agredindo tanto? Primeiro, o olho; agora...

— Não sei. Acontece. — Segurei seu braço; eu queria lhe desejar felicidades, mas fiquei calado. Só nos olhamos por alguns segundos intensos, como quem partilha um segredo carinhoso.

Afinal ela abriu a porta de um tranco e senti a lufada metálica de música chegando até nós. Fizemos uma curta ginástica para sair do banheiro, evitando nos tocar, dando volta em torno da porta que, aberta, atravessava o espaço estreito. Tânia nos esperava; alguém passou por nós e estranhou — testa franzida e um sorriso — aquele aglomerado saindo de um banheiro. No fundo do corredor, um grande chapéu de mestre-cuca espichava-se de uma abertura, olhos atentos em nossa direção.

— Tudo bem? — e Tânia pegou a minha mão para também ela conferir o corte. — Ah, já está secando.

Dora buscava aprovação:

— Ficou bom, não? Mas o ideal era um curativo.

Com a revelação da minha amiga, éramos agora uma pequena e breve família, vivendo uma intimidade tranquila; bastou um olhar, e Tânia me fez cúmplice da felicidade delas.

Demos alguns passos na direção da música — eu me vi momentaneamente perdido, uma curta vertigem de amnésia, em que me perguntei o que fazia ali, e o que era *ali* — e Dora segurou o braço de um garçom ligeiro que teria preferido continuar em frente.

— Por favor!

Servimo-nos de uísque e brindamos, o espaço sempre apertado, pessoas indo e voltando, uma confusão de portas. Esvaziados os copos em alguns minutos em silêncio, mas com todos os assuntos nas cabeças, Dora me deu um beijo no rosto com alguma solenidade, para se despedir.

— Nós estamos indo, Tato.

As estranhezas da despedida — e eu estava sozinho mais uma vez. Abri uma outra porta ao acaso, que deu em uma sala de estar, uma televisão enorme diante de um sofá, e antes que eu pudesse me largar numa ótima poltrona que se oferecia diante de mim, dona Sara apareceu do nada me estendendo uma bandeja de doces:

— Eduardo! E então? Não me diga que a minha filha abandonou o senhor?! Se quiser descansar um pouco fique aqui. O salão está agitado demais para o meu gosto! Ó, uns docinhos! Quer beber alguma coisa?

Gaguejei simpatias — começando por recusar o "senhor" — e aceitei os doces, aliás saborosos. Não, não, não se preocupe, está tudo ótimo, hum!, este é de coco! Sim, já conversei com o seu marido, ah, são magníficos! Realmente! Não, não vi as obras. Então há mais? Ah, sim! Que beleza! Onde? No segundo andar!? De fato, o Constantin havia — ah, pois não. Casa bonita e enorme, não? É, é, das antigas! Sim, é verdade: hoje, só cubículos, não se tem mais a... a dimensão dos espaços, sim! Sim, não há dúvida. Parabéns, dona Sara! Ah, é claro, gostaria de, se — sim, vou subir, sim! Obrigado!

Ariadne? Não... não vi! Imagino que ela. Ah, a música está realmente ótima! O Saul Trumpet é muito bom! Sim, achei uma beleza e. Não, por favor! Obrigado! Esses doces, hum!...

Só então percebi a filha menor ao lado da mãe, a que atropelou minha dança com Ariadne. Agora, imóvel e severa como uma pequena estátua, não tirava os olhos brilhantes de mim, enquanto a mãe lhe acariciava os cabelos de anjo. Vivi a ansiedade absurda de que a menina tramava alguma coisa contra mim — como se os olhos dela, assim fixos, virassem a minha alma do avesso e soubessem de todos os meus planos. A mãe salvou meu silêncio repentinamente engasgado:

— Com licença, Eduardo. Fique com os docinhos! A casa é sua! Agora eu tenho que... Ariane, venha comigo.

Larguei-me alguns minutos no sofá, diante da televisão desligada, lembrando-me das palavras de dona Sara — parece que todos ali sempre deixavam deliberadamente alguma pista no meu caminho, para que eu atravessasse o labirinto dos meus planos em segurança. Voltei ao corredor, decidido a ir em frente. Esvaziei em quatro goles outro uísque de uma bandeja voadora e, um pouco mais bêbado, tentei me lembrar da indicação de dona Sara. Ela falou à direita? Sim, entro no salão — agora a música desaba sobre mim com a sua alegria coletiva, todos riem, bebem, falam, gritam, abrem os braços — e vou seguindo os cacos da minha memória até uma antessala, quase chegando à varanda, e ali encontro uma bonita escada em caracol com corrimão de ferro trabalhado e subo em círculos atravessando a penumbra cada vez mais espessa até outro corredor, mais largo agora, e também mais escuro, por onde avanço e encontro uma saleta. Entro nela — e adiante está a mesma pequena janela que eu havia visto dos fundos da casa e de onde alguém teria me visto lá embaixo. A janela abre? Abre — destravo um pequeno trinco e a moldura de ferro com quatro vidros quadrados range e avança para fora, de onde vem um sopro de claridade e uma lufada fresca de ar. Sim, lá está a sombra da tábua inclinada no muro, o gramado negro, e encostada na parede, bem abaixo da minha cabeça esticada no vento, outra sombra, a vampira, talvez dormindo sobre os joelhos, no mesmo lugar onde a deixei. O desenho perfeito para os meus planos: jogar a cabeça de pedra no gramado — era tudo, e só, o que eu precisava fazer. Talvez esperar aqui o fim da festa, escondido atrás de alguma porta — o que existe neste segundo andar? Meu olho bom tenta se acostumar ao escuro, mas não vejo nada além de sombras. Talvez não seja uma boa ideia eu esperar aqui; talvez seja melhor eu terminar logo a minha tarefa, purificar Modigliani desta outra fraude. Isso: purificar. Um bom modo de definir meu trabalho. Sou o Caçador de Fraudes. Passar os objetos, as pessoas e os espaços a limpo. Voltei à janela e, indeciso, fiquei um tempo contemplando a escuridão de Curitiba nessa noite agora sem estrelas.

Viro-me de costas para a janela e contemplo o espaço cinza das sombras. O que tem aqui? Nada. Passo meu olhar ainda sistemático, da direita para a esquerda, pensando na minha romana, na vingança e no sonho — são paredes cegas, com quadros, ou frisos negros sobre fundo escuro, nada a se ver, talvez uma cortina, e o vulto de uma outra porta, que me atrai. Uma espécie de sótão, com uma entrada secreta? Todos me falavam apenas de um "segundo andar". Dou alguns passos cautelosos até ali e tento abrir a porta: trancada. Fecho o olho que me resta e imagino a planta da casa; estou na varanda; à frente, o salão; não, não — à frente, o *hall*, e só depois dele o salão. Entrando nele, imediatamente à esquerda, a escada que me trouxe aqui. Faço de novo o percurso mental:

foram dois lances circulares, começando com luz e música e terminando com silêncio e sombra, mas entre uma coisa e outra deste breve espaço estou subindo sobre minha própria cabeça, dando a volta sobre mim mesmo, e é como se a casa girasse, e não eu; sim, depois há esta saleta onde estou. Não, existe antes o corredor. Esta porta, então, abre para a torre? Estarei diante do topo da torre? Aqui Mr. Constantin guarda seu tesouro? Sim, só pode ser a torre. Mantenho o olho fechado e vou mentalmente para o muro onde deixei a tábua, e de lá vejo a janela iluminada. Havia alguém aqui. Mais exatamente ali, na janela. Sim: a torre, graciosa, vista lá de baixo, estava à direita desta janela; ela surge do telhado, um pouco recuada, quase exatamente de onde eu estou, talvez exatamente, tentando forçar esta maçaneta antiga. Há um buraco enorme de fechadura, sinto nos dedos, é a porta da casa de madeira da minha avó, mãe do meu pai, no alto do Cajuru, uma imagem que agora me surge, com o abacateiro imenso inclinando-se sobre o velho telhado, lambrequins amarelos no beiral, faltando dentes — deve haver aqui também uma chave grande, pesada, enferrujada, como aquela da minha avó, que já naquele tempo era antiga e parecia de brinquedo, a chave da arca do pirata. Tento forçar a porta, empurro-a com o ombro; impossível. Talvez haja outra entrada para a torre, pelo outro lado? De novo de olhos fechados, transporto-me agora para a cozinha em que nunca estive, para aquele chapéu de cozinheiro no fundo de um corredor vigiando o amor de Dora e de Tânia, e avanço até o lavabo onde Dora confessou seu futuro e curou minha ferida, e dali sigo aos doces de dona Sara, que me indica um caminho. Volto-me, mas não consigo recuperar meus próprios passos — há extensões inexistentes que atravessei, espaços comunicantes que não têm sentido, vazios inexplicáveis entre o salão e... onde eles dormem? Haverá outro segundo andar? Sinto a vertigem de quem, mesmo se movendo na pura memória, pisa em falso e cai de verdade. Sou um péssimo pintor: não tenho a dimensão abstrata dos espaços, o mundo inteiro converge ou para o lento ônibus da lógica, que não me pertence, ou para o achatamento dos objetos sem perspectiva na mesma hierarquia geométrica; ninguém sobrevive assim.

— É isto o que você quer?

O susto: Ariadne, uma silhueta de sombra na sombra, sorri diante de mim mostrando-me algo que brilha, do exato tamanho que imaginei — a chave. O brilho do metal, uma grande argola com uma grande chave, é o mesmo dos dentes: ela se diverte com o meu susto. Fiquei paralisado. Mas era mesmo só uma brincadeira:

— Desculpe, Tato. Eu vi você subindo e não resisti à ideia de ficar invisível. Eu estava ali, bem quieta.

— Eu... eu pensei que você fosse uma cortina.

Ela riu alto:

— Eu sou uma cortina. Você acertou.

Ficamos em silêncio, ela sorrindo, eu sério, como dois cúmplices à espera de uma ordem. Um fio de suor escorreu da testa para o meu olho inchado, e senti dor. A culpa também doeu, transversal: eu vim aqui roubá-la. Por uma boa causa. Eu sei disso. Ela até concordaria. Mas. Talvez, se. Não. Ela não vai entender. Eu não posso agradar a todas as pessoas ao mesmo tempo. *Você é uma criança, Tato,* dizia Aníbal, como se minha paralisia emocional fosse uma qualidade. Revi meus últimos minutos de vida, do corredor à janela, dali até onde estou agora, em seguida a mão furtiva na maçaneta (isso: a mão furtiva na maçaneta, esse o sinal do crime) — o que ela entendeu de mim? Que pegadas fui deixando pelo caminho? Nada de especial, apenas um divertimento:

— Faz tempo que estou te seguindo, Tato. Sei que isso não se faz, mas aconteceu por acaso e não resisti. Você não gosta de vigiar pessoas?

Fechei o único olho aberto, em busca de uma resposta honesta.

— Não. Nunca fiz. Não me ocorre essa ideia. — Quem sabe isso estivesse soando como uma absurda exibição de superioridade moral? Consertei imediatamente, abrindo o olho: — Talvez porque eu nunca tive a... a chance. — Não, não bastava. Fui adiante: — Bem, eu acho que sou egocêntrico demais para me preocupar com os outros a ponto de vigiá-los.

Inútil: todos os remendos me pioravam. Mas ela não ouvia — deu três passos em direção à janela.

— Eu detestei a sua namorada. E eu vi o que ela fez naquele quadro.

— Que quadro?!

Sem me olhar, ela repetiu o gesto de passar o dedo numa tela. Lembrei.

— Ela não é minha namorada!

Afirmei com uma ênfase covarde, que me soou como traição. Ariadne inclinou a cabeça para fora da janela. Para me tranquilizar, imaginei: ela não está enxergando nada neste escuro. Nem a tábua, nem a vampira. Relaxe. Percebi, discreto, o toque do ciúme:

— Não mesmo?

— Não.

— A tua mão já está boa?

Passei os dedos na palma da minha mão, o corte quase seco.

— Acho que sim.

Ela percebeu meu nervosismo (uma certa surpresa sorridente no olhar) — mas interpretou, talvez, pelo motivo errado. Uma boa maneira de me ocultar.

— O que você foi espiar naquele muro?!

O que ela teria visto?

— Nada. Tomar um vento. Eu bebi demais. Sua culpa, que me encheu de uísque! — e ela riu, o que me tranquilizou um pouco. — Aquilo — e mostrei a mão, ao mesmo tempo a direção abstrata do muro e a própria mão, ferida —, aquilo foi coisa de idiota.

Eu ri, desarmado, e Ariadne achou graça, agora a um metro de mim. Comecei a gostar especialmente do seu rosto, que pelos cabelos claros parece que se espiritualizava na escuridão. O contrário da vampira.

— Quando você olhou para cima, você me viu aqui na janela?

— Sim.

— Sabia que era eu?

Fiz que sim, mentindo.

— Eu apaguei a luz.

— Eu também vi.

Como que por acordo — o misterioso espírito de cumplicidade que parecia nos aproximar — sussurramos as últimas palavras, e ela se aproximou ainda mais. Prevendo o perigo, não avancei um centímetro, tenso, e ficamos assim por dois segundos, até que ela, delicada, percebendo quem sabe a natureza do meu silêncio, normalizou a atmosfera me mostrando a chave imensa presa na argola de ferro, exata uma criança que revela um segredo:

— Você quer ver as outras peças do meu pai?

— Ah, sim! Ele disse que...

— ...que eu trouxesse você aqui para mostrar a cabeça de Modigliani. Como sou uma filha obediente, eis-me aqui!

Eu estava inteiro suado. O olho voltou a doer. Dei espaço a ela, que abriu a porta de um tranco; agora era Ariadne que me cedia espaço:

— Entre.

Fui readaptando meu olho bom àquele cinza mais escuro ainda, cheio de volumes e sugestões. No alto, uma bela abóbada deixava entrar feixes ralos de claridade através de vidros sem cor que davam a volta na sua base. Um espaço curto; uma torre justa — e Ariadne apertou o interruptor da luz, atrás da porta que ela fechou atrás de nós. De algum lugar veio uma luz fraca e amarela. E ali estava a cabeça de Modigliani. Sem pompa, colocada torta, ao acaso, sobre uma cômoda velha, como quem largasse um objeto, apressado, porque tem algo mais importante a fazer. Atrás da cômoda, um espelho rachado ao meio reproduz a cabeça duplamente, duas cabeças quebradas e assimétricas, e o resultado, nesse relance de luz maldirigida, é uma figura de Picasso em que todas as faces de um volume se apresentam ao mesmo tempo ao curioso — mas, no segundo seguinte, concentro-me só na escultura, afinal pequena, palpável, até mesmo acolhedora na sua fria lisura de pedra que se entrega dócil à palma da mão. O longo queixo é a lâmina de um machado, como a descrição de dona Isaura, mas um machado tão antigo que já se tornou outra coisa — a imagem neolítica, polida, de uma face. E os ombros, eles são estranhos à cabeça; são ombros de uma outra lógica, realista, ombros de uma outra cabeça, parecida com as vivas; são falsos. Apalpo a testa curta que nasce de olhos orientais levemente riscados na pedra, testa onde há ranhuras de mechas que numa súbita queda para trás formam um volume bruto e áspero de cabelos, mas também acolhedor às palmas que apalpam com a delicadeza dos cegos. E dali minhas mãos descem pelo longo pescoço de uma simplicidade completa, uma perfeita vertical; a escultura, simétrica, não tem ainda aquela ligeira inclinação fora de prumo dos pássaros de Brancusi — que serão uma das marcas da pintura de Modigliani, pensei em dizer em voz alta, como se agora eu fosse o mestre de Ariadne, mas preferi simular ignorância. Uma bela cabeça de pedra, de uma dignidade tranquila, quase mítica — e, ao mesmo tempo, próxima, familiar; a imagem estilizada de alguém que conhecemos.

— Não se impressione tanto — disse Ariadne, que remexia nos quadros encostados na parede curva da torre. — Essa cabeça é falsa. Eu quero te mostrar uma coisa melhor.

Mantive meu silêncio, simulando indiferença à indiferença dela; enquanto isso, descobri que os ombros estavam separados do pescoço — na verdade, eram apenas a base de apoio.

— Falsa? Mas é tão interessante. — Algumas ranhuras que meus dedos sentiam atrás do pescoço poderiam perfeitamente ser as inscrições cabalísticas a que dona Isaura fez referência. — Então esta é que é a do Modigliani? — e me voltei para ela.

— Huhum. Supostamente, é claro. Olhe: aqui está um autêntico Monet. Você acredita?

Um quadro pequeno, quase inteiro azul, talvez um jardim, de um impressionismo já quase completamente abstrato.

— Se você diz...

Procurei uma luz favorável, e vi melhor: o que fazia aquele Monet, nesta moldura vagabunda, escondido nesse depósito?

— Meu pai gosta de revezar os quadros da sala. Mas, é claro, os melhores, ou os *verdadeiros* — e ela riu, divertindo-se com a brincadeira —, ele prefere deixar mais tempo aqui. Esse Monet nunca desceu. O falso Modigliani ainda não foi para a sala, não sei por quê.

Saberia Mr. Richard Constantin, o grande marchand, do modo fácil, sorridente e leviano com que sua filha fazia referência a obras falsas e verdadeiras no mundo sagrado da grande arte? Pior: dentro do cofre do próprio pai? Resolvi brincar, para quebrar o medo:

— Pois o meu quadro ficou lá embaixo. Isso significa que...

Ela deu uma risada saborosa:

— Ah, seu bobo! Você é vaidoso assim? Não seja por isso! Amanhã mesmo vou trazer tuas crianças para cá. Aí ninguém mais vê, e você fica criando pó!

Mas não havia pó naquela torre, eu descobri esfregando as mãos; o aparente desleixo dos objetos escondia uma limpeza constante. Uma vez por semana? Então ontem mesmo a torre foi limpa, concluí, pegando uma carona conveniente no ônibus da lógica. Isso vai me dar tempo, calculei, paranoico otimista, antes que descubram o sumiço — e no mesmo instante uma lança atravessou meu olho inchado de dor. Gemi.

— O que foi?

— Nada. Está doendo um pouco.

— Deixa eu ver.

Ela afastou meu tapa-olho, torceu minha cabeça em direção à luz funérea e fez uma careta de horror.

— Ai, Tato. Isso está feio. Você precisa ir ao médico!

Recoloquei meu tapa-olho.

— Não fale assim. Eu não tenho cura. Sou o corcunda de Notre-Dame.

Ariadne deu uma risada um tantinho excessiva; estava muito próxima de mim, e a sugestão de intimidade — talvez um toque, um silêncio demorado de olhos, quem sabe ela esperasse um beijo — nasceu naquele espaço estreito.

Simulando distração, circulei o olho e o corpo pela torre, dando-lhe as costas, e compensando a recusa com a simpatia neutra da minha voz.

— Imagino quanta preciosidade o teu pai guarda aqui. E essa cômoda? Parece antiga — e eu não conseguia tirar os olhos da cabeça. Seria muito pesada?

Ela custou um pouco a responder.

— A cômoda? Ah, essa é antiga, a pérola do meu pai. Oitocentista, se não me engano. É francesa. Está superconservada. Veja o rococó desses frisos.

— E a cabeça é uma réplica, então? Até que é bonitinha.

— Não é uma réplica. Não existe outra igual. É simplesmente falsa. O engraçado é que o meu pai sabia que era falsa quando trouxe de Nova York. Vai entender o velho! Você se dá bem com o teu pai?

— Com o meu pai? Assim-assim. Às vezes. — Mudei de assunto: — E esse álbum aqui?

— Então é como eu. Às vezes. E às vezes o senhor Constantin é um ditador insuportável. O álbum? São gravuras japonesas.

Tirei da prateleira o volume pesado, com uma bela capa em laca, apoiando-o na cômoda, ao lado da cabeça. Uma peça bonita. Folheei algumas gravuras, percorrendo aqueles desenhos delicadíssimos de cores meio apagadas, mas eu não conseguia me concentrar. Ariadne enlaçou o meu braço, acompanhando meu folhear, e quase largou a cabeça no meu ombro. A outra cabeça, a de pedra, estava a três palmos da minha.

— Bonitas, as gravuras, não?

— Muito — e fechei o volume, colocando-o de volta na prateleira, o que obrigou Ariadne a largar meu braço. Mas foi uma sequência natural de gestos — até aqui, nenhuma porcelana se quebrara entre mim e ela.

Dei um passo à frente e espichei a cabeça atrás do espelho da cômoda, um olhar errático para os quadros encostados uns nos outros, fingindo alguma curiosidade, a essa altura nenhuma, e investigando *biscuits* nas prateleiras — pássaros de vidro, bonequinhos antigos, um ninho de louça, que peguei ao acaso, surpreendido pela leveza, e devolvi cuidadoso ao lugar — enquanto, sem saída, tentava me concentrar no que me restava: nada, se ela trancasse a torre e sumisse com a chave. Num breve e intenso delírio, milésimo de segundo, eu me vi asfixiando Ariadne com as mãos até matá-la, escondendo-a, criança, numa gaveta da cômoda, e arremessando pela janela a cabeça de pedra. Depois, desceria calmamente para recolher a peça no gramado.

— Viu? Além daquele Monet não há nada muito interessante.

— Eu acho que há muita coisa interessante. Você está com má vontade.

— Velharias! Meu pai adora velharia. Ele já foi antiquário. Quer dizer, no fundo ele *é* um antiquário. — Agora a mão no trinco da porta: — Você quer ver mais alguma coisa?

— Ah, não não. Obrigado! O seu pai — eu preferia não sair dali — tem uma coleção fantástica.

Você não é "do mal", Aníbal dizia. *Nunca vai ser.* E aquilo soava como um defeito terrível. *Boas pessoas não são bons artistas.* Ariadne apagou a luz, eu passei por ela e ela fechou e trancou a porta. Girava a argola daquela chave enorme, como quem reluta a se afastar:

— Você quer mais uísque?

— Sim... seria ótimo.

E ela se iluminou, a ideia súbita — a mão esquerda tocou meu ombro, enquanto a direita tateava a parede atrás de um prego, onde afinal ela pendurou a chave, que sempre esteve ali:

— Espere. Eu trago uísque para você. — Balbuciei algum protesto falso nas sombras, mas ela não ouvia; seus dedos apertavam leves o meu ombro, a voz mais baixa: — Espere aqui! Eu já volto! — Dedo em riste, a ameaça sorridente, andando de costas: — Não desapareça!

E Ariadne sumiu no escuro. Prendi a respiração: o único som, a música distante subindo vagarosa do salão. Agora ou nunca. Peguei a chave, tateei cuidadoso a fechadura, *clic!* — e eis que estou de novo diante da cabeça de Modigliani. Comprovo de fato que ela está só apoiada sobre aqueles ombros outros, que deixo ali. A cabeça não é tão pesada, mas é pesada; em passos rápidos — e o tempo todo percebo o risco medonho, inútil, irracional, estúpido e ridículo que estou correndo, como alguém que bate obsessivamente em si mesmo — chego à janela e sem olhar o espaço escuro (o que me deixa sem ar no mesmo instante), arremesso a pedra no gramado e ouço (mais a intuição de um som que um som de verdade) exatamente isso: um paralelepípedo caindo surdo num gramado. No mesmo instante sinto a vertigem do terror: e se eu matei alguém?! — a imagem da vampira com a cabeça esmagada na grama me veio absurda e concreta, quase um fato diante de mim. Afinal respiro, suando: estico o pescoço e vejo uma sombra se movendo no chão negro em direção ao brilho da cabeça, mas me afasto, coração e pernas tremendo, eu não vou conseguir ficar em pé. Apoiado na parede, mão trêmula, consigo fechar a porta e pendurar a chave no lugar. Procuro meu lenço, mas eu não tenho mais lenço; estou muito suado, inteiro suado, passo a mão no pescoço, na testa, estou sujo e suado (e esse coração batendo alto que não para). Quem se movia lá embaixo? Mas não devo voltar à janela; eu tenho de sair daqui. Respirar com calma: assim. A sensação de que estou absolutamente sóbrio (o que não é verdade), mas desprovido de lógica — eu perdi o ônibus. O ratinho voltou a roer furioso o meu estômago. Talvez seja mais seguro descer a escada e reencontrar Ariadne lá embaixo. Mas ela disse: *Não saia daqui.* O pequeno cálculo do ladrão: se eu sair correndo, todos vão ligar a cabeça que falta com a minha cabeça, agora vazia. Mais um erro. E em casa, para onde não devo ir, alguém me aguarda: *Foi só um aviso.* Era a vampira que se movia no gramado? Não devo olhar. São passos, agora? Sim. Ficar à janela (será esse o melhor álibi?). Quando vejo Ariadne avançando pelo corredor com o meu copo vou em sua direção, sorrindo — eu consigo disfarçar, assim escuro. Já está passando.

— Você é um anjo. Obrigado.

Dou um gole enorme. O copo na mão é uma boa defesa.

— Que mão fria, Tato!

As coisas se encaminham com naturalidade:

— Está friozinho aqui em cima. Vamos descer?

Eu vi o desapontamento, que desabou no seu rosto: é claro que ela tinha planejado outro destino para esse fim de festa. Ela me trouxe bebida; preferia ficar aqui, comigo, talvez romanticamente à janela, contemplando o céu, quem sabe de mãos dadas, para me aquecer; só agora, degrau a degrau, percebo com completa nitidez que ela gosta de mim e isso é um pequeno choque: ela gostaria de me tocar com mais intimidade do que simplesmente aquela mão civilizada que segura o meu braço como uma senhora o faria, enquanto lentamente prosseguimos descendo a escada circular; não é só o coquetismo de uma adolescente tardia; mesmo com esse meu olho pirata (quem sabe justo por ele?), ela gostaria de me beijar — os desejos, no fim, são sempre óbvios — e talvez, dependendo das circunstâncias, fazer amor comigo e até mesmo (embarco definitivamente no ônibus circular da lógica mais tranquila, raciocinando com frieza, enquanto desço sobre mim mesmo da escada para o chão) ter um filho, ou mais de um, comigo; a médio e longo prazo, ela deseja ser feliz, e naturalmente aquele horizonte imaginário teria de começar por um detalhe simples, corriqueiro: uma intimidade, cinco segundos de olhar, um coração disparado (sem susto), um beijo na boca, principalmente um beijo na boca, porque ele não permite nunca mais o retorno à normalidade anterior.

Um desapontamento que me ajudou — agora ela não insistiria mais em ficar o tempo todo comigo; ela sente que eu tenho um mistério e vai respeitá-lo, eu sei, porque imagina que os mistérios engrandecem, e assim mais ainda ela me amará, se posso chamar de amor esse seu breve fascínio pelo meu olho de pirata. Ela não sabe ainda que o meu mistério é de natureza apenas torpe: o do homem que paga mulheres para nunca mais vê-las; o do ladrão que se oculta, tem medo, treme, sua, esfria e foge. E os degraus circulares (eu continuava tentando entender a planta do castelo, por isso não prestava atenção no que ela dizia) me levavam, após essa primeira curta sequência de paz, à imagem de outro ser que me provocou um novo pânico — Mr. Richard Constantin, ladeado por dois guarda-costas ostensivamente armados. A música para de repente, e um burburinho cinematográfico, cabeças que se voltam, ahs e ohs acompanham a câmara rapidamente até a mão dele, dura, ossuda, no meu ombro: *Você pode me explicar o que está acontecendo com o meu Modigliani? Parece que eu vi uma cabeça voando por aí*, ele acrescenta com o humor dos enlatados, olhando em volta à espera das gargalhadas, que explodem obedientes. Um pânico que se desmancha com os braços abertos e o sorriso sempre simpático do meu ex-mestre:

— Tato! Meu menino! A Adne...

— Sim, pai, eu já mostrei suas velharias! — e, inexplicavelmente, como quem se livra de uma aporrinhação, volta-se seca para mim: — Com licença.

Ariadne some. O que aconteceu? Não há tempo de pensar: meu protetor, mãos nas minhas costas, leva-me ao acaso da festa falando alegre de coisas que não ouço, mas com as quais concordo balançando minha cabeça sorridente. E de onde estamos vejo o suposto Malevich atravessado pelo dedo sujo da vampira — a vergonha do flagrante de Ariadne me queima novamente, assim como o terror de tê-la matado com uma estátua na cabeça — e tenho nesse momento a intuição de que ela não é marchand, de que ela não entende nada de arte, de que o silêncio dela diante do meu trabalho é o silêncio do ignorante, não o do sábio, porque só alguém sem a menor relação com a pintura esfregaria com desprezo o dedo numa tela, mesmo que comprovadamente falsa — é como um bom leitor rasgar um livro, qualquer que seja (o que eu fazia, para me ocultar o fim — e isso também me assusta). E onde ela estará agora? Continuo suando: como tirar minha cabeça do gramado? Ninguém mesmo terá visto a queda?

— Você não acha?

— Sim, o senhor tem razão.

E de repente me vejo de novo só, ao lado de três senhores de gravata-borboleta que olham discreta porém reprovativamente para o meu tapa-olho de pirata, aliás — percebo — bastante fora de lugar, o que revela a margem inchada do meu olho negro. Saio dali, inquieto, e avanço de cabeça baixa para a varanda, e de lá, perto do desespero, dobro a quina da casa atrás da minha cabeça. Vou direto ao centro do gramado: ela desapareceu. Rodo ao acaso, já me preparando para assumir o fatalismo de quem desiste, até rever a vampira ressurgindo no escuro de sempre, os dentes brilhantes de riso e a voz pastosa:

— Fique tranquilo, Tato: você não conseguiu me matar, como queria. E eu coloquei a tua cabeça embaixo da tábua. Não era isso que eu devia fazer? Agora você jogue ela para o outro lado, que eu não tive força. Puta cabeça pesada!

Senti alívio.

— Então você ficou aí o tempo todo?

— O tempo todo, não. Com medo de que você me jogasse mais pedras assassinas, fui lá dentro roubar esse uísque — e ela me mostrou uma garrafa pela metade. E deu uma gargalhada, que acompanhei em silêncio: ela não parecia bem. Até que ficou séria de novo:

— Você é um filho da puta. Você podia ter me matado com aquela merda. Você fez de propósito.

Um contraste brutal com Ariadne. Uma mulher subitamente desabada. Sentei ao lado dela, vivendo um surto estranho de felicidade, o alívio de quem se vê dispensado da guerra — e no entanto ainda faltava a última parte: jogar a cabeça para o outro lado, sem ser visto. Segurei a mão da vampira, tentando ser objetivo:

— Você está bem? Você precisa dirigir. Lembre que eu não sei dirigir.

A voz enrolada — cocaína com uísque era uma combinação perigosa:

— Não sabe dirigir. Você é o homem mais idiota que eu já conheci. Como está essa tua mão?

— Seca.

Ela conferiu com a ponta dos dedos, enquanto olhava para mim, a ponta da língua entre os dentes. Os olhos dela brilhavam. Eu sabia muito bem o que era aquilo: lembrei de Aníbal. Baixou a voz e fechou os olhos:

— Viu? Meu remédio funcionou. Agora você também é um vampiro.

E me puxou com força. Beijamos um beijo da mais pura vagabundagem, demorado e tentacular, transgressão sem desejo. Grau zero da libido. Enfim, respiramos. Comecei a calcular meus passos:

— Agora eu preciso ir até ali em linha reta, pegar a cabeça, dar uma corrida pela tábua e arremessar a estátua para o outro lado.

A vampira fazia não com a cabeça, teimosamente.

— Não?

— Não. Use a cabeça, Tato. A sua. Você não é muito inteligente. Pense, garoto: se você arremessar, o arame farpado vai devolver o Modigliani para você, como um estilingue. Isso se você tiver força para arremessar. O mais provável é que, quando você levantar a cabeça sobre a cabeça, sobre a sua própria cabeça, é claro, para dar o impulso, subindo pela tábua, a cabeça de pedra, a da estátua, não a sua, o mais provável é que ela se incline para trás, pela força da gravidade, e como você não vai largar a cabeça de pedra porque tem cabeça de abóbora, você também vai rolar para trás, como aqueles bonequinhos de pano com uma bolinha de chumbo na barriga, que eles vendem na feira.

E ela encerrou a longa, detalhada e demorada demonstração lógica com uma gargalhada.

— Ria mais baixo — sussurrei.

E pensei melhor: ela tinha razão. Eu deveria simplesmente forçar a cabeça entre os fios do arame. Fiquei em pé. Ela segurou minha mão:

— Só me diga uma coisa: para que você quer essa cabeça falsa? Não, não responda! Eu sou uma imbecil! A cabeça *não é* falsa! E dizer que eu rolei uma autêntica escultura de Modigliani com o pé, no gramado, chutando como se fosse uma lata de lixo?!

Por uma misteriosa associação de imagens pensei na minha romana, impedindo-me de cair na escadaria com o gesto dramático de um tango às avessas.

— Por quê? Ora, porque é uma linda cabeça! *Una bella testa!* Você não acha?

Não foi difícil — na verdade, eu nem precisei da tábua; com um primeiro impulso, encaixei a peça entre o muro e o primeiro arame; em seguida, empurrei com força meu falso Modigliani para o terreno vizinho. Não ouvi o som da queda em resposta — como se caísse para sempre no esquecimento. Que alívio! Olhei para cima, antevendo Ariadne de novo a me vigiar: a janela apagada. De longe, vinham a música e o vozerio distante da festa. Bom menino, peguei a tábua para guardá-la — e, é claro, não deixar pistas. E, já com a sensação de onipotência do ladrão bem-sucedido em sua primeira empreitada, concluí que não restaria a mínima evidência que pudesse relacionar o desaparecimento da escultura com a presença de Tato Simmone. Tudo que eu precisaria era de uma suave cara de pau: *Não me diga, Constantin! Então sumiu? Sim, sim, a Ariadne me mostrou. Tão interessante aquela peça, em duas partes! E que curiosos aqueles ombros, era como se pertencessem aos desenhos de Modigliani, os projetos de cariátides, mas não às esculturas que produziu, o senhor não acha? Ah, os ombros não foram roubados? Mas isso não faz sentido!*

Que loucura! Então a base era de outra peça? Um estudo de Maillol? Ah, uma cópia de um estudo de Maillol. Sei. Se fosse o contrário, até teria sido melhor deixar a cabeça e levar os ombros, não? Quer dizer, melhor para o ladrão, bem entendido... Mas que pena, Constantin! E você tem alguma pista?

Tábua devidamente encostada na parede da casa, interrompo minha viagem mental e volto à realidade. Aproximo-me da minha vampira e estendo a mão para ajudá-la a se levantar. Ela fica em pé sem largar a garrafa. Preocupo-me, sob a sombra claustrofóbica do meu horror a automóveis:

— Meu anjo, quanto você cheirou nessa noite?

— Ai, que menino chato! Parece ex-fumante! Em vez de me aporrinhar, vá lá se despedir do velho. Desaparecer é sempre suspeito.

Mais uma vez ela tinha razão. Já era uma outra vampira, sem mistério nem glamour, o feitiço quebrado — melhor assim, mais familiar, ainda que (a ideia surgiu com uma pontada de dor) me tenha agora à mão, com o que ela sabe. Cacei Mr. Constantin no salão até agarrá-lo para o abraço de despedida, com sorrisos, tapinhas, agradecimentos e promessas de breve contato. Quando eu escapava, ele me segurou firme:

— Tato, é sério: vamos mexer com isso em breve. — Baixou a voz, aproximou a cabeça: — *O desenho da experiência.* Ou, melhor ainda, *O risco da experiência — Mostra Tato Simmone.* Alguma coisa assim: que você arrisca, que você experimenta, que você põe o talento à prova. Com o que eu já vi no seu ateliê, acho que ficaria uma exposição *clean*, exata. Que tal?

Senti uma pontada aguda de aflição.

— Obrigado. Eu... vou pensar. Não sei se estou maduro.

— Pense. Conversamos em breve! — e largou meu braço com um sorriso.

Eu me afastei com uma sensação azeda na alma, uma vontade de chutar a vida, ou aquela vida — quem sabe comprar amanhã mesmo uma passagem para Roma e desaparecer. Na varanda, como que por acaso, Ariadne apareceu subitamente no meu caminho trocando risadas com desconhecidos. Simulou surpresa ao me ver e despediu-se com a delicadeza da anfitriã bem-educada, uma réplica charmosa da mãe: *Já vai? que pena... volte sempre! E trate de cuidar desse olho!* — de tal forma correta e indiferente, ao mesmo tempo íntima, que fiquei chocado; onde estavam o afeto e a simpatia de dez minutos atrás? Ela estaria de algum lugar me vendo sair da festa com a vampira, que mal disfarçava a garrafa de uísque pela metade?

Já oculto no carro, testei o cinto de segurança: estava firme. Duas crianças metiam o nariz e as mãos no vidro fechado, até que a vampira descobriu algumas moedas para se livrar deles. Ela guardou a garrafa sob o banco, cuidadosa, manobrou o carro e, sem palavras, rodou alguns minutos — e parou. Olhei para ela, encontrando de novo a mesma face branca de sempre rodeada de escuridão. Era como se aos poucos eu voltasse ao meu próprio mundo.

— Por que você parou?

— A cabeça. Você não vai pegar a cabeça? Tanto trabalho por aquela pedra, quase me acertou lá do alto, e então esquece tudo. — Mostrou o terreno baldio: — Eu dei a volta na quadra. — Tocou a palma fria no meu rosto, ajeitou meu olho de pirata e brincou, sem sorrir: — Onde você está com a cabeça, meu querido?

Com a frieza de Ariadne, pensei. Pulei o muro baixo e fui em frente. O mato era quase da minha altura. Senti uma certa volúpia selvagem em me meter naquela selva suja e escura pisando em latas, plásticos, volumes incertos de lixo, mau cheiro, até chegar ao fim do terreno e com a mesma palma da mão ferida tatear o mato, a terra e o muro atrás da minha cabeça, que afinal encontrei. Alisei as formas: parecia inteira — só então me ocorreu que poderia ter se quebrado contra algum paralelepípedo avulso. Olhei ainda para a sombra da torre — a janela escura — e apurei o ouvido. Daqui, a festa era uma zoada distante. Carreguei a pedra como a um troféu, vivendo o prazer momentâneo de um plano perfeitamente realizado, e depositei-a em pé no banco de trás do carro. A luz de um poste chegava em tiras até ali, o que dava à cabeça um ar misterioso de figura da Ilha da Páscoa.

— O que você acha?

— Pensando bem, eu acho que é falsa mesmo. Não foi o que você disse?

— Mas você não acha bonita?

— Sim. Mas é falsa — e arrancou o carro, tombando a cabeça no banco. Tateei atrás do cinto. — E agora, moço? O que fazemos?

— Eu tenho de dar um sumiço nessa cabeça.

— Esconder?

— Não. Dar um sumiço radical. Pulverizá-la. — Estiquei a mão para o banco de trás, apalpando a face de pedra. Eu começava a gostar da peça: uma bela escultura. E se for verdadeira? Mas minha mãe saberia, é claro. Ou não? Ou ela sabe que é verdadeira e... Não. Jamais. É falsa. Só pode ser falsa. Lembrei minha romana, e foi como entrar no ônibus da lógica novamente. É claro que é falsa. Mesmo assim, eu gostaria de contemplar a cabeça um pouco mais, antes de jogá-la no rio Belém. Vê-la na luz, pelo menos. Pensei mais uns segundos, sem me concentrar em nada exceto na própria cabeça, para decidir o que já estava decidido desde o começo, sem que eu soubesse: — O que interessa se é falsa? É bonita. Vou ficar com ela.

— Não entendi: dar um sumiço ou ficar com ela?

Nenhuma dúvida mais:

— Ficar com ela. É isso.

— Amanhã, a polícia vai chegar na tua casa, meter um par de algemas nos teus pulsos, como nos filmes, e levar a cabeça de volta ao legítimo proprietário. *Dura lex, sed lex!* — e ela deu uma gargalhada.

Ela estava correndo demais — a garrafa de uísque deslizava e batia em alguma coisa debaixo do banco. Tive a sensação desagradável de que a vampira iria enfiar aquele carro na frente de outro carro, o cinto de segurança arrebentaria e eu morreria com a cabeça esmagada, como meus avós. O medo de sempre.

— A outra opção é pior.

— Qual é a outra opção?

— Eu estava só lembrando: tem alguém que me espera em casa. Para acertar o outro olho.

Ela fez uma conversão proibida e estacionou — estávamos descendo a João Gualberto, próximo ao Colégio Estadual. Mas, em vez de me agarrar e me beijar, como eu temia e como parecia lógico, ela enterrou os braços e a cabeça no volante e começou a chorar. Fiquei em choque.

— O que você tem?

Relutante, abracei minha vampira. Ela ergueu a cabeça branca, e eu pensei no meu quadro, para não pensar no momento presente. Percebi alguma coisa falsa; o choro não era bem um choro, mas um preparo:

— Tato, eu estou me sentindo terrivelmente mal. Faz tempo que eu quero confessar uma coisa, e você não me deixa

Eu ajudei você com esse Modigliani falso, não ajudei? Agora você precisa me ajudar. Tudo bem?

Ela parecia realmente muito ansiosa, um engasgo na garganta. Tentei forçar o humor:

— É claro. Eu sou um escoteiro. Minha função na vida é ajudar os outros. Hoje mesmo eu ajudei uma namorada romana, a minha mãe e o meu pai. Posso incluir você, com prazer.

Ela fez uma careta entre o riso e o choro:

— Não faça piada. É sério. É o teu outro olho que está em jogo. — Senti uma pancada no coração, aquele instante nervoso e súbito em que toda a bebida da noite parece se evaporar e as coisas ficam desagradavelmente nítidas. Ela segurou minha mão:

— Desculpe, Tato. Desculpe. Eu perdi o controle sobre eles.

Pulei, na corrida, para o ônibus da lógica que começava a se afastar, perigoso, e compreendi de um golpe só o significado da vampira desde o enterro do Aníbal. Mas ainda faltava o motivo.

— Quem são "eles"? O que querem?

— Você não precisa saber quem são. É melhor não saber. E eles querem dois quilos de cocaína que o Biba escondeu na tua casa. Eles acham que você sabe.

Era inacreditável.

— Mas isso é um absurdo! Não tenho a mais remota ideia dessa merda.

— Eu sei. *Agora* eu sei. Você não é um drogado, e acho que nunca foi. Mas diga isso a eles! — e ela enterrou de volta a cabeça nos braços, sobre o volante, soluçando.

Aproximei a cabeça, ouvidos apurados: pareceu-me um choro verdadeiro, de boa qualidade. Deixei-a chorar à vontade e me acomodei no meu pequeno ônibus mental, pensando. Fazia sentido. Fazia muito sentido: em alguns dos negócios perigosos de Aníbal, coube-lhe provisoriamente um pacote de cocaína. Imaginou enganar alguém escondendo-o na minha casa — ele tinha a chave e me conhecia com precisão milimétrica. Em algum momento, talvez muito perto da morte, o filho da puta cochichou a alguém: está na casa de Tato Simmone. Sim, foi isso. A conclusão, pensei-a em voz alta, enquanto ela diminuía o volume do choro para me ouvir melhor:

— Então você, que também tem muito interesse nesse pacote tentador, disse a eles: Não façam besteira. Deixem que eu cuido disso no dia mesmo do enterro. Ele é um idiota. Eu vou lá, seduzo o garoto e recupero o pacote. Tenham um pouquinho de paciência. Mas quem confia numa vampira?

Ela parou de chorar — agora me espiava com o olho molhado.

— Você. Você confia em mim. E eu nunca achei você um idiota.

Não respondi, já completamente esquecido da traição e obcecado por uma única pergunta, criança diante de um quebra-cabeça novo: *onde?* No ateliê, por certo — raríssimas vezes Aníbal subia; e no ateliê ele teria mais mobilidade para entrar e sair a qualquer hora. Fechei os olhos e usei o método da varredura dos espaços, lembrando-me da minha romana, e cheguei ao mezanino, com aquelas tábuas soltas. Ele gostava de subir lá e fumar maconha. Aníbal era um ser inteiro óbvio, do artista ao traficante. Abri os olhos:

— No mezanino! Está lá! Ligue esse carro!

No caminho, fantasiei mais um absurdo: eu e a vampira ficaríamos com o pacote e racharíamos os lucros. Minha mãe ficaria feliz, livre da fraude em que se meteu. Quanto a mim, cheio de dinheiro, daria uma parte boa da grana ao meu pai, que ficaria meu amigo para sempre, enfim aposentando-se numa bela casa com varanda na frente, onde ele passaria dias tranquilos lendo o jornal e achando o país uma merda até o fim de seus dias. E, na última cena do meu sonho, eu abraçaria minha romana no centro da Piazza Indipendenza. Como seria essa praça? Parei um minuto naquele cenário de fantasia, pensando: a parte do dinheiro é absurda, a do meu pai é inverossímil, mas a romana é de verdade. De repente a vampira, que tem senso de realidade, freou o carro a uma quadra do ateliê, numa rua transversal. Nenhum vestígio do choro na voz:

— Fique aqui, por favor. Eu vou lá a pé. Me espere. — Fiz menção de acompanhá-la e ela empurrou meu peito para trás: — Por favor, fique aqui. Eu te coloquei nessa enrascada. Eu vou tirar você dela. Eles devem estar lá. Em mim eles não batem. Me dê a chave do ateliê.

E desceu a rua correndo, levando também a chave do carro. Soltei o cinto de segurança, estiquei minhas pernas o quanto pude e fechei o olho bom, pensando no meu troféu: a cabeça falsa de Modigliani. Meu inferno astral está bem próximo do fim. Fiquei ali um bom tempo, tentando cochilar. Acordei com o barulho da porta batendo; ela ligou o carro e arrancou, quase como quem foge. Tateei atrás do cinto de segurança:

— E então? Você achou o pacote?

Ela fez que sim — parece que era um sim, a cabeça na sombra. Mas as mãos vazias. Parou diante da minha casa, sem desligar o motor. A face branca cercada de escuridão. Bela, fria, distante — coloquei-a de novo no centro da minha tela. Aproximei um pouco o meu olho, para vê-la melhor naquele escuro.

— Você quer... — e fiz um gesto de oferecimento: um café, um descanso, um beijo, uma palavra.

— Não. A gente se vê.

Abri a porta. Eu não estava entendendo o que tinha acontecido mas estava esgotado demais para perguntar. Ela adivinhou:

— Tem um bilhete pra você na mesa — e não tirava as duas mãos do volante. Disse o que parecia uma piada, mas sem sorrir: — Não esqueça a cabeça.

Puxei o encosto do banco e recolhi a escultura. A vampira arrancou sôfrega quase ao mesmo tempo em que eu fechava a porta. Com a cabeça protegida no peito, pensei placidamente, vendo-a sumir adiante: não se pode entender todas as coisas que nos acontecem, assim que acontecem. Pensando no quadro que ainda não existia, tive a pachorra de argumentar para mim mesmo, como quem está sob julgamento: o conceito vem antes, a pura abstração da ideia; mas só se realiza como figura, que será figura na cabeça de quem vê, mesmo que à força. A quem eu diria isso? A ninguém. Esqueça. Vou esquecer a vampira real de uma vez; melhor assim. Ela será apenas o centro de um quadro, e, portanto, não mais uma mulher.

Ainda estava procurando a chave do ateliê, pateta, quando percebi o arrombamento — um arrombamento radical, de pé de cabra, ou mais provavelmente de alguma marreta sem paciência, a porta quebrada em duas. Acendi a luz: um pandemônio. Levei a cabeça até a mesa, onde de fato estava o bilhete, escrito sobre um dos esboços do meu novo projeto: *Eles chegaram antes. Desculpe. T.*

— Então o nome dela é Tê? Tereza? Tânia? Tatiana? — ouvi minha própria voz falando sozinha.

Ao me voltar, senti um vazio no estômago, a ânsia de vômito· meu *Réquiem* estava retalhado. Talhos verticais, horizontais, diagonais. Eu podia sentir neles o prazer furioso da lâmina correndo a tela. Muitas vezes eu próprio senti esse desejo, mas como metáfora, na abstração do sonho — do mesmo modo como, em alguns instantes de vertigem, desejamos a morte de alguém que amamos (e portanto nos torna dependentes). Fiquei segurando aquela moldura torta enquanto contemplava o tapete dos outros quadros, largados, jogados, pisoteados. É uma sensação de terror. Vi nitidamente Aníbal Marsotti sentado adiante, com os pés sobre a mesa: *Esse quadro, agora, esse mesmo* Réquiem *que você tem na mão, é verdadeiro. Exponha-o assim, sangrando em tiras. Retalhe você mesmo todos os outros, complete o trabalho e faça uma exposição.* Ele inspiraria a fumaça da *cannabis* até o limite do pulmão e soltaria as palavras em pequenos sopros: *Seria um sucesso, você não acha?* Arremessei a moldura em tiras contra a janela dos fundos, espatifando vidros, e senti um breve alívio. Espichei o pescoço — sentia medo de dar um passo e pisar em alguma tela, das espalhadas no chão — e conferi o mezanino: tábuas arrancadas do forro; uma delas avançava para fora do assoalho. Achei ainda um espaço estreito em mim mesmo para sentir o fátuo prazer infantil de quem acertou uma dedução.

Peguei minha cabeça, apaguei a luz, encostei o pedaço da porta e subi as escadas. Amanhã eu saberia o que fazer. Coloquei minha estátua sobre a caixa de som, negra, que se revelava um bom pedestal, e pela primeira vez pude vê-la bem iluminada. Uma bonita cabeça. Mais: uma belíssima cabeça de pedra. Eu teria de escondê-la — e olhei para o forro do apartamento, antevendo um espaço secreto.

Depois, bebi um copo d'água, e outro copo d'água. Um vazio esquisito no estômago, agora sem ratinhos para me distrair. Alívio: levaram a última herança do Aníbal e agora me deixariam em paz. No espelho, tirei meu tapa-olho, sujo, suado, e joguei-o na pia. O inchaço parece estar diminuindo? Não, não está diminuindo. Está do mesmo tamanho. E dói. Amanhã vou procurar um médico, como queria a Dora.

Dois recados na secretária. Clic. *Oi, filho. É o pai. Só liguei pra saber como vão nossos planos. Quando puder, me ligue. Pi-pi-pi-pi-pi. Querido, estou tão preocupada. Não leve a sério o que eu falei. Essa cabeça está me deixando louca. Você descobriu alguma coisa? Até bebi um pouquinho hoje. Por favor, dê notícia. Não me deixe na mão. Ligo de novo amanhã. Aqui já é meia-noite. A Kelly está indo embora. Ela queria tanto falar com você.*

Um dia ao contrário: o pai sóbrio e gentil, a mãe bêbada e agressiva.

Levei a cabeça ao meu quarto. Um banquinho serviu de base: ela olhava para mim, eu olhava para ela.

Completamente sem sono — a sensação de quem nunca mais vai dormir na vida, uma metáfora que às vezes me ocorre não do horror, mas do que, ao contrário, seria a plenitude da existência, todo o tempo do mundo — pensei na minha amiga italiana. Amanhã vou voltar a desenhá-la.

Breve espaço entre cor e sombra

1ª Mostra Tato Simmone
Galeria Constantin
Avenida Batel, Shopping Curitiba III
De 12 a 22 de agosto, das 15h às 21h

catálogo

Crianças

Óleo sobre tela, 1,74m x 0,91m
Coleção Richard Constantin

Era uma névoa limpa. Havia esboços de árvores, e morros, e campos, e um vozerio singelo, ondas do mar, talvez pedrinhas num vidro, ou crianças. Isso: crianças! Muitas crianças tagarelando, pequenos vultos escondidos, duendes, fantasminhas, recortes de carne e vento. Lá estavam as mãozinhas me acenando, dentes dando risadas, rostos se ocultando atrás de plantas, como outras plantas, soltas.

Mas que diabo estou fazendo aqui? Uma voz se eleva:

— Olhem! É um homem!

E outras vozes:

— Ele está morto?

— Claro que não, bobo! Os homens não morrem!

— Ei, diga bom dia! Nós temos de dizer bom dia!

Dia dia dia ia ia... Vi uma criança fingindo-se tonta: ficava em pé simulando muita dificuldade. De tempos em tempos, sentava-se e girava as pernas como ponteiros de relógio, e batia palmas. As outras crianças davam risadas. Levantou-se:

— Não quero mais brincar.

Quase ficaram tristes, mas foram atraídos por um menino que voava e fazia piruetas no ar, mostrando a língua. Uma criança talvez mais velha, gorduchinha, repreendeu o anjo:

— Você pode cair! Desça! Desça já daí!

Em resposta, recebeu uma língua de metro e meio, que se enrolava e desenrolava no centro de uma careta bem-humorada. Continuaram discutindo, a gorducha (era mesmo uma menina?) aos gritos, a que voava aos gestos, até que um menino chegou bem perto de mim:

— O homem acordou.

Passou cuidadosamente a mão no meu rosto, como quem recolhe uma flor exótica, e disse:

— Ele espeta.

— Mentiroso!

— Deixa eu ver!

Todos me rodearam em silêncio, debaixo de um espanto simples e silencioso. De repente um garotinho de calças curtas me estendeu um toco de lápis e um papel amarrotado:

— Você escreve uma carta para mim?

Eu não compreendi. Ele queria que eu escrevesse uma carta destinada a ele, ou que eu escrevesse uma carta que ele pretendia enviar a alguém? Não pude decidir; uma menina declamou aos gritos:

— Eu sei ler todos os bichos! — Para comprovar, contava nos dedos os bichos que ela sabia ler: — Elefffante... girafffa... afffestruz... puuulga!...

A cada som prolongado as crianças estouravam de riso e batiam palmas. Fiquei completamente esquecido. Resolvi perguntar, angustiado:

— Quem é você?

Um silêncio abrupto — talvez sentissem medo da minha determinação e da minha segurança. Mas a menina, depois de pensar um pouco, sorriu:

— Eu sou uma festa! — Mostrou-me os dedos da mão: — Ó: aqui estão as velinhas! — e soprou as unhas.

Grandes, prolongadas e afinal exageradas gargalhadas em volta. Mesmo depois do silêncio, um ou outro ainda forçava uma risada, que provocava risinhos soltos aqui e ali, até que as águas do lago se acalmaram completamente. Alguém se aventurou à frente:

— Você sabe soprar?

— Sei.

Aguardavam uma demonstração; pareciam realmente preocupados. Quem sabe eu estivesse mentindo e não fosse capaz de fazer coisa alguma? Quem sabe, apesar do meu tamanho desproporcional, do meu terno cinza, do meu espanto e do meu relógio (que passava de mão em mão, como um santinho de igreja), quem sabe eu não fosse capaz de soprar? Seria uma decepção completa. Alguns torciam por mim, eu podia sentir a espera angustiada. Outros, poucos, escondendo o rosto nas mãos e me espiando pelo vão dos dedos, não tinham nenhuma esperança.

Mas eu soprei de verdade, como um grande balão furado. Era a senha para que eles se apoderassem definitivamente de mim. Enquanto uns me abraçavam, beijavam, apertavam, tentavam subir em cima de mim, outros faziam demonstrações orgulhosas:

— Olha! Uma cambalhota!

E viravam cambalhotas.

— Ei! Olhe aqui! Uma folha caindo!

E as folhas caíam.

— O trenzinho!

E eram trenzinhos. A criança-que-voava desceu de ponta-cabeça e pairou na frente do meu rosto. Fez uma careta medonha e mostrou a língua enorme. Eu ia agarrá-la, para colocá-la no chão junto com as outras, mas no mesmo instante alguém chegou engatinhando na grama amarela com uma novidade magnífica e misteriosa — o braço erguido pedia silêncio, anunciava alguma coisa muito importante e apontava a direção.

Imediatamente todos me abandonaram e mergulharam numa névoa. Senti uma dor esquisita, não a de quem perde alguma coisa, mas a de quem nem chegou a tê-la, uma dor de antes. *Onde está meu relógio?* — comecei a me indignar, quando senti um puxão insistente na calça:

— Venha aqui.

Eu me senti um tanto ridículo, sendo levado por um menino estrábico, sério e teimoso, sem nenhuma esperteza notável, através de uma névoa espessa. E lento: parou para recolher alguma coisa da grama, que colocou próximo dos olhos, depois contra a luz difusa do alto, contemplando-a demoradamente, como a um diamante. Não sorria, mas também não parecia triste. Estendeu o objeto:

— Quer para você?

Guardei aquilo no bolso (não era nada) e ele continuou me levando. Subimos um pequeno morro de gramado amarelo, brilhante, e de repente reencontramos as outras crianças, que rodeavam silenciosas a grande novidade: um automóvel estraçalhado. Aquele amontoado horrendo de latas tortas e esmagadas não tinha a menor relação com a luz do campo, com o espaço branco e azul. Eu me aproximei do capô aberto aos céus, que exalava uma fumaça imunda, e senti um choque:

— É o meu carro.

Uma criança engatinhou até as latas, investigou o interior da caverna deformada, vasculhou borrachas e recolheu uma carteira de cigarros vazia que, dobrada e amassada, produzia estalidos nunca iguais e sempre semelhantes. Uma garotinha encheu-se de coragem e deu um tapa no para-lama. O menino-que-voava divertia-se entrando e saindo dos destroços, em voos rasantes — e afinal pousou sobre a máquina, braço erguido com uma espada imaginária, a paródia de um conquistador.

Restei observando a cena e o carro, sem pensar em coisa alguma, até que percebi um menino me olhando de esguelha, como quem descobre um segredo. Afinal esclareceu em voz alta:

— O homem morreu.

Devia ser algo extraordinário, porque dez crianças me rodearam incrédulas, entre o sorriso e a apreensão:

— É mesmo!?

O garoto confirmou a notícia, orgulhoso de sua descoberta. O menino-que-voava abandonou seu posto de conquistador no alto das ferragens e passou a fazer piruetas em torno de mim, repetindo triunfalmente a novidade:

— O homem morreu! Venham todos! O homem morreu!

As crianças no mesmo instante me rodearam em silêncio, esperando mais uma vez que eu fizesse alguma coisa que confirmasse minha importância, mas agora decepcionei-as, tentando pensar. Como eu não fazia nada, como nem mesmo fingisse alguma coisa (por exemplo, que era um dragão), as crianças de novo me esqueceram. Senti um fio de mágoa, apenas uma sombra, mas também disso esqueci.

Immobilis sapientia

Políptico
Óleo sobre tela, 67cm x 90cm (cada peça)

I

Eu vagava sem encontrar ninguém. Fui subindo escadarias, avançando entre as ruínas brancas. O ar limpo, o céu azul. Palcos de pedra, arquibancadas aos pedaços, restos de mosaicos. Fontes caídas, ornamentos de mármore, pátios e colunas, paredes sem teto. As ruas destroçadas se afunilavam em direção ao cimo. No topo da colina, um prédio se erguia cinza em linhas retas, guarnecido por estátuas num jardim de árvores secas. Parecem sábios: sustentam volumes, enrugam as testas; um deles declama, braços suspensos pela eternidade; outro abre pergaminhos de granito. Procurei uma mulher e descobri alguém amamentando uma criança, a cabeça baixa — mas era uma figura de pedra.

Alcancei afinal uma grande porta, fim dos caminhos. Empurrei-a com esforço e as dobradiças cederam, rangentes. Um imenso salão se abre diante de meus olhos; meus passos sobre o mármore fazem eco na imensa abóbada. Meus passos sobre o mármore fazem eco na imensa. Meus passos sobre o mármore. Há escadarias simétricas, em caracol, nos dois lados; na altíssima parede em frente, inscrições gregas e latinas, também monumentais. Estou miseravelmente pequeno; meu velho e apertado sapato range no chão brilhante, e eu sinto vergonha. Aproximo-me do paredão e descubro que há milhares de pequenas gavetas, como um imenso fichário. No centro delas, emoldurada em prata, a inscrição:

PRINCIPIUM ET ORDO

Recuei. Percebi que pontos escuros sutilmente distribuídos no mármore do piso formavam uma Rosa dos Ventos; confundido com a Rosa, um mapa bastante apagado, com algumas inscrições que não pude decifrar. O sapato rangia; senti vergonha. Aproximo-me do paredão. Abro uma gaveta. Abro uma gaveta. Abro uma gaveta. Desenrolo um pergaminho: ÆQUILIBRITAS CIRCULI. Abro uma gaveta.

O piso seguinte tinha apenas colunas, muito próximas umas das outras. Eu tentei imaginar que peso enorme exigiria tamanha sustentação; no alto, as colunas se ligavam em arcos, mas não eu não enxergava mais nada além, sequer o céu. Cansava a vista, a paisagem inteira branca. Continuei avançando ao longo do corredor entre colunas, sem ver o fim daquilo: um corredor eterno, uma sequência eterna de colunas para todo o sempre. Continuei avançando ao longo do corredor entre colunas, sem ver o fim. Continuei avançando ao longo. Continuei avançando. Para todo o sempre uma sequência eterna. Continuei.

As colunas pareciam agora perder o rigor geométrico, mas era ilusão de óptica; a cada grupo de seis, uma ordem prévia recomeçava, como mosaicos ornamentais bizantinos. O rigor geométrico. O rigor geométrico me assustou: apressei o passo, a princípio, e em seguida disparei a correr e em pouco tempo sofri outra ilusão: as colunas se moviam em torno de mim — imóvel no centro, eu estava perdido pela eternidade.

Busquei o refúgio de uma parede, que afinal se aproximou de mim; de costas para ela, contemplava a floresta branca de colunas, agora imóveis. Tateando, descobri uma abertura, por onde escapei do salão eterno. Agora o ar era frio e úmido. Fui avançando por um corredor estreito e baixo, de pedra, sentindo na palma da mão o limo da parede — aqui tudo era áspero, bruto, inacabado e

II

abandonado. O corredor começou a se alargar, e havia bancos de pedra incrustados na parede, como num mosteiro, mas sem janelas. Um lugar para meditação profunda. De onde vinha luz? De lugar nenhum, aparentemente. Segurei a respiração, tentando ouvir alguma coisa. Nada. Senti falta de alguém que pudesse me orientar. Pensei em falar sozinho, em dar um grito, em me divertir com a probabilidade dos ecos, mas decididamente não me sentia livre naquele espaço.

Afinal encontrei uma porta, onde li a inscrição:

IMMOBILIS SAPIENTIA

Consegui virar uma chave enorme com as duas mãos, empurrei a porta e entrei. Estátuas me recepcionaram, severas, porém cegas. Eu me senti melhor. Uma delas apontava, sem ver, uma mesa rústica, pesada. Volumes amontoados, encadernações envelhecidas. Não toquei em nada, mas investiguei as lombadas. Alguns livros sem título, outros com caracteres góticos desenhados a ouro. Nenhum sinal de pó. Adiante, outra mesa. Um esqueleto debruçava o crânio sobre ela, como se dormisse depois de uma noite longa e penosa. Venci o horror e me aproximei para descobrir o que ele lia (de perto, descobri: não era um esqueleto; era um homem magro, feito de ossos, talvez marfim). Diante dele, pergaminhos, réguas, conchas, compassos e um par de dados — a mão próxima, aberta, teria feito o último lance, havia dois mil anos. Olhei em torno: as paredes eram estantes imensas, abarrotadas de livros.

Uma certa gravidade me envolveu, como se eu envelhecesse; até minha postura mudou. Um ar decididamente pesado; senti a cabeça latejar. Busquei distração numa prateleira de vidros com líquidos, que conservavam formas de títulos intraduzíveis, aqui uma asa, ali uma pedra, adiante um olho. Uma extrema limpeza em todos os detalhes.

Busquei a saída, sufocado de silêncio. Eu queria encontrar alguém. Descobri mais uma porta, esta já aberta, e avancei com entusiasmo. No centro de outro salão, uma grande cruz. Ao me aproximar, descobri que não se tratava de uma cruz, mas de duas réguas cruzadas ao meio. Eram duas réguas cruzadas ao meio. Eram duas réguas ainda sem nitidez cruzadas ao meio. Eram duas réguas sem nitidez cruzadas ao meio. Ao meio, eram duas réguas, sem nitidez. Consegui desviar os olhos para a base, onde uma placa de ouro dizia: O EQUILÍBRIO DAS LINHAS É A ARTE DO HOMEM.

Com alívio, com verdadeiro alívio, descobri que eu estava numa pinacoteca! Avancei sôfrego pelos corredores atulhados de pinturas e imediatamente me perdi. Mas sentia-me tranquilo, como quem chega em casa. Duas mulheres nuas descansavam na grama, um velho apontava o chão, alguém era pregado numa cruz de cabeça para baixo, trinta e dois anjinhos de cabeça muito grande voavam em fila com pó de ouro caindo das asas, melancias, peras, maçãs, bananas, berinjelas, abacaxis, quatro fatias de pão e dois pássaros descansam sobre uma toalha sobre uma mesa sobre um chão quadriculado sobre a parede, um padre com dor no fígado segura um papel onde está escrito coisa nenhuma, um homem voa sem roupa, uma mulher paira, nua e

III

branquíssima, sobre a grama, linhas finíssimas convergem todas para um centro, onde desaparecem (entre elas, alguns anjos carregando asas pesadas nas costas), uma grande paisagem, muito ao longe, colinas, um rio, uma ponte, um céu que ocupa o universo inteiro onde três volumes de nuvens aguardam, silenciosas, o futuro. Alguns quadros pareciam falar; eu suspendia a respiração e fechava os olhos, mas daquela imobilidade absoluta, completa e irredimível nenhum som me alcançava. Quando reabri os olhos, uma senhora gorda de pele clara voava sobre a minha cabeça com gestos elegantes e a face rosada, sorrindo para os anjinhos; eu podia ver suas pernas, que eram belas, escapando das roupas brancas. Súbito, um homem desconhecido olhava para mim, severo. Quando me aproximei, percebi as mil rachaduras na tela, mas não na pele, que prosseguia sendo a pele lisa e saudável de um homem desconhecido de trinta e dois anos, pele que a velha tinta não conseguia destruir.

Decidi sair daquele prédio. Percorri de volta o círculo das telas, sem olhar para mais nada, e alcancei uma porta com os dizeres:

IPSIUS CIRCULI
PRINCIPIUM ET FINIS
UNIVERSUM MUSICA EST

Entrei. Aqui, neste longo salão, o silêncio era absolutamente insuportável. Correndo pelas paredes, pautas e notas musicais; e uma sequência de instrumentos — alaúdes, cravos, flautas, tambores — se enfileirava ao longo do salão. Ao me aproximar e estender a mão, percebi a imensa redoma de vidro que isolava todas as peças. Vivi uma sensação de morte: nenhuma nódoa, nenhuma mancha de pó em nada, nenhum cheiro; tudo impermeável, esterilizado, distante, frio — e eu me senti, mais uma vez, sujo, incerto, desequilibrado.

Corri para fora do salão até chegar a uma escadaria que alcançava uma porta menor de onde se abria um longo corredor que dava para uma espécie de quarto com três portas e escolhendo a do meio subi uma rampa curta que fez uma curva e me levou a outro corredor que terminava numa escada por onde desci de dois em dois degraus até encontrar uma sala circular com desenhos simétricos no chão e dali avancei a um portal ladeado por colunas que me levou a uma escadaria ampla e plena de sol — o sol e o vento, finalmente, aliviaram a minha alma.

Estava pisando a terra. Ao longe, ouvi um ruído estranho, que pouco a pouco se revelou, simplesmente, o ruído das águas de um rio que corre. Disparei para lá com uma alegria de criança (eu era uma criança, descubro agora: as pernas menores, as mãos sem manchas, o corpo miúdo e leve, e essa estranha inocência da memória) até ser detido por outra criança, que segurou minha camisa; ela vestia um pequeno manto branco e sacudia didaticamente uma vareta com a mão direita. Sob meu olhar atento, o menino (era um menino) fez uma linha reta no chão. Depois outra linha reta. Depois outra linha reta: um triângulo. Olhou-me, interrogativo. Eu olhava para ele, para o triângulo, sem entender, agoniado pelo som do rio que corria próximo. Percebi que ele não era bem um menino. Não era exatamente um menino, porque tinha o olhar de um velho. Ele não era um menino. Ele queria que eu continuasse os traçados e me estendeu a mão, a mão de um velho, a mão enrugada: ele era inteiro um velho, um pequeno velho, e agora segurava minha camisa com força e sacudia a vareta, mostrando o triângulo no chão.

Consegui me livrar dele com um safanão e fui andando para o rio; ele veio atrás, de modo que eu tive de correr, e ele não conseguia correr. Esqueci completamente do velho e me joguei nas águas do rio, que eram tépidas.

Estudo sobre Mondrian

Acrílico sobre madeira, 36cm x 41,5cm

A cor branca, a cor branca, a cor branca — a cor. Branca, a cor: branca. A cor branca (a cor branca), a cor branca; a cor branca. Branca: a cor branca, a cor branca, a cor branca a cor branca a cor. Branca, a cor branca a cor branca. A cor branca — a cor branca. A cor branca; a cor, branca. A cor — branca; a cor branca, a cor branca, a cor branca a cor.

A linha reta: negra. A negra linha reta; linha, negra, reta — a linha negra. A linha reta, a linha reta, a linha reta, a linha reta. (A linha reta· a linha reta.) A linha (reta) negra, a negra linha, reta. A reta linha negra, a reta. A linha negra, reta — a linha negra reta; a reta linha, negra: a linha negra, reta (negra), a linha: reta, negra, negra, reta; a linha. A linha negra, reta; a linha reta; negra. A linha.

A cor branca: a cor — branca (a cor branca, a cor branca, a cor). Branca: a cor. A cor: branca. Branca, a cor — a cor branca, a cor (branca), a cor branca; a cor branca. A cor branca a cor branca a cor branca a cor branca a cor branca a cor branca branca a cor a cor branca branca a cor branca a cor branca branca a cor a cor a cor: branca. A cor branca.

A linha reta: a negra linha. A negra linha reta — a linha, reta, negra, a linha reta negra, negra reta linha a. A linha reta negra, negra, reta, a linha: a linha (negra, reta). A linha reta, negra linha, a linha negra, reta.

A cor vermelha.

A negra linha reta — a linha reta, negra, negra a linha, reta. (A linha reta, a linha negra, a linha reta, negra, negra reta linha, a.) A linha reta; a linha negra; a linha reta, negra. A negra linha negra, negra linha reta, a linha: a linha negra, a linha reta, a linha. A reta linha negra.

A cor branca, a cor branca, a cor branca, a cor branca, a cor branca, a cor branca, a cor branca (a cor branca), a cor branca: a cor branca. A cor: branca. A cor branca — a cor branca. A cor branca.

Réquiem

Óleo sobre tela, papel e colagem, 90cm x 45cm

Sou doente. Respiro com dificuldade. Tenho o porão para me esconder. Aqui estou salvo mas vou ficar pouco tempo. Minha mãe não desce escadas mas sua voz na escuridão chega até mim. Cuidado, saia daí. A senhora pode cair. Estou sempre condenado a perder ela vai morrer de fome esperando que eu suba. Estou suando a roupa gruda na pele. Ela fica me apertando nos braços. Eu não tenho sono. Na cama eu fecho os olhos mas não durmo. É só abrir os olhos e ela pergunta o que eu tenho. Não tenho nada. Um pouco de medo. Eu sou doente. Posso deitar no corredor feito morto ela me enche de remédios. Derramam dos lábios, gosmentos, os dedos grudam. É como o beijo na testa. Ela tem pena de mim por isso me perseguia. Ela é gorda. Eu me encolho é como se eu não existisse. Se eu não subir logo ela morre de tanto falar. Ela morre. Minha mãe é lamurienta e cheia de dores e pensa que eu sofro. Eu me tranco nesse quarto. Antes confundo bastante, correndo para lá e para cá ela se perturba tropeça. Porta fechada eu me escondo. Aí ela é um fantasma e fica me chamando. Minha mãe me acha sempre e cada vez está mais perto. Eu perco. Minha mãe tinha uma cabeça enorme. Ela tem mais resistência do que eu. Estou aqui. Ela se finge de cega. Vou esperar mais um pouco para subir. Eu sonhei que ela era um polvo rosado muito grande e eu estava dentro d'água encurvado numa banheira, nu. Nunca aprendi a nadar. Ela vem me salvar mas eu não quero. Eu não posso me mover. Eu não queria que o polvo me tocasse, as ventosas me sugam. Essa minha gritaria, ela acaba se irritando. Ela fica chorando mansinho, e eu correndo de um espaço para outro, ela vira aparição atravessa as paredes — foi por isso que eu. É claro que eu não queria. Os remédios, eles babam, e o braço me alcança. Sinto falta da minha mãe. Ela. Se ela demora eu vou procurar — mas eu não quero que ela me veja. Eu tenho medo do escuro do escuro do escuro se eu olho. É abrir a pequena janela quadrada: uma colina amarela saturada de sol. Finjo que durmo lá vem o polvo se ao menos eu. Tenho muito medo — não consigo abrir a pequena janela a pequena janela a janela a colina amarela eu não consigo: fico suando, o dedo no pescoço é febre estou caindo ela já sabe hoje eu não daqui a pouco eu ela a caixa de música o garfo risca o dente

Este livro foi composto na tipografia Slimbach, no corpo 10/15,
e impresso em papel off-white,
no Sistema Cameron da Divisão Gráfica da Distribuidora Record